JN457778

티어문 제국 이야기

단두대에서 시작하는 황녀님의 전생 역전 스토리

XVII

Tearmoon Empire Story

Written by Nozomu Mochitsuki

모치츠키 노조무 지음
Gilse 일러스트

Tearmoon Empire Story World Map
길덴
변경백령
미개척지
티어문 제국
Tearmoon Empire
제도
신월지구
가누도스 항만국
Ganudos
Port Country
초기 제국 영토
(중앙 귀족 영지군)
갈레리아해(海)
정해의 숲
루돌폰
변경백작령
페르쟝 농업국
Perugian
Agricultural country

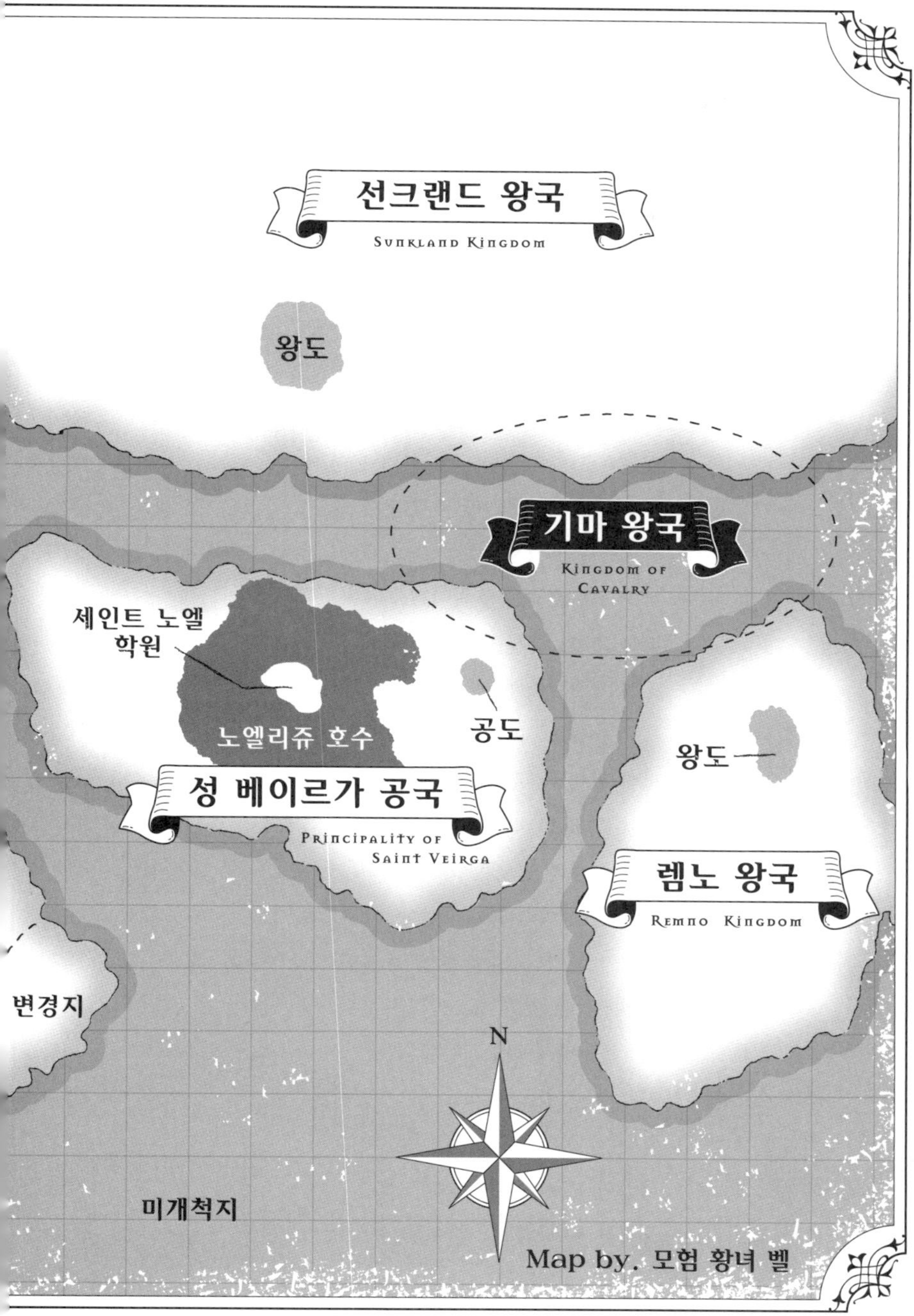

선크랜드 왕국
Sunkland Kingdom
왕도
기마 왕국
Kingdom of Cavalry
세인트 노엘 학원
노엘리쥬 호수
공도
성 베이르가 공국
Principality of Saint Veirga
왕도
렘노 왕국
Remno Kingdom
변경지
N
미개척지
Map by. 모험 황녀 벨

contents

제7부 빛나라! 황금 해파리 등대 Ⅲ

가누도스 항만국

네스토리

국왕. 자신에게
암살자를 보냈다면서
외동딸인 오우라니아를
유폐했다.

오우라니아

낚시를 좋아하는 왕녀.
무관심하게 살았지만,
지금은 미아를 스승으로
모시고 존경한다.

원수

선크랜드 왕국

키스우드

시온 왕자의 종자.
시니컬한 성격이지만
실력이 좋다.

시온

제1왕자. 문무겸비의 천재.
이전 시간축에선 티오나를 도와
훗날 단죄왕으로 이름을 떨친
미아의 원수. 이번 삶에선 미아를
'제국의 예지'로 인정하고 있다.

[바람 까마귀] 선크랜드 왕국의 첩보대.

[백아(白鴉)] 어떤 계획을 위해 바람 까마귀 내부에 만들어진 팀.

성 베이르가 공국

지원

라피나

공작 영애. 세인트 노엘 학원의
학생회장이자 실질적인 지배자.
이전 시간축에서는 시온과
티오나를 후방에서 지원했다.
필요하다면 웃는 얼굴로 살인할 수 있다.

[세인트 노엘 학원]

인근국의 왕후·귀족 자제가 모이는
엘리트 중의 엘리트 학교.

렘노 왕국

아벨

왕국의 제2왕자.
이전 시간 축에서는
희대의 플레이보이로 유명했다.
이번 삶에선 미아를 만나 진지하게
검 실력을 단련하기 시작했다.

[포크로드 상회] 클로에

여러 나라에서 활동하는
포크로드 상회의 외동딸.
미아의 학우이자 독서 친구.

혼돈의 뱀

성 베이르가 공국과 중앙정교회를 적으로 보며
세계를 혼돈에 빠뜨리려고 하는 파괴자 집단.
역사의 그늘 속에서 암약하지만, 상세는 불명.

CHARACTERS

티어문 제국

패트리시아
(패티)

과거에서 나타난 소녀. 혼돈의 뱀의 교육을 받았다.

미아

주인공. 제국의 유일한 황녀이자 제멋대로 굴던 황녀. 하지만 사실은 그냥 소심할 뿐. 혁명이 일어나 처형당했지만 12세로 회귀했다. 단두대 회피에 성공했지만, 벨이 나타나서는……?!

할머니와 손녀

손녀와 할머니

미아벨

목에 화살을 맞고 빛의 입자가 되어 사라졌지만 성장한 모습으로 다시 나타났다.

원수

디온

백인대의 대장으로, 제국 최강의 기사. 이전 시간축에서 미아를 처형한 인물.

안느

미아의 전속 메이드. 가족은 가난한 상가. 회귀 전에도 미아를 도와주었다. 미아의 심복.

루드비히

젊은 문관. 독설가. 지방으로 좌천될 뻔했으나 미아가 막아준다. 미아를 황제로 만들 생각이다.

사대 공작가

루비

레드문 공작가의 영애. 남장 미인.

슈트리나

옐로문 공작가의 외동딸. 벨이 사귄 첫 친구.

에메랄다

그린문 공작가의 영애. 자칭 미아의 절친.

사피아스

블루문 공작가의 장남. 미아 덕분에 학생회에 들어갔다.

※ ——— 미래 시간축에서의 관계 ※ ………… 이전 시간 축에서의 관계

티어문 제국

티오나
루돌폰 변경백의 장녀.
이전 시간축에서는 혁명군을 주도했다.

세로
티오나의 남동생.
추위에 강한 밀을 개발했다.

발타자르
루드비히와 같은 스승
밑에서 배웠다.

니나
에메랄다의
전속 메이드.

에리스
안느의 동생으로,
리트슈타인가의 차녀.
미아의 전속 소설가.

마티아스
미아의 아버지.
티어문 제국의 황제.
딸을 극진히 사랑한다.

갈브
루드비히의 스승.
노현자.

무스타
티어문 제국의
궁정 주방장.

아델라이드
미아의 어머니.
고인.

질베르
루드비히와 같은 스승
밑에서 배웠다.

레티치아
슈베르트 후작 영애.
사피아스의 약혼자.

리오라
티오나의 메이드.
룰루 족 출신.

바노스
티어문 제국군
백인대 부대장.

힐데브란트
미아의 사촌 오빠.
극도의 말 애호가.

다리오
사피아스의 처남.

기마 왕국

훠 후이마
마취의 여동생.
승마술이 뛰어나다.

린 마롱
미아의 선배.
승마부 부장.

훠 마취
혼돈의 뱀에 속한
대단한 실력의
늑대술사.
불꽃 일족의 족장.

훠 쉰랑
사도사(蛇道士).
에샤르에게
독을 준 남자.

황람
월토마.
미아의 애마.

우투
후이마가
데리고 있는 늑대.

선크랜드 왕국

모니카
백아의 일원.

그레이엄
백아의 일원.

렘노 왕국

발렌티나
아벨의 누나.
혼돈의 뱀의 무녀로,
현재는 유폐 중.

린샤
몰락 귀족의 딸.
현재는 라피나의
메이드.

게인
아벨의 형.
남존여비
사상을 가졌다.

상인

마르코
클로에의 아버지.
포크로드 상회의 수장.

샬로크
대륙 각국에 다양한 상품을
판매하는 대상인.

페르쟝 농업국

라냐
페르쟝 농업국의 제3왕녀.

아샤
라냐의 언니. 페르쟝 농업국의 제2왕녀.

STORY

이기적인 황녀였던 티어문 제국의 황녀 미아는
미래에서 온 손녀 벨, 과거에서 온 할머니로 추정되는 패티와 함께
'루드비히의 일기장'을 지침으로 삼아 두 사람의 시간 이동에 얽힌 수수께끼를 풀기로 한다.
먼저 패티를 뱀의 가르침에서 해방하기 위해 노력하기 시작하는데……?

제7부
빛나라! 황금 해파리 등대 Ⅲ

SHINE! THE LIGHTHOUSE OF GOLD JELLYFISH

프롤로그

오우라니아 페를라 가누도스는 거리를 달렸다.

일국의 왕녀로서 태어난 그녀에게 이렇게 전속력으로 거리를 달리는 건 처음이었다.

모퉁이를 돌고, 돌고……. 뒤를 돌아보며 아무도 쫓아오지 않는다는 걸 확인했다. 그래도 다리를 멈추지 않고 달리고.

숨이 차고 눈앞이 깜빡이기 시작하자 벽에 손을 짚고 크게 숨을 내쉬었다.

――으으…… 어째서 이렇게 된 거지~?

머릿속은 완전히 혼란스러웠다.

너무 많은 일이 일어났다.

미아의 도움을 받아 바이더리언 족 격리 정책을 해결하려고 했다. 그 직전에 아버지가 암살자에게 노려졌다. 다행히 암살은 실패로 끝났지만, 이번에는 완전히 무고한 죄로 붙잡혔고 심지어 수상한 남자가 강제로 도망치게 했다…….

변화하는 상황에 도저히 따라갈 수 없었다.

지금 오우라니아는 국왕 암살 미수의 유력한 용의자. 어엿한 수배자다.

――모처럼 미아 스승님 밑에서 훌륭한 왕녀도를 걸으려고 하던 참이었는데…… 왜……?

참으로 서글펐다.

"오우라니아 왕녀 전하, 괜찮아요?"

그때였다. 걱정하는 목소리……. 문득 시선을 주자 키릴이 불안해하는 얼굴로 올려다보고 있었다.

"죄송합니다. 키릴이 괜히 나서지 않았다면……."

키릴의 누나인 야나가 그 옆에서 미안해하는 얼굴로 말했다. 그런 아이들을 보고 오우라니아는 순간 어안이 벙벙해졌다가 바로 미소 지었다.

"괜찮아. 애들아. 감싸줘서 고마워……."

원망 같은 건 없었다.

이유는 모르지만, 아버지는 의도적으로 자신에게 혐의를 돌리려고 했다. 그러니 이 아이들이 있어도 없어도 마찬가지다.

——오히려 패티가 없었다면 마차를 습격한 그 수상한 남자를 따라가 버렸을지도 모르구.

그래서 오우라니아는 웃었다. 아이들에게 걱정 끼치지 않도록. 그건 억지로 지어서 조금 뻣뻣한 미소였지만, 그래도…….

——미아 스승님이라면 분명 이렇게 했을 테니까…….

오우라니아는 한 번 더 방금 막 온 길을 향해 시선을 주었다. 쫓아오는 사람은 없어 보였다.

——이 아이들을 지키기 위해서도…… 지금은 내가 정신 차려야 해……. 그렇지 못하면 미아 스승님의 제자 실격이라구.

기합을 충전한 뒤 다시금 생각했다. 생각하고, 생각하고, 또 생각해서…….

"어떡하지……. 도망친다고 해도 대체 어디로……."

바로 불안해졌다!

예전부터 낚시 말고는 관심이 없었던 오우라니아다.

거리로 나오는 일도 지극히 드물었다. 거리를 걷기보다는 바다로 나가서 낚시하는 일이 더 많았으니……. 어디에 어떤 물고기가 숨어있는지는 알아도 자신이 숨을 수 있는 장소가 어디인지는 전혀 몰랐다.

"에메랄다 님을 찾아갈까……? 아니, 하지만…… 그린문 공작은 아바마마와도 접점이 있으니까 안 돼……. 그러면…… 으으음."

달리 갈만한 곳이 어딨는지 생각해 보았지만…… 없었다!

당연하게도 왕녀인 오우라니아의 인간관계는 전부 왕궁과 인연이 깊은 자들이었다.

"저기, 오우라니아 왕녀 전하……."

그때였다. 야나가 발언했다.

"도와줄 법한 장소…… 제가 하나 아는데요."

이쪽을 올려다보는 야나의 굳센 시선에 오우라니아는 바로 결단을 내렸다.

"야나……. 그래, 알았어……. 너를 믿을게."

그렇게 그녀들이 향한 곳은…….

제1화 굶주린 미아와 메이드의 암약

"오우라니아 양이 도망쳤다니……. 대체 어떻게……."

불쑥 호기심이 치솟는 미아였다.

기본적으로 미아는 단두대 탈출과 관련이 있는 지식 수집과 달콤한 디저트에는 항상 굶주려 있었다.

——오우라니아 양은 순발력이 좋다고는 생각했지만…… 그 상황에서 도망치는 건 어렵지 않을까요? 야나와 키릴은 가누도스 빈민가에서 생활했으니 지리적인 이점은 있겠지만……. 역시 어린아이니까 어려울 거예요. 그리고 패티…….

문득 미아의 뇌리에 무표정한 어린 할머니의 모습이 떠올랐다.

——그럴싸한 느낌이 드는군요……. 패티라면 어쩌면……. 그 아이는 뱀의 지혜인 '땅을 기어가는 자의 서'를 읽었으니, 가능성은 부정할 수 없어요.

그렇게 되자 자연스럽게 미아의 호기심은 '땅을 기어가는 자의 서'로 넘어갔고…….

——그렇다면 혹시 혁명이 일어났을 때를 위해 일단 저도 읽어두는 게 좋지 않을까요? 잘 읽고 도망칠 때 활용할 수 있는 지식을 수집해놓는 게 좋아 보이는데요.

그런 생각을 하며 미아는 슈트리나 쪽을 보았다.

"리나 양, 어떤가요? 만약 리나 양이 잡힌 상황이었다면 도망칠 수 있을까요?"

마찬가지로 뱀과 관련이 깊은 슈트리나라면 어떤지 물어보았는데…….

"으음. 글쎄요……. 리나는 평범한 소녀라서 훈련받은 병사들에게서 도망치는 건 어지간히 허를 찌르지 않으면 어려울 거예요."

슈트리나는 작게 고개를 갸웃거리며 디온을 힐끗 쳐다보았다.

"잡힌 사람이 저기 디온 알라이아라면 허를 찌를 필요도 없이 쉽게 탈출할 수 있을 테지만요……."

"하하하. 그렇지. 너무 곡예 같은 걸 기대하면 곤란하지만, 그 정도라면 뭐."

딱히 어려운 일이 아니라는 듯 말하며 디온이 웃었다.

──뭐 그렇겠죠. 네, 알고 있었어요.

우선 혁명군의 손아귀에 떨어질 때는 디온을 아군으로 끌어들여서 최대한 같이 잡히고, 디온이 탈출할 때는 데리고 가 줄 정도로 호감도를 올려놓아야겠다고 새삼스레 되새겼다.

"그래서, 자세한 이야기는 들었나요? 루드비히."

"죄송합니다. 아무래도 저희를 오우라니아 왕녀 전하의 협력자로 생각하는 모양인지라…… 별다른 정보는 얻지 못했습니다."

"뭐, 그것도 그렇겠군요. 흐음, 어떻게 해야 할까요……."

"미아 님, 잠시 괜찮으십니까?"

그때였다. 안느가 조심스럽게 손을 들었다.

"어머, 안느. 왜 그러나요?"

"괜찮으시다면 차를 준비하려고 하는데요……."

"다과 준비……. 그건 중요한 일이죠."

안느의 말에 살짝 의역을 덧붙이며 미아는 고개를 크게 끄덕였다. 항상 달콤한 디저트에 굶주린 미아였다.

"하지만 안느 혼자 보내는 것도 조금 걱정이에요."

"그렇다면 리나도 같이 다녀오겠습니다."

"네……? 슈트리나 님께서……?"

갑작스러운 입후보에 안느의 눈이 휘둥그레졌다.

"흠. 그렇군요. 리나 양이 따라가 준다면 안심이죠. 독이 들어가는 것도 막을 수 있으니까요. 그렇다면 부탁드릴게요."

그렇게 미아의 허락을 구한 두 사람은 방을 뒤로했다.

"슈트리나 님, 어째서……?"

복도로 나오자마자 안느가 물었다.

"미아 님은 당신을 아주 소중히 여기셔. 그리고 그건 벨도 마찬가지지. 그러니까 당신에게 무슨 일이 생기면 리나도 곤란해."

힐끗 안느 쪽을 쳐다보고는,

"게다가 디온 알라이아나 루드비히 경이 같이 따라오면 안느 양이 하고 싶은 일을 못 하게 되지 않겠어?"

찡긋 짓궂은 미소를 짓는 슈트리나였다. 그러고는 장난꾸러기 어린아이처럼 슬그머니 속삭였다.

"정보를 모으려는 거지? 메이드에게서."

생각을 손쉽게 간파당한 안느는 조금 놀란 표정이 되었다가…… 바로 똑같이 공범자 같은 미소를 지었다.

"무턱대고 나서는 건 아니에요. 오우라니아 왕녀 전하가 잡혀버린 지금이라면 아마…… 그 사람은 한가할 테니까…….”

그렇게 두 사람은 복도를 지나가는 사람들에게 물어물어 메이드 대기실을 찾아갔다.

들어온 두 사람을 보고 실내에 있던 메이드들은 놀라서 굳어버렸지만…… 그러거나 말거나 안느는 말을 걸었다.

“죄송합니다. 미아 님께 차를 내어드리려고 하는데 누구 손이 빈 분께서 도와주실 수 없을까요?”

그렇게 말하며 실내를 둘러본 안느는 아는 얼굴을 발견했다.

“아, 마침 잘됐네요.”

안느에게 지목당해 움찔 튀어 오른 그녀는 오우라니아의 전속 메이드로서 세인트 노엘에 동행했던 소녀였다.

“죄송하지만 부탁드려도 될까요?”

“제, 제가요?”

“네. 아는 분을 만나서 다행이에요.”

안느는 세인트 노엘에서 학원 직원을 비롯해 학생들의 메이드와도 꼼꼼히 교류해왔다. 오우라니아의 메이드와는 같이 보낸 시간이 적긴 했지만, 대화를 몇 번 나눈 적은 있었다.

일단은 아는 사람이라 할 수 있었다.

“물을 끓이고, 무언가 다과를 마련해가고 싶은데요…….”

“……알겠습니다. 그렇다면 주방으로 안내하겠습니다.”

마지못해 고개를 끄덕이는 그녀를 향해 안느는 안심시켜주듯 부드러운 미소를 지었다.

대기실을 나와서 주변에 인기척이 없어졌을 때를 노려 안느가 말을 걸었다.

"저기, 오우라니아 왕녀 전하에 대해 무언가 소식을 듣지 못하셨나요?"

"……아뇨…… 저는, 아무것도……."

그 질문에 어깨를 움찔하는 메이드. 안느는 한층 그녀에게 캐물었다.

"뭐든 괜찮습니다. 부탁드려요. 오우라니아 왕녀 전하를 구하기 위해서도, 아이들을 구하기 위해서도…… 협력해주실 수 없을까요?"

메이드를 똑바로 바라보는 안느. 반면 메이드는 슥 시선을 돌리고는…….

"저, 저는, 딱히, 그, 오우라니아 님에 대해선, 별로……."

그 반응을 조용히 바라보던 슈트리나는 무언가를 떠올렸다는 듯 짝 손뼉을 쳤다.

"꼭 부탁드립니다. 물론 오우라니아 왕녀 전하의 무죄가 증명되고 나면 당신이 해준 일을 제대로 전달해드릴게요. 좋은 일도…… 당연히, ……나쁜 일도."

가련하게 웃는 슈트리나를 보고 메이드는 히이익 비명을 질렀다.

제2화 메이드를 제어하는 자는 정보전을 제어한다

안느와 슈트리나를 잠시 기다리는 사이……. 미아의 배에서 '꼬르륵' 하는 애처로운 소리가 났다.

"……흐음, 안느가 조금 늦는군요……."

얌전히 소파에 앉아있던 미아가 바로 꿈질거리기 시작했다. 자리에서 일어나 방 안을 어정어정 서성서성. 정신 사납게 돌아다녔다.

딱히 배가 고파서 예민해진 건 아니다. ……아니 뭐, 전혀 영향을 주지 않았다고는 할 수 없지만 그게 전부인 건 아니다.

한참이 지나도 돌아오지 않는 충신이 조금 걱정되었기 때문이다.

"흠, 리나 양도 같이 갔으니 괜찮겠지만요."

그런 의미에서 슈트리나의 동행은 마음이 든든했다.

그녀는 옐로문 공작 로렌츠에게 단련 받은 몸. 독에 조예도 깊고, 호신술도 배웠을 것이다. 무엇보다 디저트 심미안이 날카로우니…… 응?

미아의 생각이 한층 근원적인 욕구로 흘러가려던 그때, 불쑥 문이 열렸다.

"아아, 안느……. 오래 기다렸어요…… 어라? 그분은?"

두 사람과 함께 방으로 들어온 메이드를 보고 미아는 작게 고개를 기울였다.

"으음, 그러니까, 오우라니아 양과 같이 세인트 노엘에 계셨던 분이죠?"

"기억해주시다니 영광입니다. 미아 황녀 전하."

딱딱한 표정으로 머리를 숙인 그녀는 오우라니아의 전속 메이드였다.

"이분이 오우라니아 왕녀 전하가 도망쳤을 때의 일을 어느 정도 알고 계신 것 같아서 데려왔습니다. 슈트리나 님께서 설득……."

"안느 양, 그렇게…… 리나가 협박한 것처럼 말하지 마. 어디까지나 안느 양이 인맥을 살려서 정보를 수집한 거야. 공적을 가로챌 마음은 없어."

말간 얼굴로 말하는 슈트리나였다.

"그렇군요……. 음, 대략적인 경위는 알겠습니다. 그렇다면 다시금 무슨 일이 있었던 건지 들려주시겠습니까?"

루드비히의 재촉에 메이드 소녀가 조금씩 이야기를 풀기 시작했다.

"아니……. 외부 협력자의 도움으로 탈출이라니……."

"어디까지나 다른 메이드에게 들은 이야기지만요……. 위병의 이야기를 우연히 들었다면서……."

왕궁에서 일하는 메이드들. 한창 소문을 좋아할 나이대인 소녀들은 탄탄한 정보망을 구축하고 있다. 그것은 때로 일국의 첩보망에 필적한다.

인간의 호기심은 끝이 없고, 입을 봉쇄하는 것 또한 어렵다. 자유자재로 떠들어대는 혀는 참으로 제어하기 어려운 기관이다.

"흐음, 하지만 그렇다면 오우라니아 양도 제법 인망이 있었다는 뜻이 되는 건가요……?"

영락없이 오우라니아는 그런 인맥 만들기에는 관심이 없는 편인 줄 알았는데…….

미아의 속마음을 아는지 모르는지 메이드 소녀가 고개를 저었다.

"그게 신기한 점입니다. 오우라니아 님은 인망이 없으시니까요. 성에서 오우라니아 님을 구하려는 사람은 아무도 없을 테고, 옹호하는 사람도 없을 겁니다."

"흐음……."

그 말에 미아는 미간을 찌푸렸다.

——전속 메이드가 이렇게 단언하다니……. 사람은 자기가 뿌린 씨를 스스로 거두어야만 하죠. 슬픈 일이지만 오우라니아 양도 결국은 그런 거예요.

그렇게 생각한 그때…….

"어……? 그렇다면 오우라니아 양을 구한 사람은……."

"십중팔구 뱀입니다."

슈트리나의 목소리를 듣고 미아의 얼굴이 파랗게 질렸다!

——네? 그렇다면…… 설마 지금 패티가 뱀의 손아귀에 떨어졌다는 건가요……?

만약 패티의 비밀이 들킨다면……? 그야말로 패티가 죽어버리기라도 한다면……?

――아, 크, 큰일이에요. 이거 서둘러서 어떻게든 해야 해요…….

"뱀의 소행이라면 구했다기보다는 무언가에 이용할 생각으로 데려갔다고 생각해야 하지 않을까요."

당황하는 미아의 귀에 슈트리나의 목소리가 조용히 흘러들어 왔다.

들어 올리려던 엉덩이를 다시 의자에 붙인 미아는 후우 한숨을 쉬었다.

"어쨌거나 찾아야겠군요. 루드비히, 어떻게 하는 게 좋을까요?"

"글쎄요. 저희만으로 찾아내는 건 조금 어려울 것 같습니다."

루드비히가 안경을 밀어 올리며 대답했다.

"디온 씨를 보내는…… 것도 곤란하겠죠?"

"위치를 알면 어디에든 가겠지만요. 사람을 찾는 건 썩 자신 있는 분야가 아닙니다."

쓰게 웃는 디온을 보고…….

――하지만 혁명이 일어났을 때 저를 쫓아다니던 솜씨는 굉장했었는데요…….

얼굴이 부루퉁해지는 미아였지만……. 그래도 그의 말은 이해할 수 있었다.

디온 알라이아는 최강의 개인이지만, 사람 찾기에 필요한 건 그보다는 통일된 의사에 따라 움직이는 집단이다. 그렇다고 해서…….

"가누도스 항만국 내에서 제국의 병사를 움직일 수도 없죠."

"네. 목격자를 탐문 조사하려면 역시 머릿수가 필요합니다. 가능하다면 이 나라의 병사에게 맡기고 싶은데요……."

그때였다.

"저기……. 미아 황녀 전하……. 오우라니아 님을 꼭 구해주세요."

대화에서 빠져있던 오우라니아의 메이드가 굳게 다짐한 표정으로 말했다.

"어머……? 그렇게 오우라니아 양을 구하고 싶은 건가요? 무언가 은혜라도 입었나요?"

다소 의외라는 느낌에 물어보았더니…….

"아뇨, 굳이 따지라면 협박당했는데요……."

메이드는 쭈뼛거리며 대답했다.

"협박당해서, 그래서, 오우라니아 님의 편을 들게 되었는데……. 국왕 폐하가 감시하라고 하셨는데…… 그걸 배신했어요. 그러니까……."

메이드는 몸을 앞으로 쭈욱 내밀고는…….

"이대로 오우라니아 님이 잡혀버리면 곤란합니다."

절실하게 말했다.

"…………네?"

무심코 몸을 뒤로 뺀 미아를 향해 메이드가 말을 이었다.

"이대로 오우라니아 님이 처형되면 국왕 폐하에게 무슨 벌을 받게 될지……. 분명 왕궁에서 쫓겨날 테고, 더 심하면 저도 감옥에 들어갈지도 몰라요!"

메이드의 말은…… 미아의 가슴에 푸우욱 박혔다!

——아아……. 참으로 타산적이고 소심하군요! 정말 알기 쉬워요!

눈앞의 그녀는 이미 중립이 아니었다. 국왕이든 오우라니아든 누가 이겨도 상관없다고 할 수가 없다.

오우라니아 쪽에 서서 그녀의 아군이 되고 말았다. 그렇기에 오우라니아가 지면 큰일이다. 이겨야만 한다!

그것은 틀림없이 타산적인 마이 퍼스트. 지극히 미아와 가까운 사고방식이다!

그렇다. 다들 안느 같을 수는 없다. 아무런 타산 없이 그저 본인의 선량한 마음과 양심에 따라 행동할 수 있는 사람은 그렇게 흔히 굴러다니지 않는다.

충신 안느는 누구 씨처럼 침대 위를 찾으면 대체로 굴러다니는…… 그런 사람과는 확연히 다르다.

"미아 님, 여기……."

차를 따라준 안느에게 미아는 깊이 머리를 숙이며,

"안느…… 정말 고마워요. 진심으로 감사해하고 있답니다."

마음에서 우러난 인사를 건넸다.

살짝 과한 인사에 눈이 휘둥그레진 안느에게서 눈을 돌리며 차를 한 모금. 달달한 설탕 맛에 흐물흐물 녹을 듯한 미소를 지었다.

그런 미아의 눈앞에서 메이드가 이야기를 이어갔다.

"게다가 오우라니아 님은 변하려고…… 하셨던 것 같아요."

문득 메이드의 목소리가 조금 변한 듯한…… 그런 느낌에 미아는 시선을 들었다. 조금 전에 보인 절실함과는 또 다른, 어딘가 당혹스러워하는 듯한 기색으로 메이드가 말을 이었다.

"오우라니아 님은 미아 황녀 전하를 본받아서 변하려고 하셨습니다. 처음에는 또 이상한 짓을 시작하셨다고 생각했어요. 해적 바이더리언을 구하려고 하다니, 이상한 짓을 한다고 생각했는데…… 그분은 변하려고 하셨어요. 그걸 보는 사이에 저는, 어쩐지…… 그, 오우라니아 님 편을 드는 것도 나쁘지 않다고…… 생각해서……. 이분은 어쩌면 뛰어난 지도자가 되실지도 모른다고……. 무, 물론 그랬으면 좋겠다고 희망적으로 생각했던 것뿐일지도 모르지만요, 그래도……."

더듬더듬 늘어놓는 말에서 미아는 조금 전 슈트리나의 이야기를 떠올렸다.

인간의 마음은 한가지 측면만 갖지 않는다.

타산이 없는 건 아니다. 하지만 타산만 있는 것도 아니다.

눈앞에 있는 메이드는 정말로 오우라니아를 위하는 마음이 있다고…… 미아에겐 그렇게 보였다.

게다가 오우라니아와 마찬가지로 그녀 또한 세인트 노엘에서 보았을 것이다.

바이더리언 어린이가 어떤 아이들인지…….

사악한 해적의 자질을 갖춘, 더러운 아이들이 아니라는 것을.

자신들과 다를 바 없는 인간이고, 약한 아이들이라는 것도.

그것을 알 수밖에 없었고…… 그렇기에 그들을 구하려는 오우라니아의 마음에 메이드도 공감하게 된 것이 아닐까.

"게다가 불쌍한 분이기도 하세요. 오우라니아 님은."

메이드는 주위를 두리번두리번 둘러본 다음 목소리를 죽였다.

“사실 어떤 베테랑 선배 메이드에게 들은 이야기인데요……. 아무래도 국왕 폐하에게 정부가 있어서 딸인 오우라니아 님도 왕비님도 사랑받지 못했던 게 아니냐고…….”

미아는 깜짝 놀랐다.

“아니……. 그런 소문이…….”

그녀의 이야기를 들으며,

——무, 무서워요……! 이거 백월 궁전이나 세인트 노엘에서도 방심할 수 없겠어요!

메이드들의 정보망이 얼마나 무시무시한지 새삼 실감하는 미아였다.

제3화 강철방패 아벨, 불길한 미래를 알다

미아 일행과 헤어진 아벨과 벨 조손 콤비는 서둘러 그린문 저택으로 향하고 있었다.

전에 한 번 온 적이 있었다지만 그때는 마차였다. 이 길이 맞는지 다소 불안하기도 했고, 그 이상으로 마음에 걸리는 것은…….

아벨은 자연스럽게 주변으로 시선을 굴리며 추격자의 기척을 찾아보았다.

가누도스 국왕의 수하, 혼돈의 뱀 관계자 등등 조심해야 하는 요소는 얼마든지 존재했다.

무엇보다 그의 뇌리에는 그날 뱀의 성에서 본 광경이 떠올라 있었다.

목에 화살을 맞고 피로 물든 소녀의 모습.

그 소녀가 지금 다시 살아서 눈앞에 있다는 기적.

――슈트리나 양은 나를 믿고 벨과 같이 가도록 했어. 그렇다면 지금은 무슨 일이 있어도 벨을 지켜야 해.

먼 미래에서 건너온 손녀를 지키기 위해 아벨의 마음이 불타올랐다.

"벨, 나에게서 너무 떨어지지 않도록 조심해."

훌쩍훌쩍 달려가려는 벨에게 말을 걸었다.

"네……?"

갸우뚱 고개를 옆으로 기울이는 벨. 아벨은 그런 손녀를 보고 작게 한숨을 쉬었다.

"너는 에메랄다 양…… 그린문가의 별장 장소를 모르잖아?"

2년 전 여름에 그녀는 동행하지 않았기에 지적하자…….

"앗, 아뇨. 미래와 장소가 바뀌지 않았다면 두세 번은 간 적이 있어요."

벨은 천연덕스럽게 대답했다.

"그래?"

"네. 에메랄다 할머니가 뱃놀이하러 가자고 하셔서……. 옛날에 조난하셨다는 섬에도 간 적이 있어요."

——할머니…………

묘령의 영애에게 그런 호칭은 문제가 있지 않은지 생각하던 아벨이었지만…….

"그런데 아벨 할아, 왕자님은……."

"미래 세계에서는 나를 할아버지라고 불렀던 거야?"

"앗, 네. 그렇죠."

"그렇, 구나……."

아무래도 10대 중반의 나이에 할아버지라고 불리는 건 조금 가슴이 아픈 아벨이었다.

——에메랄다 양을 만나기 전에 벨에게 조심하라고 할 필요가 있으려나…….

그런 생각을 하고 있을 때…….

"게다가 이명도 있어요."

벨이 무언가 다른 화제를 꺼냈다.

"이명…… 이라면?"

"강철방패 아벨 아버지라거나 견뢰요새(堅牢要塞) 아벨 할아버지 같은 거요."

"아하, 그렇구나. 미아를 향하는 공격을 전부 막고 싶다고 생각하긴 했는데…… 그렇게 불린다니 나쁘지 않네……."

내심 뿌듯해하는 표정이 된 아벨에게 벨은…….

"그렇게 부르는 건 제 어머니나 친척…… 아벨 할아버지의 손녀들이에요. 딸에게 접근하는 남자들의 온갖 구애를 방패로 막고 요새처럼 차단한다는 뜻으로……."

명랑하게 웃으면서 말했다.

"어…… 그……."

아벨은 살짝 어색한 얼굴로 물었다.

"즉 나는, 딸이나 손녀들이 거리를 둔다고……?"

"……? 아뇨. 다들 좋아해요. 결혼해야 한다면 아버지랑 하고 싶었다거나, 아직도 어머니의 동생인 제4황녀…… 아차, 음, 너무 다 말하지 않는 게 좋겠네요."

벨은 나불나불 움직이던 입을 샤샥 단속했다.

"너무 많이 말하면 미래에 영향을 줄 테니까요. 음, 좀 자중하겠습니다."

"이미 굉장히 신경 쓰이는 부분까지 듣고 말았는데……."

아벨은 쓰게 웃으며 주변을 둘러보았다.

가누도스의 변함없는 풍경. 현재 자신들을 쫓아오는 자도 없고, 스쳐 지나가는 사람들도 일을 마친 어부나 시장 관계자인 상인이 대부분인데…….

……그때였다. 그의 시야 구석에 불현듯 전에 본 적이 있는 인물이 들어왔다.

"저 사람은……."

"왜 그러세요?"

어리둥절해서 눈을 깜빡이는 벨을 향해 아벨은 목소리를 작게 죽이며 대답했다.

"사실 너희가 여관에 남아있을 때 어떤 사람을 만났거든. 기억하니? 클라우지우스 후작 하네스 경."

"아. 패…… 고조할머니의 동생분 말이죠."

"그래. 그 하네스 경으로 보이는 사람과 항구에서 만났어. 볼품없는 탐험가라고 밝혔는데……."

"탐험가……."

벨의 표정이 스윽…… 바뀌었다.

그것은 한때 그 폐허가 되어버린 제도에서. 마지막 황녀로서 이름을 밝혔던 때와 비슷한…… 제국의 예지의 피를 이어받은 자의 자긍심을 품은 표정.

엄숙하고 침범할 수 없는 왕의 기품을 두르며 벨이 말했다.

"쫓아가요, 아벨 할아버지."

"어? 아니……."

"저는 꼭 이야기를 들어야겠습니다."

그렇게 말릴 새도 없이 벨은 뛰쳐나갔다.

성에서 고이 자란 황녀로 보이지 않을 만큼 재빠르고 각이 잡힌 달리기에 쓴웃음을 지으며 아벨은 그 등을 쫓아갔다.

——뭐, 그린문 저택의 장소는 바뀌지 않으니까. 지금은 저 사람을 쫓는 걸 우선해도 괜찮겠지…….

손녀에게 약한 아벨 할아버지의 이 판단이 나중에 어떤 영향을 주는지, 지금은 아직 아무도 알지 못했다.

제4화 쿠키에는 쿠키를

“흐으음…….”

미아는 안느가 가져다준 다과를 우물우물, 우물우물, 우물우물 먹으며 신음을 흘렸다.

테이블 위, 커다란 접시에 놓인 쿠키로 손을 뻗고는…….

“오우라니아 양의 도망과 뱀의 책략, 그리고 가누도스 국왕과 오우라니아 양의 관계…….”

생각에 잠긴 채 쿠키를 하나, 둘, 제 접시로 옮겨 담았다.

여느 때처럼 생각하는 척하는 건 아니다. 진지하게, 아주 진지하게 생각하고 있었다.

아무튼 이번에는 패티의 목숨이 달렸다. 남의 일이 아니다.

“뱀의 목적은 불명이지만, 아무튼 오우라니아 양 일행을 되돌려받아야겠군요.”

미아의 말에 루드비히는 팔짱을 꼈다.

“그건 그렇지만, 가누도스 국왕의 꿍꿍이를 모르는 게 마음에 걸립니다.”

“왜 오우라니아 양에게 죄를 뒤집어씌웠냐는 부분 말이죠. 하지만…….”

미아는 조금 전에 들은 이야기를 곱씹었다.

“가누도스 국왕에게는 정부가 있고, 오우라니아 양이 소중하지 않았다……, 방해였다…….”

그렇게 중얼거리면서 미아는 작게 고개를 갸웃거렸다.

"뭐, 소문은 소문이겠죠."

디온이 그렇게 말했다.

"어머? 어째서죠? 디온 씨. 무슨 이유라도 있나요?"

"하하. 아쉽게도 그냥 감입니다. 하지만 그 양반에게 그런 인간적인 정열이 있다고는 좀처럼 믿어지지 않는군요."

디온의 말에 동조하듯 루드비히가 고개를 끄덕였다.

"저도 감정적으로는 디온 씨에게 동의합니다. 솔직히 그 국왕을 두고 제가 느낀 이미지와 소문의 내용이 어긋난다고 느꼈습니다. 게다가 방해된다는 점도 의문입니다. 정부가 있다면 그야말로 측실로 들이면 되죠. 그 정부와 낳은 자식을 후계자로 삼고 싶다면 그것을 방해할 자도 없습니다. 굳이 오우라니아 왕녀 전하를 견제할 필요는 없죠. 하지만……."

안경 위치를 살짝 고치며 루드비히가 말했다.

"만약 그런 인간적인 감정이 배후에 있는 거라면, 어떠한 이유로 오우라니아 왕녀님에게 죄를 떠넘기는 건 쉬웠을 겁니다."

그는 미간을 구겼다.

"애초에 가누도스 국왕의 속내가 잘 보이지 않으니 판단하기 어렵지만요……. 그저 정보만 놓고 본다면 조금 전 그녀의 증언은 논리적입니다."

가누도스 국왕은 오우라니아에게 애정이 없고, 오히려 방해라며 껄끄러워했다.

그래서 암살 미수 사건이 일어나자 좋은 기회라며 범인으로 몰아갔다.

"으음……. 이건 사태가 제법 복잡하게 얽혀있군요. 바이더리언 족 문제를 단숨에 해결하려던 게…… 이런 일이 될 줄이야……."

미아는 팔짱을 끼고 생각에 잠겼다.

——안 되겠어요. 문제가 너무 어려워서 단것을 먹고 있는데도 영감이 한참 부족해요. 입이 단맛으로 완전히 뒤덮이고 말았어요.

무언가 맛을 바꿀 수 있는 건 없을까……?

그런 생각을 하면서도 또 쿠키로 손을 뻗어 하나 더……. 그 순간, 미아는 눈을 부릅떴다!

지금 먹은 쿠키는…… 달지 않았다!

굳이 따지라면 살짝 짭짤한 쿠키. 잘 보니 말린 해조류를 감아서 구운 독특한 쿠키였다.

——흐음…… 이건……!

미아는 무심코 그 구조에 눈을 부릅떴다.

달착지근해진 입을 리셋하기 위해 쿠키가 아닌 다른 것을 먹는 게 아니라, 일부러 맛이 다른 쿠키를 먹는다는 구조!

디저트에 정통한 미아로도 떠올리지 못했던 발상의 전환에 자연스레 기분이 흡족해졌다.

"흐음, 쿠키에는 쿠키를…… 인 거군요."

무언가 격언이라도 남기듯이 말하며 하나 더.

깔끔하게 입가심한 뒤 홍차를 꿀꺽.

만족스러워하며 고개를 주억거리는 미아였지만, 직후 무언가 강렬한 시선이 꽂혀 있다는 걸 깨달았다.

그쪽을 보자 루드비히가 눈을 크게 뜨고 쳐다보고 있었다.

“쿠키에는 쿠키를……. 그건…… 혹시, 누명에는 누명으로 대응한다는 말씀이십니까?”

“…………음?”

슬쩍 이상한 목소리가 나왔지만 얼버무리기 위해 헛기침을 한 번. 그 후 짐짓 고민에 잠긴 표정을 지으며 고개를 끄덕였다.

“그래……, 맹점이었습니다. 확실히…… 그렇게 하면 가누도스 국왕을 견제한다는 측면으로 봐도 제법…….”

“저기, 루드비히 씨……. 무슨 뜻인 거예요?”

미아가 묻고 싶은 걸 또다시 충직한 메이드가 대변해주었다. 미아의 유능한 오른팔이었다.

“음, 간단해. 즉 미아 님께서는 진실을 밝히는 것이 아니라 가누도스 국왕의 의혹을 이쪽에서 마음대로 설정하시려는 거지.”

“어음……?”

“처음부터 정리해볼까. 우리가 이 나라에 온 것은 애초에 바이더리언 족 박해 사실을 확인하고 그들을 돕기 위해서였다. 오우라니아 왕녀님의 요청도 그랬지. 여기까지는 이해했을까?”

“네. 괜찮습니다.”

고개를 끄덕이는 안느. ……와 속으로 고개를 끄덕이는 미아.

——그래도 그 정도는 알죠…….

거듭 속으로 주억거렸다.

“미아 님께서는 이번 암살 미수 누명을 그 문제와 엮으려고 하시는 거다. 즉 오우라니아 왕녀가 의심받은 건 국가로서 불리해지는 문제, 바이더리언 박해 문제를 개선하려고 했기 때문이 아니냐고. 방해되는 사람을 배제하기 위해 이번 암살 미수 사건을 이용한 것이 아니냐고."

"네…………? 하지만 그건……."

"물론 아무런 증거가 없지. 누명일 우려가 지극히 크다. 하지만……."

루드비히는 안경을 슥 올리며 말했다.

"미아 님께서 그렇게 의심하고 있다고 말씀하시면 그것 자체로 견제가 돼. 만약 오우라니아 왕녀님에게 무슨 일이 생기면 '그녀는 정의로운 고발을 하려고 했지만, 그 탓에 누명을 쓰고 매장당했다.'라고 규탄할 수 있다고 가누도스 국왕에게 경고하는 거다. 게다가 암살미수 사건을 조사할 때 바이더리언 족 격리 지구 조사도 시야에 들어올지도 몰라."

그 후 루드비히는 조용히 미아를 향해 시선을 던졌다.

미아는 묵묵히 그의 이야기를 들으며 내내 감탄했다!

——그렇군요. 그런 방법이 있었어요……. 쿠키에는 쿠키를……. 정말 딱 그런 셈이에요.

작게 고개를 끄덕이며,

"만약 오우라니아 양이 방해가 된다면…… 도망친 지금은 그 존재를 제거하기에 딱 좋은 기회죠. 설령 뱀의 손에서 구출했다고 해도 가누도스 국왕의 손에 매장당할 위험은 아주 큽니다. 제대로 의혹을 표명해야겠어요."

바로 루드비히의 아이디어를 채용하기로 결론을 내리고 당당히 일어났다.

"아, 미아 님. 실례합니다."

그때 안느가 옆에서 입가의 쿠키 부스러기를 스슥 훔쳐주었다.

미아는 입술을 날름 핥은 뒤,

"그렇다면 다녀오죠."

아무 일도 없었다는 듯 방을 뒤로했다.

제5화 진정한 평화란 지금 이 순간 단두대에 서지 않음만이 아니고……

가누도스 국왕과 만나기 위해 미아는 복도를 거침없이 걸어갔다.

항만국 쪽 인간들이 막으려고 했지만, 그 정도로 멈추는 미아가 아니다.

애초에 대국 티어문의 황녀를 제대로 가로막을 만큼 기개 있는 사람은 없었다.

그렇게 미아는 제 검에 의지하지 않고도 국왕의 집무실에 도착했다.

"실례합니다. 가누도스 국왕 폐하."

인사와 함께 문을 벌컥 열고 당당히 안으로 들어갔다.

실내에는 가누도스의 국왕 말고도 남자 한 명이 더 있었다.

"오……, 미아 황녀 전하가 아니신가……. 이렇게 찾아오다니 지극히 영광일세."

입꼬리를 끌어올리며 웃는 국왕 네스토리를 향해 미아는 사뿐하게 인사했다.

"굳이 말을 꾸며내실 필요는 없습니다. 국왕 폐하. 무례함은 익히 자각하고 있지요. 저는 그저 왕궁에 초대해놓고 다과도 내어주지 않고 방치하는 폐하의 무례를 갑작스러운 방문이라는 무례로 돌려드린 것뿐입니다."

"저런, 그건 다소 날이 선 견해로군. 다른 뜻은 없었네. 아무것도 내어드리지 않은 건 그저 독을 의심할지도 모른다고 우려했기 때문이라네."

"그래요, 그런 걸로 해 드리죠. 그런데 그분은 어떤 분이신지?"

미아는 선객을 향해 시선을 던졌다.

"아, 아뇨. 저는 방해꾼일 뿐이니 이만……."

그렇게 말하며 일어나 도망치려는 남자를 향해 미아는,

"만나서 반갑습니다. 저는 미아 루나 티어문. 티어문 제국의 황녀죠."

당당하게 이름을 밝혔다.

대국의 황녀라는, 신분이 더 높은 상대가 이름을 밝힌 이상 인사를 돌려주지 않을 수 없다. 그 무례는 나라에 따라서는 극형에 처할 수도 있는 수준이다.

남자는 미아 뒤에 서 있는 디온 쪽으로 힐긋 시선을 주었다가 살짝 파리한 얼굴로 대답했다.

"황녀 전하께서 먼저 인사해주시다니 황공합니다. 가누도스 항만국 조선 길드의 길드장 비가스라고 합니다."

"조선 길드장……. 흐음, 그렇군요."

미아는 내심 히죽 웃었다.

──바이더리언은 조선공사에서 노동력을 부려 먹힌다고 했죠. 그렇다면 제대로 관계자잖아요……? 그런 두 사람이 모여서 대체 무슨 이야기를 하고 있었던 건지. 아주 수상해요……. 참으로 써먹을 수 있을 법한 상황이네요.

그랬다. 이번에 미아는 가누도스 국왕에게 누명을 씌우기로 결심했다.

“그런데 폐하. 오우라니아 왕녀 전하가 유괴당했다고 들었는데 사실인가요?”

“유괴? 하하, 어디서 그런 근거 없는 소문을…….”

“소문이라면 상관없죠. 당장 만나고 싶습니다. 오우라니아 양의 혐의를 풀기 위해서도 이야기를 들어야 하고, 그 이상으로 오우라니아 양이 걱정되어서 과자도 넘어가지 않을 정도인걸요.”

뻔뻔한 주장에 바로 뒤에서 디온이 무심코 웃어버렸지만, 그건 넘기고…….

“후후후, 그렇군. 간과했었네. 역시 제국의 예지.”

가누도스 국왕은 갑자기 저자세가 되어 비굴하게 웃었다.

“물론 딱히 놀랄 일은 아무것도 알지 못하네. 아무래도 딸은 바이더리언 족의 도움을 받아 도망쳤다는 것 말고는…….”

국왕은 옆에 있던 길드장에게 시선을 던졌다. 비가스 길드장은 이마의 땀을 훔치며 대답했다.

“오우라니아 왕녀님을 태운 마차는 저희 조선 길드에서 보유한 마차입니다. 마부도 저희 길드에서 고용한 사람이었는데, 그자의 말로는 이마에 반다나를 감은 남자에게 두들겨 맞았다고…….”

“암살범도 바이더리언 족의 문신이 있었지. 오우라니아가 바이더리언과 손을 잡고 나를 죽여 나라를 차지하려고 했네. 이번에 마차를 공격한 것도 암살범 본인이거나 관계자였다고…… 그리 생각하는 게 타당하지 않겠나.”

"어머, 그건 다소 비약이 아닐까요?"

미아의 반론에 왕은 굳은 얼굴로 웃었다.

"두 사람의 인간이 증언해야 정식으로 채택된다……. 신성전의 가르침일세. 마부와 마찬가지로 경호하던 병사도 증언했지. 믿지 않을 이유는 없네."

"그렇다고 해서 바이더리언 족과 오우라니아 왕녀 전하의 관계를 증명한다고 볼 수는 없죠. 백 보 양보해도, 그건 반다나를 두른 남자와 오우라니아 양의 관계를 증명할 뿐이에요. 오우라니아 양이 범인이라는 결론을 정해놓고 생각하시는 게 아닌가요?"

"그쪽이야말로 오우라니아가 무죄라고 결론을 내려놓고 말씀하시는 게 아닌가? 미아 황녀 전하."

두 사람은 서로를 노려보았다. 하지만 곧바로 미아는 미소 지었다.

"저는 사실, 오히려 다른 가능성을 의심하고 있답니다. 폐하."

"흐음. 다른 가능성이라니……?"

흥미롭다는 듯 고개를 기울이는 왕을 향해 미아는 풀파워로 밀어붙였다.

"단도직입적으로 말씀드리자면…… 국왕 폐하. 폐하가 오우라니아 왕녀 전하에게 죄를 뒤집어씌운 게 아니냐는 거죠."

그 말에 가누도스 국왕은 유쾌하다는 듯 웃었다.

"하하하. 이것 참, 엉뚱한 말씀이시군. 미아 황녀는 어째서 짐이 외동딸에게 누명을 씌웠다고 생각하는 건가?"

"그건 말이죠……."

미아는 고개를 크게 끄덕인 뒤 가누도스 국왕과 조선 길드장을 쳐다보고,

"두 분에게 오우라니아 양이 방해되었던 것 아닌가요?"

손가락을 좌우로 살짝 까딱이며 말을 이었다.

"오우라니아 양은 바이더리언 족의 처우를 우려했습니다. 격리되어 조선업에 종사하던 바이더리언 사람들을 구하려고 했죠. 하지만 그건 두 분에게는 편리한 노동력을 빼앗는 셈입니다. 그렇지 않나요? 조선 길드의 길드장님."

갑작스레 화살이 날아오자 비가스 길드장이 펄쩍 뛰어올랐다.

"말도 안 됩니다……! 그런 얼토당토않은 누명을……!"

"글쎄요? 수상하군요. 적어도 논리적입니다. 그리고 만약 가누도스 항만국의 병사가 오우라니아 양을 해친다면…… 아니, 병사가 직접 하지 못해도 누군가가 오우라니아 양을 해친다면 그 시점에서…… 저는 의심할 수밖에 없죠. 오우라니아 양이 방해되니까 입막음을 한 게 아니냐고."

미아는 씩 웃었다.

"뭐, 저는 관대한 편이지만요, 제 친구 중에는 그런 무도한 짓을 내버려 두지 못하는 분들이 많이 있으니……. 이미 하고 계실 테지만, 최대한 빨리 오우라니아 양과 아이들을 찾아서 보호하시는 게 좋지 않을까요? 최대한 안전하게, 상처 하나 없이……. 물론 아이들도 마찬가지죠."

의기양양하게 웃으며 미아는 한층 파고들었다.

"그리고…… 만약 이런 누명을 쓰는 게 싫다면 바이더리언 족

의 처우도 시정하…….”

“곤란합니다. 미아 황녀 전하.”

그때였다. 갑자기 문이 열리고 한 남자가 들어왔다.

가지런히 다듬어진 수염을 가볍게 쓰다듬으며 등장한 진한 녹색 머리카락의 그 남자는…….

“그린문 공작……. 어째서 여기에…….”

에메랄다의 아버지, 그린문 공작이었다.

왜 이런 장소에, 그것도 이런 타이밍에……? 고개를 갸웃거리는 미아의 눈앞에서 그린문 공작은 우아한 발걸음으로 집무실 안에 들어왔다.

“미아 황녀 전하께서 왕궁에 연금되어계신다고 듣고 서둘러 달려왔습니다.”

가슴에 손을 올리고 깊이 허리 숙여 인사한 그린문 공작이 가누도스 국왕을 향해 말을 이었다.

“이러시면 곤란합니다. 폐하. 제국의 소중한 미아 황녀 전하를 연금하시다니…….”

“그린문 공작이 아닌가. 참으로 면목이 없군. 짐으로서는 황녀 전하께 시정의 여관을 쓰시게 할 수도 없었네. 왕궁으로 초대한 것뿐인데 괜한 걱정을 끼친 모양이지.”

자연스러운 두 사람의 대화를 보고 미아는 깨달았다.

──이 두 사람, 사이가 아주 좋아 보여요. 그래요. 저희를 방에 붙잡아두는 동안 국왕 폐하는 지원군을 불렀다는 거군요. 그린문 공작은 우리나라의 중진. 황녀인 저에게도 간언할 수 있는

위치죠.

속으로 혀를 차는 미아를 향해 그린문 공작이 쾌활하게 웃으며 말했다.

"하지만 곤란합니다. 미아 황녀 전하. 타국 일에 간섭하시는 건 그리 권장할 수 없는 일이지요."

"어머나? 저는 친구가 괜한 누명에 휘말리려는 걸 막으려고 왔을 뿐인걸요."

천연덕스럽게 대답하는 미아를 보고 그린문 공작은 고개를 저었다.

"친구를 위하는 황녀 전하의 마음에는 감동하였지만, 그렇다고 해도 타국의 일입니다. 제국이 간섭할 문제는 아니지요. 게다가 자칫 제국이 가누도스 항만국을 원해서 개입한다는 의혹을 받을 수 있습니다. 나라가 나라를 침공할 때 필요한 대의명분을 날조하기 위해 그러한 말씀을 하신다고 오해받을지도 모릅니다."

――으음……. 그건 확실히 중요한 문제죠.

아픈 곳을 찌르는 바람에 입을 다무는 미아였다.

자신이 나댔다가 가누도스를 속령으로 만들어버리는 건 미아도 피하고 싶은 바였다.

옆에서 간섭한 결과 '그렇다면 네가 해보든가!' 같은 말을 듣는 건 어떻게든 피하고 싶다. 가능하다면 본인 나라의 일은 본인들이 어떻게든 하길 바라는 게 미아의 본심이다.

――게다가 만약 가누도스가 제국의 속령이 된다면……. 한번 그런 전례를 남겨버리면 다른 나라가 제국에게 같은 짓을 할지도

모르죠.

네 나라도 비슷한 짓을 하지 않았냐고 밀어붙이면 반론하는 게 어렵다.

따라서…….

──무슨 씨를 뿌릴지는 신중하게 음미해야 해요.

미아는 한번 멈춰서 생각했다.

──대체 어떻게 해야 할까요……?

과연 어디까지 파고들어야 할지……. 사전에 루드비히에게 의견을 들어놓지 않은 게 이제 와 후회되었다.

──우선 제가 오우라니아 양이 누명을 쓰고 말살당하는 게 아닌지 의심하고 있다고…… 이걸 표명해두는 게 중요하죠. 반대로 그렇게 하기만 하면 가누도스 국왕도 섣불리 행동하지 못할 거예요.

이번에 미아가 노리는 건 가누도스 항만국의 병사로 오우라니아를 찾아내는 것이었다. 그것도 최대한 안전하게.

혼돈의 뱀과 가누도스 항만국, 쌍방을 적으로 돌리는 걸 피하고자 압박하러 왔는데……. 그 목적은 이미 달성한 것 아닐까?

욕심은 금물이다. 지금은 어디까지나 처음 목적을 달성한 선에서 만족해야 하지 않을까……?

──그래요. 저도 참, 여기서 전부 해결해버리려고 하다니. 너무 앞서갔어요. 과로는 금물이죠. 너무 성실하게 임하면 어딘가의 꽉 막힌 고지식 왕자처럼…… 응? 바보 시온……?

순간 미아의 뇌리에 선명한 모습이 되살아났다.

제국의 잘못을 시정하러 온 시온 솔 선크랜드의 우아한 모습이…….

——나라가 다른 건 상관없다. 타국이라고 해도 권력을 지닌 자가 백성을 박해하는 건 간과할 수 없다. 그 녀석이라면 그런 말을 할 것 같죠. 그리고 그 논리를 중앙 정교회도 베이르가 공국도 받아들였고……. 어라……? 이거 혹시 써먹을 수 있지 않을까요?

과거 제국이 비난받았을 때의 논리……. 그건 당사자인 미아가 아무런 반론도 하지 못했던 정론 오브 정론이었다.

왕이란 백성을 안락하게 통치한다는 조건으로 신에게 통치 권능을 위탁받은 자. 따라서 백성을 안락하게 통치하지 못한다면 그 위탁은 거둬져야 한다…….

——옛날에 제가 당했던 걸 지금 갚아줄 수 있는 거군요. 그래요, 이거라면 잘 끌어갈 수 있을지도…….

그 순간 오싹한 한기가 미아를 덮쳤다.

미아는 깨닫고 말았다. 사태는 제 생각보다 더 선택지가 없는 상황임을…….

——아니, 아니죠. 이걸 써먹을 수 있는 게 아니라 오히려 쓰지 않으면 위험해지는 거 아닌가요……?

만약 여기서 가누도스 국왕의 행위를 눈감아주면 미아가 묵인했다고 여겨질지도 모른다. 아니, 뱀은 그런 핑계를 대고 라피나나 시온에게 몰래 고자질할지도 모른다…….

——지금은 그린문 공작의 말에 귀를 기울이는 것도 저에게 불리해질 것 같군요.

대귀족의 횡포에 맞춰주었다는 것처럼 보일지도 모르고, 가누도스 항만국이 제국에 주는 이익에 눈이 멀었다고 보일 수도 있다.

어쨌거나 가누도스 국왕이 오우라니아에게 죄를 뒤집어씌우려고 한다고 규탄한 시점에서 이미 미아는 그 방향으로 나아가는 길밖에 없었다. 한번 바이더리언 문제를 지적해버린 시점에서…….

그것은 마침 그 메이드처럼…….

그리고 어디에 설지 정해버린 이상 이미 그쪽이 이기는 것 말고는 살아남을 길이 없다.

——퇴로가 없는 상황은 별로 좋아하진 않지만요…….

절레절레 고개를 젓긴 했지만, 미아는 그리 불안하지 않았다.

아무튼 자신이 올라타려는 이 흐름에는 라피나가 있다. 시온도 있다. 게다가 자신의 등 뒤에는 루드비히와 안느와 디온도 있다.

——여차하면 뒤에 있는 분들이 도와줄 테고, 라피나 님이나 시온에게도 책임을 떠넘기면 그만이죠.

걱정거리는 행방불명인 패티뿐. 따라서 미아는 조용히 입을 열었다.

"그렇군요. 나라의 구분은 확실히 중요합니다. 다스리는 땅의 구분이 흐트러지면 그것은 질서를 흐트러트리는 일이 되기도 하죠……. 하지만……."

마음속으로 성녀 라피나의 모습을 떠올리며…… 아니, 오히려 그 몸에 성녀 라피나의 사자 같은 박력을 깃들게 하며…….

미아는 엄숙한 표정을 짓고.

"저희에게는 따라야 하는 정의가 있습니다. 어떤 나라든, 모든 사람이 지켜야만 하는 게 존재하지 않나요?"

온화한 어조로 말을 꺼냈다.

"어떤 나라든……?"

"네. 그래요. 예를 들어……."

찰나의 숙고. 그 후…….

"그건 눈앞에 사람이 쓰러져있으면 도와주어야 한다는, 인간으로서 당연한 일 같은 거죠. 그렇죠?"

설마 여기에 아니라고는 할 수 없으리라는 예시를 들어 기준을 잡았다.

"그건, 뭐, 그렇죠……."

그린문 공작은 어쩔 수 없다는 듯 고개를 끄덕였다.

"당연하다고 할 수 있지."

이어서 고개를 끄덕인 가누도스 국왕. 조선 길드장도 당혹스러워하면서도 고개를 끄덕였다.

그것을 부정한다면 즉각 라피나에게 고자질해주겠다며 반응을 살폈던 미아는 살짝 아쉬워했다. 하지만 바로 본론으로 돌아갔다.

"그리고 저희 같은 귀족이나 왕족, 황족은 더 강한 책임이 있습니다. 힘을 받았으니 그 힘을 써서 이뤄야 하는 크나큰 의무가 있죠. 구체적으로 말하자면 백성의 안녕을 지키는 것, 백성을 안락하게 다스리는 것. 이것이 우리가 백성을 지배하는 조건이에요."

또다시 미아는 신성전의 논리를 끌어왔다. 그 위에 서 있는 한 성녀 라피나의 후광을 빌릴 수 있기 때문이다.

나중에 선물로 여왕 오징어를 바리바리 사 갈 테니까 힘을 빌려달라고 마음속으로 기도하며 미아는 말을 이었다.

“따라서…… 저는 가누도스에서 이뤄지는 일을 비난해야만 합니다. 바이더리언을 대상으로 하는 정책은 용인할 수 있는 것이 아니죠. 그리고 그걸 개선하려는 오우라니아 왕녀 전하에게 전면적인 지지를 표명하겠어요.”

모든 것은 오우라니아의 의지이며, 공적은 오우라니아에게 돌아가야 하니 황금 등대 같은 건 세우지 말라는 의도도 꼼꼼하게 눌러 담는 미아였다.

“분명 제 친구 라피나 님도, 시온 왕자님도, 아벨 왕자님도 동의해주실 거예요.”

본인에게 아군이 많이 있다는 걸 은근슬쩍 어필한 다음 덧붙이듯이,

“제 절친한 친구 에메랄다 양도 물론 아군이 되어주겠죠.”

네 딸도 아군임을 노골적으로 과시했다.

한 번 그 흐름에 탄다고 정한 아끼지 않고 전력투구하는 미아였다. 물량 공세야말로 미아의 전술이다!

그리고 미아의 반론에는 거부할 수 없는 설득력이 있었다. 왜냐하면 미아가 꺼낸 것은 국가 성립의 근거이기 때문이다. 그것이 흔들리면 그 땅을 통치하는 정당성을 잃어버리는…… 그런 논리로 미아는 싸움에 임했다.

“당연히 그렇습니다. 하지만 그건 평화를 해치면서까지 해야 할 일이 아니지 않겠습니까?”

반면 그린문 공작은 미아의 말이 일부 올바르다고 인정한 뒤……

살짝 논점을 비틀고자 시도했다.

"평화…… 라고요?"

"그렇습니다. 황녀 전하께서는 거리의 모습을 보셨습니까? 어딘가에 검을 들고 서로를 찌르는, 그런 광경이 있었습니까?"

"의식 도중에 검을 나누는 남자들의 모습은 보았는데요……."

"하하하. 그건 이례적인 사건이죠. 이 나라가 대체로 평화롭다는 사실을 저는 아주 잘 알고 있습니다."

설득하는 듯한 밝은 웃음을 지으며 그린문 공작이 말했다.

"그것은 바로 가누도스 국왕, 네스토리 폐하가 선정을 펼치시기 때문입니다. 그렇다면 이 평화를 위협하면서까지 타국에 변화를 강요하는 방식은 과연 옳은 걸까요?"

"평화……. 후후, 그렇군요."

미아는 팔짱을 끼고 작게 웃었다.

"힘으로 억눌러서 싸우지 않는 상황을 평화라고 부른다면 가누도스는 평화로울지도 모르죠."

미아의 미소는 실패를 아는 사람의 미소였다. 그 뇌리에는 옛 제국의 모습이 떠올랐다.

미아 본인도 그렇게 생각했다. 혁명이 일어나기 전까지 제국은 평화로웠다고.

——하지만 그 시기에도 단두대는 몰래 다가오고 있었어요. 싸움이 없는 게 곧 평화가 아니죠. 아니, 저희 같은 상위 계급이 평화롭지 않게 되었을 때는 이미 모든 게 손쓸 수 없어진 뒤일 가능성이 커요.

미아 쪽을 보며 가누도스 국왕이 눈썹을 찡그렸다.

"황녀 전하는 혹시 정의롭지 않은 평화는 평화가 아니라는, 선크랜드의 국왕 같은 말씀을 하시는 건가?"

그 말에 미아는 쓰게 웃으며 고개를 저었다.

"그런 훌륭한 말은 하지 못합니다. 싸움이 없는 것 자체에 가치가 있다. 이건 확실히 맞는 말이죠. 그렇다면 저는 그 연약한 평화에 더 큰 가치를 부여하고 싶은 것뿐이랍니다."

정의롭지 않은 평화는 진정한 평화가 아니다…… 같은 거창한 말을 할 생각은 없다.

약자를 짓밟고 억눌러서 얻은 평화가 지나간 뒤, 힘을 잃어 억누르지 못하게 되었을 때……. 등 뒤에 단두대가 닥쳐있는 상황이 싫은 것뿐이다.

그저 지금 이 순간 단두대에 서 있지 않으면 되는 게 아니다.

단두대와는 최대한 멀리 떨어져 지내고 싶은 미아였다.

"제국으로서도 이웃 나라에 괜한 혼란을 주는 건 바라지 않습니다. 그린문 공작, 평화를 사랑하는 사람은 딱히 당신만이 아니랍니다."

그린문 공작이 말하는 평화는 아마도 모든 백성의 평화가 아니다. 이익을 얻는, 자신들 기득권의 평화다.

하지만 미아는 알고 있다.

어느 정도는 백성에게도 평화와 안녕이 뻗어있지 않으면 위험하다는 사실을.

백성을 위해서나 정의를 위해서가 아니라, 제 목을 계속 붙여

놓기 위해 평화롭지 않으면 의미가 없다. 단두대는 최대한 멀리 떼어놓아야 한다.

따라서 미아는 일부러 말했다.

"싸우지 않는 건 좋은 일이죠. 나라가 어지럽지 않은 건 바람직합니다. 그렇다면 우리 통치자는 그 상태가 최대한 오래 이어지도록 노력해야 해요."

평화가 다음 싸움의 준비 기간이 되어서는 안 된다는 게 미아의 생각이었다.

만약 피로 피를 씻는 혈전이 일어나지 않고 있다면 그 상태가 오래 이어지도록 구석구석 살피며 정비할 필요가 있다.

"후후후, 그렇군. 확실히 황녀 전하의 말씀에는 일리가 있네."

가누도스 국왕은 조용히 웃었다.

"오우라니아가 하려는 일도, 그래. 신성전과 맞춰 본다면 지극히 옳은 일이지. 딸을 배척하는 건 중앙 정교회와 베이르가 공국을 적으로 돌리게 될지도 모르겠군……. 따라서 병사들에게 딸을 반드시 산 채로 잡으라고 잘 말해둘 필요가 있겠구먼."

대충 만족스러운 대답에 미아는 내심 히죽 웃으려고 했다가…….

"하지만…… 그렇다면 묻고 싶네. 제국의 예지 미아 황녀 전하. 구체적으로 어떻게 할 생각이신지?"

이어진 국왕의 말에 고개를 살짝 기울였다.

제6화 그렇다면 네가 해보든가

"구체적으로……?"

"그래. 부디 미아 황녀 전하의 생각을 듣고 싶네만."

물끄러미 이쪽을 바라보는 국왕의 얼굴을 보고 미아는 눈치챘다.

이건 조금 전 미아가 두려워했던 사태……. 즉 '그렇다면 네가 해보든가!'였다.

미아는 바로 흐름을 돌리려고 했다.

"음…… 그러니까 그건 오우라니아 왕녀 전하를 보호하고 협의를 푼 뒤에 다시……."

"아쉽게도 짐의 딸은 어리석네. 생각을 들어보았자 별다른 이득이 되지 않을 테지."

국왕은 절레절레 고개를 저으며 말을 이었다.

"그보다 미아 황녀 전하의 생각을 꼭 듣고 싶군. 황녀 전하의 말씀에 큰 감명을 받았네. 음, 참으로 훌륭한 고견일세. 제국의 예지라는 이름에 부끄럽지 않은 고결함이었네. 그러니 분명 그 이상을 실현하기 위한 방도도 마련하셨을 테지."

고개를 크게 끄덕이며 국왕이 말했다.

"그래서, 어떻게 하실 건가. 아니면…… 황녀 전하는 왕의 마음이 바뀌면……, 왕이 명령하면 바이더리언 차별을 없앨 수 있다고 생각하시나?"

국왕은 무대에 서기라도 한 듯 도리질했다.

"아무리 왕명이라고 한들 모든 국민을 지배할 수는 없네. 가누도스는 병사 수도 많지 않지. 국왕의 눈이 가 닿는 범위는 좁고, 뒤에서 박해나 폭력이 일어나는 걸 막는 건 불가능하다네."

"그렇죠. 미아 황녀 전하. 격리 구역은 바이더리언을 가둬놓는 감옥이지만 동시에 백성들에게서 지키기 위한 성이기도 합니다."

국왕의 말을 이어받은 사람은 그린문 공작이었다.

이 타이밍에 실제로 바이더리언의 상황을 보고 오지 않은 것이 영향을 미쳤다. 그들이 얼마나 궁지에 처했는지 미아는 파악하지 못했기 때문이다.

아니, 설령 그것을 파악했다고 해도…… 예를 들어 식량은 있지만 자유가 없고 중노동을 강요받는 상태와, 자유로우나 백성들에게 직접적인 폭력과 차별을 겪는 상태 중 어느 쪽이 나은지……. 대답하기 어려운 문제가 가로막았다.

몰아치듯이 국왕이 말을 이었다.

"게다가 바이더리언이 해방되면 가누도스는 노동력을 잃는다네. 아니, 재정 부담이 증가한다고 하는 게 정확할까? 그래, 그건 정당히 지불해야 하는 비용이지만…… 백성들이 그것을 기꺼이 받아들일 수 있겠나? 백성들 사이에서 생기는 분노는 바이더리언을 향하지 않겠는가?"

거기까지 말한 뒤 국왕이 씩 웃었다.

"부디 황녀 전하의 식견을 들어보고 싶네만……."

"어휴……. 구체적인 방법은 오우라니아 양과 상의하면서 세울 생각이었는데 의외로 성격이 급하시군요. 국왕 폐하."

그렇게 가벼이 웃으며…… 여유가 넘치는 태도를 보이는 미아. 문득 테이블을 보자 어느새 안느가 타준 홍차가 눈앞에 놓여 있었다.

찻잔을 들고 한 모금 마시며 그 향을 즐기고, 즐길…… 수 있을 리가 없었다!

——아니! 어어어, 어떡하죠?!

내심 패닉에 빠졌다.

오우라니아를 응원하면서 도와주면 된다고 생각했던 미아였기 때문에 완전히 방심했었다.

이런 지적을 할 때 가장 조심해야 하는 건, 단점을 지적하는 것과 개선안을 제시하는 건 난이도가 다르다는 점이다.

누구든 남의 단점을 꼽을 수 있다. 비교적 간단한데다, 깐족깐족 공격하는 건 조금 재미있기도 하다. 하지만 그 문제를 해결하려면 어떻게 해야 하냐는 주제로 넘어가면 쉽게 답을 낼 수 없다.

문제를 방치하는 건 그걸 눈치채지 못했기 때문이 아니다. 해결할 방법이 보이지 않기 때문이다.

"흐음, 그러면…… 어떻게 할까요. 무언가 좋은 아이디어는 없나요? 루드비히."

이럴 때 미아가 의지하는 상대는 정해져 있다. 아주 확실하게 정해져 있다!

도움을 요청하며 시선을 던진 곳에서 루드비히가 슬쩍 안경을 밀어 올리며 쓰게 웃는 것이 보였다.

미아에게서 발언권을 받은 루드비히는…… 미아가 자신에게 무엇을 기대하는지 완벽하게 파악하고 있었다. 아니…… 완벽하게 파악하고 있다고 믿었다.

——여기서 내게 넘기시다니…… 여전히 미아 님은 가차 없는 분이시군.

쓴웃음이 연신 새어 나왔지만, 분노나 거추장스러움은 없다. 오히려 자신의 두뇌에 기대해준다는 보람이 기쁨이 되어 그의 가슴을 뜨겁게 만들었다.

——미아 님께서 기대하시는 것……. 그건 평범한 사람이 생각해낼 수 있는 상식적인 정책을 제한하는 거야.

그 생각에 따라 루드비히는 지극히 상식적인 제안을 하기로 했다.

그는 제 의견을 밑바탕에 두고 미아가 한층 의견을 전개해나가리라고 확신하고 있었다!

"네. 제가 떠올릴 수 있는 바로는…… 제국에서 감시단을 파견하는 걸까요……."

루드비히의 생각에, 바이더리언을 격리 지구에서 내보낸다고 해도 본토에 살게 하는 건 상당히 어렵다. 국왕의 말대로 아무래도 알력이 생길 것이다. 추가 지출이 발생하면 백성도 권력자도 그 분노를 바이더리언에게 보낼 터이다.

국왕이 명령해봤자 부당한 차별이나 박해는 생긴다. 그게 없도록 감시하는 사절단을 보내는 것이다.

이것은 국왕이 제시한 세 가지의 문제점, 즉.

①바이더리언과 그 외 백성 사이의 알력 해소

②바이더리언 박해

③재정 부담 증가

이 세 가지에서 2번의 해결책이다. 하지만…….

“그렇군. 좋은 생각이네. 제국의 감시단이 머무른다니, 참으로 든든하겠군. 가누도스의 백성이 제국에 큰 호감을 느낄 것이 틀림없겠네.”

가누도스 국왕이 비아냥을 가득 담아 웃었다.

마치 조롱하는 듯한 그 얼굴에도 루드비히는 화를 내지 않았다. 왜냐하면 그가 말하는 바는 자신도, 그리고 당연히 제 주인인 미아도 잘 알고 있기 때문이다.

따라서 루드비히는 안경의 위치를 살짝 고치며 대답했다.

“후후후. 맞는 말씀입니다. 저도 이것이 최선이라고 생각하지는 않지만……. 그저 할 수 있는 일은 이 정도라고 봅니다.”

그렇게 루드비히는 미아에게 시선을 던졌다.

공을…… 토스한 것이다.

그 토스를 받은 미아는…….

——으응?

찻잔을 입에 가져간 상태로…… 굳었다.

설마 여기서 다시 자신의 차례가 돌아올 줄은 생각하지 못했던 미아였다.

영락없이 루드비히의 완벽한 정책에 가누도스 국왕이 넙죽 엎드리고 끝날 줄 알았는데…….

——크윽! 설마 루드비히의 의견이 통하지 않다니 예상하지 못했어요. 하지만…… 그래요. 확실히 그 말대로군요. 관대한 저라도 해도 종일 교사가 감시한다면 화가 날 테니까요. 하물며 그 탓에 재정 지출이 증가하면…… 생활이 힘들어진다면 더욱 괜한 짓을 하지 말라고 원망하겠죠. 이건 좀 위험한데요.

바이더리언을 향한 분노가 한층 강해져서 제국으로 향할 위기. 그 위험을 깨닫지 못할 만큼 미아는 둔감하지 않았다.

그런 미아에게 가누도스 국왕의 부드러운 말이 날아왔다.

"천칭에 올려놓으면 되는 걸세, 미아 황녀 전하. 정말로 지금 하려는 일이 전하의 이득이 되는 일인지."

미아는 끄윽 목소리를 삼켰다.

그때. 문을 노크하는 소리가 들렸다. 안으로 들어온 사람은 접시를 든 사용인들이었다.

"오오. 조금 전의 실례를 사죄하는 뜻으로 가누도스의 명물 케이크를 다과로 준비시켰네. 자, 어깨에서 힘을 풀고 편안하게 생각하시게나."

"어머……. 이건……."

눈앞에 놓인 접시. 그 접시에 담긴 것은 둥그런 물고기 모양의 케이크였다.

"오오……."

특제 케이크를 보고 미아는 감탄했다.

갈색으로 노릇노릇하게 구워져서 맛있는 냄새를 풍기는 케이크. 꿀꺽 침을 삼키는 미아였지만 그 직후 독을 의심했다.

——으음, 이건 경계해야 하나요……? 아니, 하지만 맛있어 보이는 데다 제가 재촉했으니 먹지 않으면 실례가 되겠죠. 아마도? 맛있어 보이니까요. 먹지 않을 수는 없을 거예요. 무엇보다 맛있어 보이니까요…….

머릿속이 케이크로 돌진하는 걸 안간힘을 써서 붙잡으려다가…… 붙잡으려다가……!

——아아, 달콤하고 맛있는 냄새. 안 돼요. 상대의 분위기에 휘말리면……. 무언가 다른 생각을 해야…….

미아는 날뛰는 식욕을 달래듯이 후우 숨을 내쉬며 생각을 다른 방향으로 유도해보았다.

——그런데 케이크를 물고기 모양으로 만들다니, 제 말 빵과도 일맥상통하는군요. 역시 물고기와 관련이 깊은 항만국이기 때문에 나오는 형태인 걸까요……. 물고기…… 물고기?

그 순간! 미아의 머릿속에서 둥글둥글 토실토실한 물고기가 튀어 올랐다!

"……흠, 구체적으로…… 그래요."

뺨에 손가락을 대고 생각에 잠기는 모습을 일부러 보여준 뒤, 참으로 가증스럽게 웃으며…….

"그렇다면 국왕 폐하. 제안을 하나 드리겠어요."

가슴을 펴고 엄숙하게 말했다.

"가누도스 항만국 내에…… 물고기를 연구하는 시설을 만드는 게 어떨까요?"

"물고기를…… 연구하는 시설?"

미아는 고개를 크게 끄덕였다.

"네. 얼마 전 세인트 노엘 학원에서 이런 이야기가 나왔답니다. 제국의 미아 학원과 공동으로 무언가 유익한 연구를 하자고요. 주제를 상의한 결과 기근 대책을 위한 물고기 연구를 하기로 했습니다."

최대한 히죽거리지 않으려고 참으면서도 마음속으로는 주먹을 높이 치켜들었다.

——후후후, 제가 보기에도 참으로 묘안이라니까요! 감시하는 건 티어문 제국만이 아닌 거죠. 베이르가와 선크랜드 같이 연구에 참여하는 다른 나라도 짊어지게 하면 되는 거예요.

책임을 여러 나라로 분산시켜버린다는, 지극히 평소와 같은 미아의 사고방식이었다.

"아니, 그런 시설을 우리나라에 세우는 의미를 모르겠네만."

국왕의 대답에 미아는 오우라니아에게서 들은 지식을 선보였다.

"어머나, 모르셨나요? 물고기 중에는 바닷물에서만 살 수 있는 물고기도 있답니다. 호수 물고기 연구소는 베이르가 공국에 세우면 되죠. 아니, 세인트 노엘 근처에 만들면 될 테지만, 바다에 사는 물고기는 그럴 수 없어요."

말을 하다 보니 미아는 자신의 발상이 제법 탄탄하다는 사실을 깨달았다.

——오오, 혹시 제가 정말로 예지를 얻어가고 있는 것 아닌가요?

그렇게 촐싹거리면서도 손가락을 까딱이며 득의양양하게 설명을 이어갔다.

"공동연구이니 하나를 베이르가 안에 만든다고 하면, 다른 하나는 제국 근처에 만드는 게 균형적이죠. 그렇다면 여기밖에 없잖아요?"

"그렇군요, 즉…… 가누도스 항만국 내에 베이르가, 티어문과 관련이 깊은 연구시설을 세우고 감시 기능을 추가한다는 말씀이십니까?"

루드비히의 질문에 미아는 살짝 찡그린 얼굴로 고개를 끄덕였다.

"그것만이 아니라, 모처럼이니 바이더리언 족을 일하게 하는 건 어떤가요? 물론 가누도스 항만국 백성들도 일하게 하고……. 함께 땀을 흘리다 보면 서서히 사이가 가까워지는 법이랍니다."

그 제안에 조선 길드장이 쓰게 웃으며 대답했다.

"그건 무모합니다. 확실히 그들은 바다에서 살던 해양 민족이지만, 그것도 과거일 뿐이죠. 지금은 그 섬에 갇힌 뒤로 세대교체가 일어났습니다. 그들이 물고기 연구처럼 지식이 필요한 일을 해낼 수 있을 리가 없습니다."

"어머? 그렇지만도 않답니다. 물고기 연구라고 해도 다양한 분야가 있으니까요."

미아는 이의를 제기했다.

그렇다. 미아는 배우고 성장했다.

선크랜드에서 본 것…… 그곳에서 얻은 큰 교훈. 미아는 슈트리나 쪽을 힐끔 쳐다보았다.

——독버섯에는 독버섯 나름의 활용법이 있어요. 해독에도 쓸 수 있고, 독을 제거하면 맛있는 재료가 되기도 하죠. 요컨대 사용하기 나름이에요. 그건…….

"바이더리언도 마찬가지입니다."

작게 중얼거린 뒤 미아는 다시 말했다.

"국왕 폐하는 구체적인 방법을 원하시는 모양이니 아이디어를 내 볼까요. 예를 들어 그들이 조선업에 종사하고 있었으니 물이 통과하지 않는 선체를 만들 수 있겠죠. 물이 통과하지 않는 기술이 있다면 반대로 내부에 물을 담아둘 수 있는 마차 같은 것도 만들 수 있지 않을까요? 그럴 수 있다면 살아있는 물고기를 멀리 떨어진 지역으로 운반할 수 있을지도 모릅니다."

미아의 말에 국왕이 코웃음을 쳤다.

"어리석군. 물을 받아두는 정도로 물고기를 살려서 운반할 수 있을 리 없네."

하지만 그 지적에도 미아는 흔들리지 않았다. 왜냐하면…….

"후후후, 물론 그게 잘될 거라는 보장은 없죠. 물고기란 물을 받은 통에 넣고 먹이만 잘 준다면 계속 살 수 있는지, 아니면 무언가의 원인으로 죽어버리는지, 그건 저도 모르는 일이에요……. 하지만 해보지 않으면 아무도 알 수 없잖아요?"

애초에 성공할지 실패할지 모르니까 일단 해보자고 할 수 있다는 점이 연구의 장점이다.

——연구는 버섯을 닮았어요. 먹어보지 않으면 독버섯인지 먹

을 수 있는 버섯인지 알 수 없죠. 그러니 일부러 먹어보는 게 중요해요.

눈을 감고 고개를 주억거리는 미아. 사실 일반적으로는 먹어봤더니 독버섯이었습니다! 같은 사태는 일어나면 안 되는 거지만…… 뭐, 중요하지 않은 일이었다.

……그런가?

"그렇군요. 확실히 그럴지도 모릅니다. 실패에서도 배우는 것은 있죠. 하지만 애초에 시작하지 않으면 실패조차 못 합니다."

그렇게 말한 사람은 의외로 그린문 공작이었다. 학문과 관련이 깊은 가문이다 보니 미아의 말이 옳다는 걸 인정할 수밖에 없었다.

"물론 실패할 수 없는 문제도 있습니다. 바이더리언 족의 처우 개선은 실패할 수 없죠. 백성과의 알력이나 충돌은 반드시 피해야 하는 일이고, 신중하게 진행해야 합니다. 하지만 적어도 지금 이대로도 괜찮을 수는 없어요."

거기까지 말한 뒤 미아는 조용히 가누도스 국왕을 바라보았다.

"뭐, 대략 이런 것을 오우라니아 왕녀 전하를 중심으로 실현해 주셨으면 합니다. 그러니 부디, 한시라도 빨리 오우라니아 왕녀 전하와 아이들을 보호해주셨으면 하네요."

"아, 아니, 하지만……. 그래도 백성들의 경제적 불만을 누그러트리지는 못할 것 아닙니까?"

"외람되지만 새 연구시설이 생기고 사람이 모이면 자연스럽게 새로운 산업도……."

반박하던 루드비히를 미아가 한 손을 들어서 제지했다.

"거기까지 하세요. 루드비히. 하나부터 열까지 제가 해결해버리면 마치 속령처럼 되어버리는걸요."

농담하듯이 호호호 웃으면서도 반쯤은 진심인 미아였다.

여기서 미아의 가신인 루드비히가 좋은 아이디어를 내놓으면 그 공적이 넘어올지도 모른다.

그랬다가 자칫 미아를 위해 황금 무언가를 세울지도 모른다. 따라서……. 미아는 국왕을, 그리고 조선 길드장을 순서대로 쳐다보고 말했다.

"이건 어디까지나 가누도스 항만국의 문제입니다. 그렇다면 여러분이 직접 생각해서 결정할 필요가 있어요. 그렇지 않나요? 물론, 두 분께서 논의하는 것도 한계가 있을 테니 가누도스 의회에 올려보시는 건 어떨까요?"

이로써 미아는 자신의 책임과 공적을 완전히 그들에게 떠넘겼다.

『미아 스승님의 공적을 기리며 세웠습니다~!』

오우라니아가 희희낙락 이런 소리를 하지 못하게 만들기 위해서다.

――후우, 이것으로 어떻게든 되지 않았으려나요……?

그렇게 한숨 돌리는 미아는…… 눈치 채지 못했다.

배에 직접 지시를 내리고 조종하는 사람은 선장이지만, 그 선장에게 가야 할 곳을 비춰주면서 우뚝 서 있는 존재를 뭐라고 부르는지…….

아무 말도 없이 그저 감명받은 채 미아를 바라보는 조선 길드장. 훗날 그는 오우라니아와 '어떤 이야기'로 성대하게 죽이 맞아 의기투합하게 되는데…….

그런 건 상상도 하지 못하는 미아였다.

제7화 씹을수록 맛이 우러나는 황녀 전하

시간을 조금 되돌려서.

오우라니아는 달렸다.

야나와 키릴의 뒤를 따라 좁은 뒷골목을 열심히 달리고 또 달렸다.

가누도스 항만국은 그리 넓은 나라가 아니다.

국민 수도 많지 않고, 나라 자체도 절대 유복한 나라라고 할 수 없었다.

왕녀인 오우라니아도 티어문의 사대 공작가에는 한참 미치지 못하는 소박한 생활을 보냈으니, 이 나라에서 부자라고 해 봤자 그리 유복하지 않았다.

하지만…… 이런 작은 나라라고 해도 빈부격차는 엄연히 존재한다.

집이 있는 사람과 없는 사람. 돈이 있는 사람과 없는 사람.

내일 어떤 것을 먹으면서 즐거워할지 상상하는 사람과, 오늘 자식을 굶겨 죽이지 않으려면 어떻게 해야 하는지 고뇌하는 사람.

오우라니아가 발을 들여놓은 장소는 지금까지 그녀가 한 번도 본 적이 없었던, 가난한 사람들의 구역이었다.

작은 집이 어수선하게 세워져 있고, 그 사이로 길이라고 부를 수 없을 만치 비좁은 길이 구불구불 이어지고 있다. 문이 없는 집 안에서는 주민들이 조용히 이쪽을 바라보고 있었다.

무엇보다 가장 힘든 건 냄새였다.

오우라니아는 딱히 온실 속에서 자란 화초는 아니었다.

갈레리아 바다로 배를 타고 나가 낚시하거나 수산 시장을 찾아가는 등, 따지자면 왕궁에 없을 때가 많은 왕녀였다.

그런 오우라니아이기에 밤낮 꽃향기에 파묻히는 우아한 생활을 보냈던 건 아니다. 수산 시장의 비린내도, 파도를 타고 실려 오는 짠 냄새도 그녀는 맡아봤고 싫지 않았다.

하지만 여기에는…… 죽음의 냄새가 났다.

썩은 쓰레기의 냄새, 병의 냄새, 폭력의 냄새, 죽음의 냄새.

낯선 냄새에 오우라니아는 얼굴을 찌푸렸다.

——여기를 지나가는 건 조금 힘들지만…… 반대로 추격자를 뿌리칠 수 있어서 좋을지도 모르겠어……. 보통은 이런 곳에 오지 않을 테니까…….

"오우라니아 왕녀 전하, 괜찮으세요?"

문득 고개를 돌리자 야나가 걱정하는 표정으로 바라보고 있었다.

"그래. 괜찮아. 조금 냄새가 심해서 그런 것뿐이니까……."

"하하. 그렇죠? 오랜만에 왔는데 확실히 냄새가 좀 걸리네요."

야나의 웃는 얼굴 속에서…… 희미하게 상처받은 듯한 기색을 발견하고 오우라니아는 순간 의문을 느꼈다가…… 바로 깨닫고 움츠러들었다.

——아, 그래……. 여기는 야나와 키릴이 살던 곳이라고 했던가…….

그랬다. 야나는 바로 이런 세계에서 살아왔다. 어린 동생을 지키며 열심히, 단둘이 살아왔다.

——두 사람만이 아니야. 여기에는 다른 아이들도 살고 있구……. 어쩌면 이 두 사람처럼 부모 없이 아이들끼리만 생활하는 곳도 있을지도 몰라.

개중에는 두 사람과 마찬가지로 정체를 숨긴 바이더리언 아이들 역시 있을지도 모른다.

오우라니아의 눈앞에 펼쳐져 있는 것은 박해당하는 약자와 그 약자에게도 박해당하는 약자다.

바이더리언 격리 지구 문제만 해결하면 된다고 생각했는데, 그렇지 않았다. 이렇게나 가까운 거리에도 해결해야만 하는 문제가 있었다.

——그러고 보면…… 미아 스승님이 제국에서 맨 처음 한 개혁이 빈민가에 찾아간 거였다고 들은 적이 있어. 분명…… 에메랄다 언니가 이야기해줬던 것 같은데…….

당시 에메랄다는 황녀인데도 황녀답지 않다면서 화를 냈었다. 하지만…….

——미아 스승님은 찾아가기만 한 게 아니라 그곳에 병원을 세우고, 가난한 사람들을 구하려고 했지…….

지금은 이해한다. 그것은 틀림없이 황녀가 해야 할 일이었다는 걸…….

그 땅을 다스리는 황족이, 왕족이, 힘을 받은 자가…… 꼭 해야 하는 일이 맞는다는 걸…….

오우라니아는 그렇게 생각하며…….

——게다가 특별 초등부도 마찬가지야…….

세인트 노엘에서 본 것들을 떠올렸다.

이런 장소에서 살며 매일 생존만으로도 필사적인 아이들을 구제하는 시도.

그것은 틀림없이 통치자가 해야 하는 일. 신께서 내려주신 힘으로 해내야 하는 일이었다.

——역시 다르구나. 미아 스승님은. 평범한 왕족과는 확연히 달라. 알면 알수록 진국이라는 걸 알 수 있어……. 후후, 씹을수록 맛이 우러나는 마른 여왕 오징어 같은 분이구나.

일단은 칭찬이다.

미아에게 넘치는 존경심이 새로 갱신되었다. 동시에 오우라니아는 왕족이 해야 하는 역할에 새삼 압도당하는 기분이 들었지만.

——괜찮아, 무작정 나아가야 하는 건 아니니까…….

마치 어두운 바다를 헤치는 선원이 된 기분이었지만…… 그 가슴에 불안은 없었다. 눈앞을 밝혀주는 이정표 같은 빛이 보였으니까.

——미아 스승님을 본받아서 개혁해나가면 되는 거야…….

"왕녀 전하, 저쪽이에요."

오우라니아는 키릴이 가리킨 곳으로 시선을 주었다 그곳에는…….

"어라~? 저건…… 교회?"

"네. 저희가 신세 졌던 곳이죠."

야나는 그렇게 대답하며 조금 긴장한 얼굴로 교회의 문을 노크했다. 잠시 후 나타난 신부는 야나를 보고 눈썹을 찌푸렸다.

"너희들 대체 왜……. 게다가……."

다음 순간, 신부는 오우라니아의 얼굴을 미심쩍은 얼굴로 쳐다보더니…….

"왜 오우라니아 왕녀 전하가 이런 장소에……."

"어라……? 혹시 나를 알아~?"

"네. 이 교회에 부임했을 때 왕궁으로 인사하러 찾아갔습니다. 그때 한 번 뵌 적이 있습니다."

"음~? 그렇구나……, 미안해."

전혀 기억나지 않는 걸 조금 반성하면서 신부의 안내를 받아 교회 안으로 들어갔다. 그러자 오우라니아가 아는 인물이 교회 아이들을 모아놓고 무언가를 하고 있었다.

허리에 손을 짚고 당당하게 연설을 들려주던 소녀는 오우라니아 쪽을 보더니 눈이 휘둥그레졌다.

"어라……? 패티, 그리고 왕녀님이랑 아이들도? 왜……?"

어리둥절해서 고개를 갸웃거리는 벨. 자세히 보니 안쪽 책상 앞에는 아벨과…….

"응……?"

고개를 갸웃거리는, 낯선 청년의 모습이 있었고…….

"…………흐어?"

옆에 있던 패티가 맥 빠지는 소리를 내는 게 들렸다.

제8화 오우라니아는 혼란에 빠졌다

"…………흐어?"

갑자기 기묘한 반응을 보이는 패티를 보고 오우라니아는 고개를 갸웃거렸다.

——어……? 패티, 대체 왜 이러는 거지……?

"어……? 어? 하, 네스……? 어?"

패티는 혼란에 빠진 듯 무언가를 중얼거리더니, 또 갑자기 어느 한 곳을 빤히 바라보았다.

그건 아벨…… 아니, 정확하게는 그 맞은편에 앉은 청년 쪽이었다.

——응~? 아는 사람인 건가……? 나는 아벨 왕자님이나 벨이 있었던 게 더 놀라운데…….

스승인 미아의 소중한 사람이 둘이나 여기에 있었다는 사실. 그건 아마도 자신들이 어디로 도망칠지 미아가 파악하고 있었다는 뜻이다.

그 정확하기 짝이 없는 예측에 오우라니아는 새삼 감명받아버렸는데…….

——하지만 패티는 저 남자를 보고 깜짝 놀랐어……. 뭔가 이해할 수 없는 말을 중얼거리고 있는데, 조금 혼란에 빠진 모양이야.

오우라니아가 시선을 던진 곳…….

"……여기가 미래라면 하네스가 어른인 것도 가능한…… 어?

하지만 하네스는 나이가 더 많아야 하는데……? 내가 미아 언니의 할머니니까…… 하네스는…… 어어?"

항상 냉정하고 침착한 패티의 눈이 핑글핑글 돌아갔다.

한편 청년 쪽은 패티를 물끄러미 바라보더니…… 천천히 일어났다.

"아……."

작게 벌린 입에서 흘러나온, 깊디깊은 한숨.

비틀비틀 패티를 향해 걸어와 무릎을 꿇고……. 패티의 얼굴을 바라보며…….

"설마…… 아아, 설마…… 정말로……. 정말로, 만날 수 있을 줄은 몰랐습니다."

그러고는 패티의 작은 손을 두 손으로 꼭 붙잡았다.

"다시 만나서 진심으로 기쁩니다. 누님."

――누님……? 어떻게 된 거지? 저런 소리를 하면 패티도 놀라는 게…….

걱정되어 쳐다보자 예상했던 대로 패티는 경악해서 눈을 크게 뜨고 있었다. 그러더니 어째서인지 의심스러운 듯 눈을 가늘게 좁히고 청년을 바라보더니…….

"누…… 님?"

――그래……. 자기보다 연상으로 보이는 남자가 누님이라고 하면 당황스럽지…….

오우라니아가 내심 고개를 주억거리고 있었더니…….

"하네스는…… 누나라고 불렀는데……."

……패티가 무언가 이해할 수 없는 소리를 했다!

——무, 무슨 소리야……? 패티도 참. 아니, 이거, 저 남자는 어떻게 반응할 거지……? 좀 궁금하네…….

오우라니아는 완전히 흥미진진해졌다.

이제부터 어떻게 해야 하는지, 어떻게 숨어야 하는지, 그런 불안은 단숨에 날아갔다.

패티의 알 수 없는 발언에 청년은 눈을 몇 번 깜짝이더니…… 곧바로 난처한 듯 뺨을 긁적이고는,

"아, 음…… 그게……. 아무래도 그…… 이 나이에 어린아이처럼 부르는 건 좀……."

한층 알 수 없는 반응을 돌려주었다.

"……이 나이?"

"네. 이제는 할아버지라고 불려도 이상하지 않은 나이가 되었으니까요……."

그렇게 대답하며 청년은 웃었다.

옆에서 듣고 있던 오우라니아는 고개를 갸웃거릴 수밖에 없었다.

——할아버지라고 부르기에는 젊어 보이는데……. 겸손해하는 건가……? 아니, 그래서 패티를 누나라고 부른다는 건…… 으으음~?

"그러면 역시, 하네스야……?"

청년은 패티를 향해 고개를 절절히 끄덕인 뒤 이쪽으로 시선을 돌렸다.

"으음. 제대로 자기소개를 하겠습니다. 저는 티어문 제국의 클라우지우스 후작, 하네스라고 합니다. 잘 부탁드립니다."

"아, 어어, 음…… 오우라니아 페를라 가누도스입니다……. 그런데, 그래서…… 당신과 패티는 무슨 관계이길래……?"

"아…… 그거요."

청년이 패티를 힐끗 쳐다보았다. 패티는 작게 고개를 끄덕인 뒤 천천히 고개를 저었고…… 그 반응을 확인한 청년은…….

"제 누님의 딸이 이 아이입니다. 누님의 어릴 적 모습이 보여서 그만 추억에 잠긴 나머지 누님이라고 불러버렸네요. 하하하."

얼버무리듯이 웃었다.

——으음, 뭔가 숨기는 것처럼 보이는데……. 지금은 신경 쓸 일이 아닌 걸까~?

막연히 찜찜해하면서도 일단은 넘어가 주는 오우라니아였다.

장소를 바꿔서…….

가누도스 항만국 안에 있는 어떤 오두막.

희미한 빛이 내부를 비추는 실내에서 남자들이 말다툼하고 있었다.

"이봐, 왜 오우라니아를 데려오지 않은 거지?"

꽉 억누른 목소리로 추궁한 쪽은 뱀의 암살자 카르테리아였다. 이마에 다시 두른 반다나를 흔들며 쉰랑을 캐물었다.

반면 쉰랑은 시치미를 떼면서 대답했다.

"얼레? 말씀드리지 않았던가요? 데려오지 못했다고. 저 혼자

뿐이었으니 어쩔 수 없었…….”

그 말을 카르테리아가 중간에 가로막고 책상을 쾅 때렸다.

엎어질 뻔한 잔을 재빨리 붙잡아서 막은 쉰랑이 항의했다.

“어이쿠, 조심하셔야죠. 모처럼 술이…….”

“헛소리하지 마. 어린애 한 명이라도 죽이거나, 아니면 다치게 해서 협박하면 되는 거였잖아. 심지어 호위와 마부도 살려놓았다고? 네가 그러고도 뱀이냐?!”

“호위 두 명은 오우라니아 왕녀가 바이더리언으로 보이는 남자의 도움으로 도망쳤다는 증언을 해줘야 하니 살려놓은 겁니다. 바이더리언이 구하러 온 거였으니 바이더리언 아이도 죽일 수 없었고, 또 오우라니아 왕녀 전하가 아이를 죽이면 자기도 죽겠다고 협박하시더군요. 그래서 아무도 죽이지 않았습니다. 부자연스러운 건 아무것도 없잖아요? 애초에…….”

쉰랑은 눈을 위로 굴려 카르테리아를 노려보았다.

“당신이 디온 알라이아를 물리치고 국왕 폐하의 목을 베었다면 계획대로 흘러갔다는 걸…… 잊어버리셨나?”

“윽…….”

아픈 데를 찔렀다는 듯한 얼굴이 된 카르테리아를 보고 쉰랑은 고개를 절레절레 내저었다.

“굳이 따지라면 당신이 더 뱀답지 않단 말이죠. 그렇게 감정을 드러내질 않나……. 정말 뱀답지 않아요.”

무녀님이라면 다양한 뱀이 있는 게 혼돈다워서 좋다고 할 것 같다는 혼잣말은 마음속으로 삼키며 쉰랑은 말을 이었다.

"어휴, 아무튼 오우라니아 왕녀 전하를 데려올 수는 없었다는 겁니다."

"왜?"

날카롭게 노려보는 카르테리아. 쉰랑은 그 시선을 산뜻한 얼굴로 흘려넘기며 대꾸했다.

"아니, 그야 당신이 죽일 테니까요. 원한이 있는 남자의 피를 이어받은 딸이니까요……. 그게 설령 동생이라고 해도 죽이고 싶어 할 거잖아요?"

카르테리아는 그 말에 참으로 불쾌하다는 표정이 되었다.

"짜증 나는 일 떠올리게 하지 마. 내 안에 그 남자의 피가 흐른다고 생각하기만 해도 구역질이 나니까."

"그거 보세요. 그래서야 오우라니아 왕녀 전하를 앞에 두고도 마찬가지입니다. 인질로 삼든 범인 후보로 삼든 죽이면 의미가 없는데, 그러거나 말거나 죽이고 싶어지잖아요? 그러니 지금은 풀어놓는 겁니다."

"필요할 때만 데려오면 된다? 하지만 그렇게 잘 되겠어?"

"장소는 동료가 조사하고 있습니다. 뭐, 바이더리언 봉기까지 닷새 동안 여유롭게 기다리기로 하죠."

쉰랑은 책상 위에 놓인 접시로 손을 뻗었다.

절묘하게도 그 접시에 담겨있던 건 말린 여왕 오징어였다.

제9화 선크랜드의 왕자들

그린문가의 별장, 응접실에서.

"……이런 사정이랍니다."

에메랄다에게서 대략적인 이야기를 들은 시온은 눈썹을 찌푸렸다.

"오우라니아 왕녀가 아버지를 암살이라니……. 너무 갑작스러운 의혹인데. 세인트 노엘에서 가누도스에 온 지 며칠 지나지 않았을 터. 그런 짧은 기간에 암살자와 손을 잡고 암살을 감행했다고 생각하는 건지, 아니면 전부터 암살자와 협력하고 있었다고 생각하는 건지……."

소파에 앉은 시온은 팔짱을 끼고 생각에 잠겼다.

"바이더리언…… 이랬죠. 암살범이 그 해적의 후손이라는 점도 마음에 걸립니다. 뱀과 연관성을 지적받는 민족이라고도 하고요……."

시온의 중얼거림에 키스우드가 덧붙였다.

"그래. 혼돈의 뱀……. 녀석들이 배후에서 무언가 움직이고 있는 건지도 몰라."

그때 시온은 에샤르가 염려하는 얼굴로 에메랄다를 바라보고 있다는 것을 눈치 챘다. 그 시선을 따라가 에메랄다를 보고 고개를 옆으로 기울였다.

에메랄다가 어딘가 집중하지 못하는 듯한 얼굴이었기 때문이다.

“왜 그러지? 에메랄다 양. 오우라니아 왕녀 전하나 미아가 걱정되는 건 이해하지만…….”

“아뇨, 왕궁 쪽은 미아 님이 계시니 어떻게든 될 거예요. 하지만…….”

에메랄다는 천천히 고개를 저은 뒤 말을 이었다.

“아버지가 마음에 걸려서요.”

“아버지라면…… 그린문 공작이?”

“네. 제가 에샤르 전하와 가누도스에 간다고 했을 때, 같이 가겠다고 강경히 주장하셨죠. 처음에는 과보호가 원인인 줄 알았는데 아무래도 그것만이 아닌 듯한 느낌이 들어서…….”

조마조마한 듯 자리에서 일어난 에메랄다가 서성서성 걸어 다니기 시작했다.

“지금도, 그래요. 오우라니아 왕녀 전하 일로 미아 님이 연금당했다고 듣고는 쏜살같이 왕궁으로 가셨죠.”

“하지만 그건 가신이라면 당연한 일이 아닙니까? 자국의 황녀 전하가 부당한 대우를 받고 있으니까…….”

키스우드의 지적에도 에메랄다는 그리 수긍하지 않았다.

“확실히 항의해야 하는 일이죠. 외교 문제를 생각하면 미아 님께 저지른 무례를 방패로 유리하게 끌고 갈 수도 있을 테고요. 하지만…… 마음에 걸려요. 아버지가…… 어쩌면 이번 일과 관련이 있는 게 아닌지…….”

서성서성, 서성서성…… 계속 걸어 다니던 에메랄다가 짝 손뼉을 쳤다.

"그래요, 너무 속앓이해봤자 어쩔 수 없는 일이죠. 그러니……."

그러고는 살짝 자신만만하게 웃으며 말했다.

"시온 아주버님과 키스우드 경, 대접해드리지 못해서 대단히 죄송하지만 저를 도와주실 수 있을까요?"

"무슨 도움을 원하는 거지?"

아주버님이라니 참 성급하다고 마음속으로 태클을 걸면서도 시온이 되묻자, 에메랄다는 마치 당연하다는 듯 고개를 끄덕였다.

"뻔하지 않나요? 아버지가 보유한 가누도스 관련 자료를 뒤져볼 생각입니다. 아버지가 안 계신 지금이 기회예요."

말을 마치자마자 에메랄다는 빠르게 방을 뒤로했다.

"하지만 조사한다고 해도 무작정 조사하는 건……."

복도를 성큼성큼 걸어가는 에메랄다. 그 뒤를 따라가며 시온이 진지한 표정을 지었다.

"후후, 문제없습니다. 저희 그린문가는 외교와 학문에 조예가 깊은 가문이거든요."

그 두 가지를 통해 얻은 기술, 그것은…….

"저도 다양하게 외우려고는 했지만, 역시 전부 기억하는 건 어렵더군요. 그래서 꼬박꼬박 메모해두고 있답니다."

처음 만난 상대의 정보를 기억하는 것만이 아니라 제대로 기록으로, 문장으로 남겨놓는 것. 에메랄다는 그 중요함을 알고 있다. 자신의 기억력은 의외로 의지할 수 없다는 사실도.

그리고 그것을 가르쳐준 사람이 아버지였다.

"외교에 필요해 보이는 정보는 이 근방에 잘 정리해두었을 터……. 그렇지? 니나."

에메랄다의 충실한 메이드, 니나.

주인에게 지명 당한 그녀는 그 부름에 기뻐하…… 는 게 아니라…….

"에메랄다 아가씨, 대귀족가의 영애는 메이드의 이름을 외우지 않는 법입니다. 그린문 가에서는 그렇지 않아도 외우셔야 하는 정보가 많으니 그리 쓸모없는 것은……."

"니나의 이름을 외우는 건 쓸모없는 일이 아닌걸요. 미아 님께서도 메이드나 종자의 이름을 제대로 기억하시잖아요."

천연덕스러운 얼굴로 그렇게 말하자 니나는 깊은 애수에 젖은 한숨을 내쉬고 대답했다.

"여기와 여기가 외교 관련 서류를 정리해놓은 책꽂이입니다."

니나가 가리킨 곳은 벽 앞에 설치된 책꽂이이었다. 그 방대한 자료에 시온은 살짝 어색하게 굳은 미소를 지었다.

"이걸 전부…… 조사하는 건 아무래도 어려울 것 같은데……. 어디를 조사할지 짐작 가는 부분은 있나?"

"글쎄요……. 흐음……."

에메랄다는 팔짱을 끼고…… 진지한 얼굴로 생각에 잠겼다가…….

"하나도! 없네요."

너무 심한 대답에 깜빡 미끄러질 뻔한 시온과 키스우드였다.

한편 에샤르는 나이에 어울리지 않는 쓴웃음을 짓고 있었다.

아무래도 에메랄다의 반응에 익숙해진 모습이었다.

"아무래도 아버지가 만나는 사람은 일 년에 백은 넘어갈 테니까요. 정말로 도움이 안 될 것 같은 사람 말고는 잘 메모해서 정리해놓았을 거예요……. 그러니 걸러내려면 아주 힘들 테죠."

"우선 가누도스 항만국의 인물을 하나하나 조사해보기로 하면 되지 않겠습니까."

니나의 조언에 에메랄다가 고개를 끄덕였다.

"그렇죠. 그쪽 관련으로 수상한 인물이 있을지도 모르고요……."

그렇게 책꽂이 속에서 가누도스 항만국으로 범위를 좁힌 뒤 기록을 뒤져나갔다.

그것은 에메랄다의 아버지가 만들어낸 방대한 자료였다.

"대단하군. 가누도스 항만국의 주요 인물과는 대부분 아는 사이인 건가……."

가누도스 항만국 국왕, 역대 조선 길드 길드장, 원로회의 의원들. 그 대부분과 교류하고, 대화하고, 더불어 소소한 선물을 보냈다.

외교의 그린문이라는 명성에 부끄럽지 않은 기록이었다.

"후후훗, 그것만이 아니랍니다. 가누도스의 중진만이 아니라 가누도스에 온 타국 사람도…… 아, 그래요."

그때 무언가 떠올린 건지 에메랄다가 손뼉을 쳤다.

"선크랜드 분들과도 면식이 있으시죠."

"아, 그랬지. 란프론 백작과도 인맥이 있었고……."

"후후후, 그뿐만이 아니랍니다. 음…… 분명 몇 년 전에, 아직 어릴 때 한번 선크랜드에서 가누도스로 가고 싶다는 귀족분과 만났던 적이 있는데…….”

그렇게 중얼거리며 에메랄다는 서류를 뒤지기 시작했다.

“그래요. 대화하다가 떠올랐는데, 그분은 어쩐지 조금 특이한 사람이었어요…….”

“특이한 사람……?”

“음……. 굳이 표현하라면…… 언밸런스한 분이라는 느낌……?”

에메랄다의 남성 평가 기준은 기본적으로 잘생김이다. 얼굴을 밝히는 에메랄다에게 다른 건 사소한 부분이다.

지금은 그 정도까지는 아니게 되었지만, 과거의 그녀는 그런 가치관이 철저히 뿌리내린 사람이었다. 하지만…… 그 남자는…….

“얼굴은 그렇게 잘생긴 건 아니었는데, 행동거지에서 기품이 느껴져서 뭐라 말할 수 없는 매력을 지닌 사람이라고 해야 할까요.”

자신이 매력을 느낄 법한 인물은 확실하게 아니었다. 그런데도 부정할 수 없는 느낌이 있는……. 그런 매력적인 인물이었는데…….

“아, 찾았군요. 제롬 무르홀른……. 그래요, 이분이에요.”

이름과 면회 기록, 그리고 소개자의 이름이 적힌 양피지를 시온에게 건넸다.

“무르홀른……. 들어본 적 없는 가문명이군.”

“그런가요? 선크랜드의 귀족이라고 들었기에 영락없이 아는 분인 줄 알았는데요…….”

시온은 눈썹을 찡그리며 신음했다.

“키스우드, 이 소개자의 이름……. 이 귀족은…….”

"왜 그러십니까? 시온 형님."

형의 반응을 알아차린 건지 의아해하는 에샤르를 향해 시온은 고개를 저어 보였다.

"아, 음, 아니야. 너는 신경 쓰지 않아도……."

거기까지 말했다가 바로 흠칫하는 표정이 되었다.

"아니, 그래……. 너도 알아두는 게 좋겠지."

마치 중대한 비밀을 털어놓는 것 같은 무거운 어조로 말했다.

"이 소개자라는 귀족은 우리 선크랜드의 첩보 기관, 바람까마귀의 운영과 깊은 관련이 있던 자다."

"네……?"

"란프론 백작에게 바람까마귀 이야기는 못 들었니? 그들은 각국에 첩보망을 깔아놓고 동향을 살피지. 백성들이 학대당하지는 않는지, 공정하지 못한 통치가 이뤄지는 건 아닌지……. 물론 선크랜드 지상주의 귀족들은 그걸 타국을 병합하는 대의명분으로 사용하려고 했었고, 혼돈의 뱀이 개입해서 백아라는 극단적인 집단을 만들어내기까지 해버리고 말았지만……."

시온이 불현듯 눈을 깜빡였다.

"하지만…… 바이더리언 족 박해에 대해서는 들은 적이 없는데……."

"타이밍과 국가의 크기 차이일지도 모르죠. 처음 백아가 노렸던 건 렘노 왕국과 티어문 제국이라는 말도 있습니다."

키스우드의 지적에 시온은 고개를 끄덕였다.

"가누도스는 작은 나라지. 우선순위가 낮았을지도 몰라. 하지만 문제는…… 그 시스템이 아직도 살아있는 수 있다는 점이다. 렘노 왕국에서는 혁명군을 조직해서 정부 전복을 꾀했어. 그렇다면 이곳 가누도스에서는?"

그 후 시온은 에샤르에게 시선을 돌렸다.

"어쩌면 우리가 선크랜드의 과실을 수습해야 하는 건지도 모르겠구나."

형의 말을 듣고 표정이 진지해지는 에샤르였다.

제10화 까마귀의 흔적을 추적하며……

다음 날부터 시온 일행은 바로 행동을 시작했다.

그린문 별장에서 나온 사람은 시온과 키스우드와 에샤르라는 선크랜드 팀에 추가로 에메랄다와 니나를 합친 다섯 명이었다.

참고로 에메랄다의 사적 호위도 두 명 동행했다. 실력은 디온 알라이아에 미치지 못한다지만 충성심은 제법 강해 보였다.

"하지만 시온 형님, 대체 어디에서 무엇을 하면 되는 걸까요? 저는 그저 막막합니다……."

그렇게 말하면서도 열심히 생각해 보려는 동생을 향해 시온은 가벼이 웃었다.

"그래…… 정리해볼까……. 아, 처음에 확인하고 싶은데 미아가 나와 키스우드를 가누도스로 불러냈다는 건 확실하지?"

에메랄다 쪽을 힐끗 보자 그녀는 살짝 민망한 듯 시선을 회피했다.

"오, 오호호, 무슨 말씀이신지?"

"딱히 숨기려고 하지 않아도 돼. 너희가 이런 시기에 가누도스에 온 것은 미아의 지시야. 그리고 그건 에샤르를 만나러 온 우리를 끌어들이기 위해서였지."

그렇게 시온은 건물 사이로 보이는 갈레리아 바다를 바라보았다.

잿빛으로 가라앉은 바다. 그 물의 시원함을 즐길 수 있는 기후도 아닌 모양이다.

"……네. 맞습니다. 역시 시온 아주버님. 제 의도를 완벽하게 알아맞히시다니……."

포기한 듯 도리질하는 에메랄다의 반응에 쓰게 웃으며 시온은 팔짱을 꼈다.

"문제는 미아가 왜 우리를 가누도스에 불렀느냐……. 그녀는 우리에게 무엇을 원할까?"

"단순히 생각한다면 미아 황녀 전하는 가누도스 국왕 폐하 암살을 예측하셨다고 생각해야겠죠. 그건 정보 수집의 결과로 나온 건지, 아니면 그 벨 님이 갖고 계신 일기장에서 나온 건지……. 어휴, 앞으로 일어날 일을 알고 계셨다면 제대로 가르쳐주셨으면 좋겠는데요……."

어깨를 으쓱하는 키스우드.

"어쩔 수 없지. 그 일기장은 아주 골치 아픈 물건이니. 읽은 사람이 행동을 바꾸기만 해도 내용이 휙 변해버려……. 아니, 경우에 따라서는 읽는 것 자체가 원인이 되어서 내용이 변한다. 섣불리 행동할 수 없는 것도 이해가 가."

"어어, 대체 무슨 말씀을 하시는 거죠? 그 일기장? 그건 대체 뭔가요?"

미심쩍은 얼굴로 바라보는 에메랄다를 나중에 미아가 직접 이야기해줄 거라고 달래서 넘어가게 한 뒤…….

"아무튼, 우리가 해야 할 일은 가누도스 국왕 암살 미수에 우리 선크랜드의 바람까마귀, 혹은 바람까마귀가 만든 인맥이 관여했는지를 조사하는 거다. 악정을 펼치는 국왕을 규탄하고 선크랜드의 통치하에 넣어 선정을 펼친다……. 이게 선크랜드의 보수파 귀족이 사용하는 논리지……. 젬이라는 그 남자도 백아를 이끌었다면 같은 논리로 첩보활동을 했을 거다. 그렇다면 목표는 자연스레 정해져 있지. 선크랜드의 정의에 매달리고 싶어질 만큼 박해당한 사람들. 지금 정부에 불만이 있는 사람들이야."

그리고 이 나라에서 박해당한 사람들이라면 당연히…….

"여기서 바이더리언이 나오는 건데……."

"역시 바이더리언이군요. 암살미수 사건의 근원은 오우라니아 왕녀 전하가 주목하고 미아 황녀 전하가 지지해서 해결하려고 한 문제였다……."

"확실하지는 않지만, 가능성은 커. 그렇게 가정한다면 다음으로는 바이더리언 격리 지구에 접근할 수 있는 인물이 누구냐는 거지."

에샤르가 이해했다는 듯 손뼉을 쳤다.

"그렇군요. 섬이 접근하기 힘든 장소에 있다면 그들과 연결고리를 만들 수 있는 인간은 그리 많지 않을 겁니다. 해볼 만한 것 같네요."

"네. 격리 지구에 식량을 운반하는 사람, 바이더리언을 감시하는 관리자 등도 있겠죠……. 그 외에는 어부도 바다 사정을 잘 알지도 모르겠어요. 에메랄드 스타 호의 선장에게 물어볼까요……."

약혼자 에샤르를 응원하듯 에메랄다가 보충했다.

"게다가 야나 남매의 부모도 있지."

"그렇군요. 숨어있는 바이더리언 족도 있다……?"

키스우드가 고개를 한 번 끄덕이자 시온이 말을 이었다.

"가능성은 있어 보이지? 본토에 숨어있는 바이더리언이 두 사람의 부모밖에 없을 것 같지는 않으니까."

"그렇군요. 그럼 아예 인원을 나눌까요?"

"글쎄……."

순간 생각에 잠기는 시온이었지만…….

"그러면 저와 에샤르 전하는 에메랄드 스타 호로 가겠습니다. 그곳에서 어업 길드의 관계자를 소개받으려고 해요."

에메랄다의 말에 고개를 끄덕였다.

"그래. 그렇게 해주면 고맙겠어. 그러면 나와 키스우드는 격리지구의 관계자 쪽을 찾아보도록 하지."

그 후 시온은 동생의 어깨에 살며시 손을 올렸다.

"에샤르도, 잘 부탁한다. 선크랜드의 왕자로서 부끄럽지 않도록 행동하자."

"네. 시온 형님."

그런 형제를 헬렐레 입을 벌리고 바라보는 에메랄다…… 와 그런 에메랄다를 바라보며 '……아아, 오랜만에 참으로 에메랄다 아가씨다운 얼굴이시구나'라며 만족스러워하는 메이드 니나였다.

제11화 미아 황녀, 다시 움직이다!

“후아아암…….”

크나큰 하품을 한 번. 침대 위에서 멍하니 눈을 뜬 미아는 낯선 방에 순간 당황했다.

“아…… 그랬죠. 그러고 보면 가누도스 왕궁에 머물기로 했었죠…….”

황녀라고 이름을 대버린 이상 평범한 여관에서 숙박할 수는 없다. 그린문 별장에 가는 것도 검토했지만…….

――일단 저는 용의자인 오우라니아 양을 옹호한 몸. 게다가 오우라니아 양의 도주를 도와주었다고 의심받고 있으니, 섣불리 왕궁을 떠나지 않는 게 좋을 것 같아요. 게다가 한 번 나갔다간 경계해서 다시는 들여보내 주지 않을 것 같고요.

그런 관계로 방을 준비해달라고 했다.

참고로 시중은 안느와 오우라니아의 전속 메이드인 투카가 담당해주기로 했다.

그렇게 방에 틀어박혀 뒹굴뒹굴한 지도 벌써 이틀.

솔직히 패티 일행이 걱정이긴 했지만, 이것만큼은 어떻게 할 수 없다.

――뭐, 루드비히가 황녀전속 근위대를 부르겠다고 했으니까요. 그들이 도착하면 수색에 참여하는 걸 국왕에게 인정받을 필요가 있지만요…….

그때까지는 딱히 무언가 할 수 있는 일이 없다. 루드비히의 일기는 벨이 가져가 버렸으니 몰래 볼 수도 없고……. 결과적으로 할 일이 없어지고 만 미아는 침대 위에서 나태하게 시간을 흘려보냈다.

뒹굴뒹굴 게으름을 부리며 아침식사 시간을 가만히 기다렸다.

——음, 잘 생각해 보면 패티도 제 할머니인 만큼 똑똑한 아이죠. 걱정만 해 봤자 의미가 없어요. 지금은 기력을 충전하는 걸 가장 우선시해야겠어요.

그렇게 본인의 나태함을 정당화하며 하품을 한 번 더.

"흐아암……. 아침식사까지 시간이 있으니 한숨 더 자는 것도……."

"미아 님……."

목소리가 들려서 시선을 돌리자 안느의 진지하기 그지없는 얼굴이 보였다.

"어머. 안느, 흐아암, 조흔 아침이헤요……. 오늘 식사로는 무엇이 나올까요……? 우후후, 달콤한 파이 같은 게 나온다면 좋겠는데요……."

흐뭇하게 웃는 미아를 보며 안느가 눈썹을 찡그렸다.

"미아 님……. 저기, 잊으셨을 지도 모르지만……."

"음? 무엇을요……?"

안느는 순간 말을 삼켰다가 살며시 목소리를 죽이고는…….

"그게…… 미아 님의 탄신제가 얼마 남지 않았습니다."

대단히 껄끄러워하면서 말했다.

"이대로는 드레스 사이즈가, 그……."

미아는 눈을 부릅떴다.

새삼스레 제 모습을 돌아보자……. 먹고 자기만 하는 게으름뱅이가 있었다! 침대에 누워 하루를 보내는 라이프 스타일은……과거 샬로크 콘로그의 모습을 연상하게 했기에…….

"아아, 이건…… 안 돼요!"

미아의 위기감을 성대하게 자극했다!

산뜻한 마음으로 사람들 앞에 드레스를 보여주기 위해서도, 그 이상으로 탄신제 때 마음 편히 맛있는 음식을 먹기 위해서도 이런 곳에서 게으름을 부릴 수는 없다.

──끄응, 저도 참. 자칫 크게 실수할 뻔했군요.

미아는 식은땀을 흘리며 일어났다.

──정말로 위험했어요. 이것도 가누도스 국왕의 함정……, 유도한 걸까요……? 무시무시한 가누도스 국왕…….

자칫 그물에 걸릴 뻔했던 해파리의 기분을 맛본 미아는 후우 한 숨을 쉬고는,

"고마워요, 안느. 덕분에 눈을 떴어요."

밝게 웃으며 안느에게 인사한 뒤…….

"맛있는 탄신제를 맞이하기 위해서도 제대로 운동해야겠군요."

기합을 팍 주입했다.

한편.

다른 방에서는 루드비히와 디온이 앞으로 어떻게 할지 상의하

고 있었다.

"미아 황녀 전하는 현재 잠잠하신가. 흐음, 어떻게 할까."

"어떻게 하다니……?"

"아니, 뭐. 만약 이대로 왕궁에 머물러있을 거라면 나는 밖에서 한바탕 하고 오고 싶은 기분이거든. 옐로문의 슈트리나 양도 영 안절부절못하는 모양인데 그녀를 데리고 그린문 별장에라도 다녀올까 해서……."

"아아. 아벨 왕자와 벨 양 말인가……. 확실히 아무 연락이 없는 게 마음에 걸려. 황녀전속 근위대도 오늘 내에는 도착할 예정이니 디온 씨가 별도 행동을 해도 문제가 없다면 없지만……."

루드비히는 디온에게 힐끗 시선을 주었다.

"미아 님께서 이대로 아무것도 하지 않으실 거라고 보기는 어려워. 조금 더 기다리면 조만간……, 응?"

불쑥 노크 소리가 들렸다.

"루드비히, 잠시 괜찮을까요?"

"이런. 타이밍도 참……."

루드비히와 디온은 서로를 쳐다보며 작게 웃고는 미아를 맞았다.

"슬슬 오실 때가 되었다고 생각했습니다."

"음……? 무슨 소리죠?"

의아해서 고개를 갸웃거리는 미아를 보고 루드비히는 쓰게 웃었다.

"원로회에 갈 필요가 있는 것 같다고 생각했는데……. 미아 님도 그렇게 생각하신 것 아닙니까?"

"어머……? 제가 원로회에……? 하지만……."

무언가 할 말이 있는 듯한 미아의 반응.

——미아 님께서는 이번에 영향력을 최소한으로만 행사하시려는 듯한 느낌이야. 만에 하나라도 가누도스를 침략했다고 오해받지 않기 위해서일 테지만…….

다른 귀족에게 방해받지 않도록 세심한 주의를 기울인다. 압도적인 권력체제를 구축해가는 와중에도 오만이 전혀 보이지 않는 그 태도에 루드비히는 감탄하면서도…….

"세인트 노엘과 성 미아 학원의 공동 프로젝트는 아무래도 황녀 전하께서 직접 말씀하시지 않으면 받아들이지 못하는 자도 있을 겁니다. 반대로 의회가 받아들인다면 그 사실을 바이더리언족에 전달해서 불순분자를 견제하는 효과가 있을 테죠. 지금은 미아 님께서 강하게 말씀해주셔야 하는 국면입니다."

일부러 단호하게 말했다.

"피곤하실 테고, 많은 사람을 대상으로 설명하는 건 간단한 일이 아니죠. 아마도 종일 걸어 다니는 것과 비슷하게 체력이 드실 테지만, 부디……."

"체력……. 그렇군요. 흠, 그런 거라면 어쩔 수 없죠……."

미아는 오묘한 얼굴로 고개를 끄덕이면서 어째서인지 배를 문지르고 있었다.

제12화 소심 프린세스의 참맛

"하지만 의회에 그렇게 쉽게 참석할 수 있어?"

디온이 의문을 제기했다.

"다른 나라의 의회에 대국의 황녀가 참석하는 건 그리 쉽지 않을 텐데. 게다가 그 국왕이 그런 걸 인정할까?"

"조선 길드장이 협력해준다고 해. 사자를 보냈더군."

"흐음. 역시 루드비히 씨라고 해야 하나. 이미 분열 공작에 들어갔었다니 놀라워."

감탄하는 디온을 향해 루드비히는 쓴웃음을 돌려주었다.

"평가해줘서 황공한데, 아쉽게도 과대평가다. 이번 일은 저쪽에서 먼저 제안했지. 물론 분열 공작 자체는 고려해보지 않은 건 아닌데……. 설마 이렇게 선뜻 실현될 줄은 예상하지 못했다."

어깨를 으쓱한 뒤 루드비히는 미아 쪽을 보았다.

"아무래도 국왕 폐하와 조선 길드장 사이에도 균열이 가고 있는 모양입니다."

"흠……. 그렇군요."

의아하다는 듯 고개를 갸웃거리는 미아를 보고 루드비히는 어깨를 으쓱했다.

"시치미를 떼시다니, 미아 님도 참. 그걸 노리지 않으셨습니까. 가누도스 국내에서 의견이 갈라지도록 일부러 미아 님께서 생각하신 최선책은 꺼내지 않으셨죠. 제국의 예지의 제안을 받아들이냐 아니냐가 아니라 그들이 직접 생각하고 고민할 여지를 남겨두신 것 아닙니까?"

"아하. 국왕도 가신도 그리 똘똘 뭉쳐있을 순 없다는 건가. 각자 생각이 있을 테니 균열이 갈 만도 해."

"그 정도로 미아 님의 제안은 그들에게 충격적이었던 거겠지."

루드비히가 시선을 던졌다.

두 사람의 대화를 멍하니 듣던 미아는 찰나의 침묵 후 무겁게 고개를 끄덕이고,

"네……. 뭐…… 그런 의도가 전혀 없었던 건 아니지만요."

뻔뻔하게 잡아뗐다!

당연히 그런 의도였다면서 당당해지지 못하는 부분이 참으로 소심 프린세스다웠지만, 그건 넘어가고.

"그런데 조선 길드장이라면 바이더리언 족의 노예노동에 가장 큰 혜택을 보던 쪽 아니야? 노동력 확보를 생각하면 반대할 법한데……."

"그렇기 때문이지."

루드비히는 고개를 저었다.

"바이더리언의 노동력을 쓴다는 건 그 이익을 가장 먼저 누리고, 또 상황을 가장 잘 파악하고 있다는 뜻이기도 해. 알면서 방치했던 거라면 그 책임은 아주 무겁지. 하물며 신성전의 가르침에 기반하는 성 베이르가 공국의 시설을 국내에 세운다고 해봐. 교의를 당당히 저버리는 행위는 보통 못하지."

"오, 첫 번째 책임자가 되는 건 사양이라는 건가. 그 국왕이 지

켜줄 리도 없을 테고, 아예 꼬리를 가를 가능성도 넘쳐나지. 그렇게 생각하면 길드장이 이쪽에 신호를 보내는 것도 이해가 가."

"물론 이건 다 미아 님께서 두신 수가 효과적이었기 때문입니다."

루드비히가 그렇게 말해주자 내심 흡족해하는 미아였지만…….

"그러나 바꿔 말하자면, 지금까지 가누도스 국왕이 아무런 접근도 하지 않는 게 마음에 걸립니다."

"물론 미아 황녀 전하가 의회에 가는 건 방해하려고 들지 않을까? 아니, 그래서 내가 따라가라는 거지?"

허리에 찬 검을 가볍게 두드린 디온을 향해 루드비히는 천천히 고개를 끄덕였다.

"그래. 당연히 그것도 있지만……. 그렇다고 해도 가누도스 국왕의 속마음을 읽지 못하겠군. 대체 무슨 생각인 건지……."

그때였다.

별안간 노크 소리가 울렸다.

"실례합니다. 미아 님께서 여기 계신다고 들었는데요!"

안으로 들어온 사람은 슈트리나였다.

"어머? 리나 양, 무슨 일이죠? 그렇게 서둘러서……."

고개를 갸웃거리는 미아 앞에서 슈트리나는 크게 심호흡을 한 번 한 다음 발언했다.

"벨이…… 그게, 벨에게서, 아직 연락이 없었나요?"

"흐음……? 저에게는 들어온 것이 없는 것 같은데요……."

루드비히 쪽을 살피자 고개를 젓는 게 보였다.

——그러고 보면 확실히 묘하군요. 벨은 그렇다 쳐도 아벨이나 에메랄다 양은 잊지 않고 연락할 법한데요……. 벨은 어딘가에 적당히 가 버릴 것 같지만 아벨이 붙어있으니까요……. 벨은 믿을 수 없지만…….

본인과 벨에 대한 신뢰도가 아주아주 낮은 미아였다.

"그렇게 조급해할 필요 없지 않아? 가누도스 왕궁으로 소식을 전달하기도 힘들 텐데. 애초에 그쪽은 비밀리에 움직일 수 있도록 그린문 공작 영애에게 보낸 거잖아? 그렇다면 더욱 섣불리 연락하지 못하겠지."

"그건, 그렇지만……."

입술을 깨물고 무언가를 꾹 참는 얼굴이 된 슈트리나를 보고 디온은 작게 어깨를 으쓱한 뒤 말했다.

"걱정하지 않아도 아벨 왕자 전하의 실력은 제법 괜찮아. 그 바이더리언 암살자가 나타나도 그리 쉽게 당하진 않을걸."

"……정말로?"

아직 수긍하지 못하는 슈트리나를 향해 고개를 한 번 크게 끄덕인 뒤,

"이 내가 조언해주었으니까, 그 정도는 기대해도 되지 않겠어?"

디온은 씩 웃었다.

"그래요. 지금은 걱정해봤자 소용없죠. 우선 할 수 있는 일부터 처리해나가도록 해요."

미아는 가볍게 배를 문질렀다.

——우선 의회에서 무슨 이야기를 할지 생각할 필요가 있겠군

요. 루드비히에게 부탁하면 전부 제 공적이 되는 원고를 만들어 놓을 테니까, 제가 직접 생각하는 게 무난하겠어요. 머리를 쓴 만큼 배도 홀쭉해질 테고…….

그 후 미아는 팔짱을 꼈다.

"하지만…… 그렇다면 더욱 오우라니아 양과 같이 있는 게 낫겠네요……. 그때까지 가누도스의 병사가 발견해준다면 좋겠지만요……."

제13화 늙은 동생과 고손녀와 제일 어린 패티

슈트리나가 그렇게 걱정하고 있을 당시, 벨은…….

“하네스 스승님은 대체 어디를 탐험하신 건가요?”

교회에서 먹는 아침. 예의에는 살짝 어긋나지만, 테이블 위로 몸을 쑤욱 내밀며 벨이 말했다.

생기가 넘치는 얼굴인 벨. 그런 벨 대장에게 촉발된 대원들, 즉 고아원의 아이들도 콩닥거리는 얼굴로 하네스를 바라보았다.

“음. 갈레리아 바다의 섬들을 돌아보고 다녔지.”

“오호라, 섬을……. 앗, 그거, 굉장히 본격적인 탐험이잖아요!”

“아니 뭐, 잘 준비하고 가는 거라 그리 스릴이 있지는 않아.”

쓰게 웃는 하네스였지만 벨은 진심으로 감탄했다는 듯 고개를 끄덕였다.

“아하. 탐험에는 준비가 중요하다……. 확실히 미아 할머니에게도 같은 이야기를 들은 것 같아요. 버섯을 캐러 가기 전에는 먹을 수 있는 버섯을 철저히 조사해야 한다고. 그것과 같은 건가요?”

“글쎄……. 확실히 버섯은 아무 준비도 없이 먹으면 위험하지. 탐험할 때는 최대한 손을 대지 않는 게 나아. 예를 들어 무인도 같은 곳에서는 최대한 건강을 유지하지 못하면 목숨이 위험해지거든. 안전을 가장 중시하면서 무모한 짓은 가능하다면 안 하는 게 좋지.”

"오오…… 굉장해요! 잘 배웠습니다, 하네스 스승님!"

그런 식으로 목소리가 잔뜩 들뜬 벨을 보며 패티는 신기한 기분에 잠겨있었다.

――그 하네스가…… 어른이 되었어…….

작고 몸이 약했던 동생……. 불치병에 걸려서 절대 어른이 될 때까지 살 수 없다고 하던 하네스가 이렇게 눈앞에 있다는 상황.

더불어 그런 동생 하네스와 화기애애 대화하는 상대가 자신의 고손녀(자신보다 연상)다.

신기하다고 해야 할지, 이해할 수 없어 머리가 어질어질한 상황이었다. 하지만…….

"뭔지 잘 모르겠지만, 축하해."

야나가 작은 목소리로 귓속말했다. 참고로 키릴은 교회의 고아들과 함께 벨 대장과 떠들썩하게 놀고 있었다. 이미 다른 아이들의 마음을 장악해가고 있는 벨 대장이었다!

뭐, 그건 그렇다 치고…….

"……응, 고마워."

패티는 야나에게 인사했다. 그러자 어째서인지 야나가 깜짝 놀란 듯 눈을 크게 떴다.

"……왜?"

"아니……. 패티가 웃는 건 보기 드무니까."

패티는 작게 고개를 갸웃거렸다.

――내가 웃었다고?

두 손으로 얼굴을 더듬어보았지만, 의식한 순간 그 미소는 사라진 뒤였다.

공연히 웃지 마라, 필요할 때만 상대의 마음을 조종하기 위해 웃어라.

절대 마음을 열지 마라…….

자신을 얽어매는 뱀의 가르침이 머릿속을 맴돌았지만…… 패티는 그것을 웃어넘겼다.

그 가슴에는 이미 뱀의 속박을 깨부수는 희망이 깃들었으니까.

"그렇구나……. 내가 웃었어……."

작게 중얼거리며 패티는 이틀 전 밤을 떠올렸다.

하네스와 재회한 날 밤, 자기 전에 패티는 늙은 동생에게서 대략적인 사정을 들었다.

"설마 정말로 만날 수 있을 줄은 꿈에도 상상하지 못했습니다. 누님, 다시 만나서 정말 기쁩니다."

두 사람밖에 없는 예배당. 패티는 하네스의 눈을 바라보며 말했다.

"하네스……. 만약 네가 정말 하네스라면 몇 가지 의문이 있어."

"말씀하세요. 제가 대답할 수 있는 일이라면 무엇이든……."

하네스는 그런 누나의 눈을 마주 바라보며 대답했다.

"너는 내가 여기에 나타난다는 걸 아는 것 같았어. 어째서야?"

"다름 아닌 누님께 그리 들었기 때문입니다."

"……나한테?"

눈이 살짝 커진 패티를 향해 하네스는 고개를 끄덕였다.

“지금의 누님께 어디까지 말씀드려도 되는지 고민했었습니다……. 하지만 이렇게 다시 살아계신 누님을 만난 것 자체가 기적입니다. 그렇다면 무엇을 숨기겠습니까. 전부 말씀드리겠습니다.”

그렇게 하네스는 말하기 시작했다. 과거에 대체 무슨 일이 있었는지……. 앞으로 패티에게 무슨 일이 일어나는지.

“그건…… 제가 아직 어릴 때였습니다. 누님과 만나는 걸 금지당한 기간이 있었죠. 그때는 다른 뱀에게 맡겨졌다고 들었는데…… 나중에 클라우지우스가의 사람들이 그러더군요. 누님께선 원초의 뱀의 예지(叡智)를 만났다고. 누님 본인이 그렇게 말씀하셨고, 그들도 그 말을 믿는 모양이었습니다.”

“원초의 뱀의…… 예지?”

아마도…… 그건 이쪽 세계에 왔던 기간에 무슨 일이 있었던 건지 얼버무리기 위해서였으리라.

이쪽 세계에서 얻은 지식, 혹은 앞으로 얻게 될 지식. 특히 ‘땅을 기어가는 자의 서’의 지식 같은 걸 적당히 발췌해서 말해준 뒤 ‘아직 읽지 않은 뱀의 지혜를 지녔다. 뱀을 직접 만났다!’라면서 얼버무렸을 테지만…….

다만 그 ‘예지’라는 단어에 대해서는 막연히 분위기를 타고 급조한 것 같은 느낌이 드는 패티였다.

──제국의 예지라는 미아 언니의 이명에 영향을 받아서 적당히 붙인 것 같아…….

아들의 이름도 그렇고 본인의 작명 센스에 심각한 의구심을 품는 패티였다. 뭐, 그건 넘어가고…….

"이쪽에 와 있는 동안 무슨 일이 있었는지, 뱀이 수긍할 법한 변명을 미리 생각해놓아야겠네……."

고개를 주억거리는 패티를 향해 하네스는 또렷한 목소리로 말했다.

"그 후 누님은 제게 뱀의 비약을 주셨습니다."

"뱀의 비약……?"

"네. 불로불사를 준다고 알려진 약이라고 하셨습니다. 실제로는 생명력을 끌어올리고 몸을 활성화해서 노화를 느리게 만드는 정도의 효과였지만…… 제 병에는 특효약이 되었죠."

하네스의 병은 기묘한 질병이었다. 아무리 식사해도 생기가 빠져나가고 야위어가는, 그런 불치병이었다.

"클라우지우스가의 사람들은 아마도 뱀의 비약을 희석하거나, 아니면 조금씩 나눠서 저에게 먹였을 겁니다. 그래서 일시적으로 컨디션이 회복될 뿐 완치되지는 않았죠."

"내가 가지고 돌아간 약으로 하네스의 병이 나은 거구나……."

"네. 그리고 병에서 해방된 저는 그 사실을 숨기며 계속 비약을 찾았습니다. 패트리시아 누님, 누님이 말씀하신 대로."

클라우지우스 가에서 '땅을 기어가는 자의 서'를 열심히 읽었다는 하네스. 그것은 뱀의 약을 찾아내기 위해서였다.

과거의 자신에게 전해주기 위한 비약을…….

"아직 약은 찾지 못했습니다. 하지만 그것조차 누님이 말씀하셨던 대로죠. 누님의 손녀, 미아 루나 티어문과 누님, 패트리시아가 함께할 때 그 약으로 가는 길이 열린다고. 누님은 그리 말씀하셨습니다."

"그래……. 그게 내가, 이 시대에 온 의미……."

패티는 침을 꼴깍 삼켰다.

제14화 미아 황녀, 원로회로 향하다

가누도스 국왕 암살 미수 사건으로부터 닷새가 지난 그날.

조선 길드장이 손을 써서 긴급의회가 소집되었다.

미아의 기대와 달리 오우라니아 일행은 찾아내지 못했다. 루드비히가 불러온 황녀전속 근위대도 수색에 참여했지만, 낯선 땅인데다 타국의 병사이다 보니 그리 효과적으로 수색하지는 못했다고 한다.

——으음……. 조절이 참 까다롭단 말이죠. 너무 완벽한 말을 했다간 제 공적이 되어버릴 거예요. 하지만 가누도스 국왕 앞에서 선언한 지 이미 며칠이 지났죠. 저쪽은 저쪽대로 반대할 논리를 구축했을 테고……. 오우라니아 양을 찾아내지 못한 게 아쉽군요.

아쉬움을 넘어서 이쯤 되니 걱정이 되는 미아였다.

"리나 양. 뱀에게 잡힌 오우라니아 양 일행은 정말로 괜찮을까요……?"

무심코 뱀에게 잡혔던 경험자인 슈트리나에게 물어보았다.

"으음, 글쎄요."

뺨에 손가락을 대고 고개를 옆으로 기울인 슈트리나였지만…….

"온갖 괴롭힘은 당할 테지만요……. 기본적으로는 괜찮을…… 거라고 봅니다. 그 자리에서 죽이지 않았으니까요……."

살짝 마음이 딴 곳에 가 있는 듯한 대답이 돌아올 뿐이었다.

——뭐, 리나 양도 벨이 걱정일 테니까요……. 으음……. 하지만 아벨도 같이 있을 텐데 연락이 없다는 건 역시 마음에 걸려요.

사실 여기에는 약간 사정이 있었다.

우연히 오우라니아와 합류해버리는 바람에 아벨은 반대로 움직이지 못하게 되고 만 것이다. 오우라니아는 이번 사건의 명백한 키퍼슨이다. 한 번 뱀의 공격을 받은 이상 다시 습격이 있으리라고 예상할 수 있으니…….

게다가 왕궁에 가서 미아에게 연락하면 뒤를 밟힐지도 모른다. 에메랄다의 별장에 갔다면 모를까, 오우라니아가 자신들 옆에 있는 이상 오히려 움직이지 않고 숨어있는 게 최선이라고 판단했다.

참고로…… 에메랄다가 연락하지 않은 건 에샤르와 시온과 키스우드라는 미남들과 함께 행동하는 게…… 그, 너무 신나서 룰루랄라 상태이기 때문이라거나, 그런 이유는 당연히! 절대! 아니다.

아버지인 그린문 공작의 눈에서 왕자들을 숨기며 첩보활동 비슷한 일을 하는 게 어쩐지 아주아주 신나서 연락을 잊어버렸다거나, 그런 이유는 절대로 아니다.

아무튼……. 그런 속사정 같은 건 눈곱만치도 모르는 미아였지만, 우선 눈앞의 일을 끝내는 것에만 집중하기로 했다.

——우선은 원로회를 설득하고, 바이더리언 족을 설득해야 해요. '땅을 기어가는 자의 서'가 짓밟힌 약자의 마음에 기생하는 거라면, 약자들을 구하는 것이 바로 뱀을 공격하는 셈이 되죠. 소란을 일으키기 전에 상황을 해결해주겠어요.

'흡!' 하고 기합을 넣는 미아였다.

가누도스 항만국의 원로회 회의장은 왕궁과 가까운 거리에 세워진 커다란 건물이었다. 멋들어진 석조문을 지나가면 왕궁과 비교해도 뒤지지 않을 만큼 큰 회의장이 나타난다.

아치형 입구에는 20개의 엠블럼이 새겨져 있었다.

"어머, 처음 보는 문장이네요. 귀족의 문장이 아닌 건가요?"

가문 문장 지식이라면 제법 정통한 미아였지만…… 입구에 새겨진 문장들은 한 번도 본 적이 없었다.

"저건 길드의 문장입니다."

"길드……? 아, 그러고 보면 가누도스에서는 길드의 발언권이 강했죠."

각 분야의 장인들이 모여서 만들어진 조합(길드), 그 길드장으로 구성된 것이 이 원로회다.

"흠, 귀족은 영지를 다스리는 자……. 반면 길드장은 그 직업을 영지 삼아 다스리는 자, 라는 느낌인 건가요?"

"선출법에도 차이가 있습니다. 길드장은 장인들이 선택한 사람이라 세습이 아닙니다. 장인으로서 실력만이 아니라, 아마 동업자들의 신용도 기준에 들어가지 않을까 합니다."

"흐음, 그분들과 의견을 나눠서 국가의 행방을 정하는 거군요. 제법 재미있는 제도예요."

다양한 전문 지식을 지닌 사람들을 모아놓고 대화하는 자리다. 총괄자가 잘 굴려준다면 좋은 의견을 다양하게 얻을 수 있을지도 모른다.

무엇보다 자신들이 선택한 길드장이 의논에 참여하는 이상 나라가 기울었다고 해도 불평할 수 없을 테니…….

——어? 이거 혹시 책임을 떠안지 않을 수 있는 좋은 시스템 아닌가요……?

그런 생각이 든 미아였지만…….

"반면 대화로는 좀처럼 정해지지 않는 일도 있을 법하군요. 각자 이익을 추구했다간 추진할 수 있는 정책도 추진하지 못하게 될 겁니다."

"흠……. 서둘러야 할 때는 오히려 황제가 혼자 정하고 추진하는 게 더 낫다는 거군요……. 장단점이 있네요."

나라가 위기에 처했을 때 단두대와 춤을 추지 않을 수 있다는 건 좋지만, 반대로 나라가 위기에 처하기 쉬워지는 시스템이라는 것도 좀…….

——근위병들이 지켜주는 건 제가 황녀로서 중책을 짊어지고 있기 때문일 테니까요……. 만약 아무도 지켜주지 않는 상태에서 나라가 망하면 역시 목숨이 위험해요. 제가 디온 씨처럼 강하다면 나라가 망해도 살 수 있을 테지만……. 세상 참 쉽지 않군요.

작게 한숨을 흘리며 미아는 회의장에 발을 들여놓았다.

이때의 미아는 몰랐다.

배후에서 어떤 일이 일어나고 있는지…….

사태는 미아가 파악하지 못한 곳에서 크게 움직이기 시작했다.

제15화 전날 밤의 전투 : 시온과 키스우드

시온 솔 선크랜드는 틀림없는 천재였다.

검술 실력은 물론이고, 면학 방면에서도 뛰어난 수준을 자랑하며 재치와 판단력도 뛰어나다. 말 그대로 만능 천재라는 이름이 잘 어울리는 소년이었다.

반면 지나치게 고결해서 다소 융통성이 없다는 단점도 있었지만, 그것도 옛날이야기.

제국의 살짝 불량한 황녀, 미아와 만난 뒤로 그 영향을 여실히 받은 그는 확실하게 성장을 …… 성장……? 성장했다!

구체적으로 말하자면…….

그곳은 변두리의 술집. 미아 일행이 원로회에 쳐들어가기 전날 밤의 일이었다.

하루 노동을 마치고 돌아온 남자들이 모이는 휴식의 공간.

그 카운터석 구석에 시온이 앉아있었다.

에메랄다와 회담을 거쳐 가누도스 국왕 암살에 자국의 첩보 조직 '바람까마귀'가 엮여있을 가능성이 제시된 이상 가만히 있을 수는 없었다.

어떻게든 바이더리언 격리 지구 관계자를 찾아내서 사정을 들어야만 한다.

시온 옆에는 앞머리를 길게 기른 남자의 모습이 있었다. 살짝 고개를 숙인 자세로 조마조마한 듯 어딘가 침착하지 못한 남자. 그 앞에 시온이 스윽 손을 뻗었다.

"어때……? 이게 기억을 떠올릴 계기가 되어준다면 좋겠는데……."

손을 치우자 그 밑에는 은색으로 빛나는 동전이 두 개. 그것은 선크랜드 왕국의 은화였다.

그렇다. 시온은 정보를 얻기 위해 어느 정도의 돈을 건네면 되는지 제대로 시세를 알게 되었다!

과거에는 합승 마차의 가격조차 파악하지 못했던 걸 생각하면 대단한 진보였다.

……아니, 물론 성장은 그것만이 아니다.

처음에는 신용도를 의식해서 선크랜드의 은화를 내민 시온이었지만…… 잠시 후 여기에 뜻밖의 효과가 있다는 걸 깨달았다.

"……당신, 선크랜드 인간이야?"

남자는 살펴보는 듯한 눈으로 시온을 바라보았다. 시온은 잠시 생각해 보았다가 천천히 고개를 끄덕였다.

"세상에, 이럴 수가. 정말 가스톤 나리의 말대로 된 건가?"

남자는 은화를 품에 넣으면서 냉소적으로 웃었다.

"무슨 소리지? 가스톤이라니……?"

"우리처럼 숨어 사는 바이더리언의 리더 노릇을 하는 양반이야. 꽤 전에 온 외국인 같은 남자와 함께 격리 지구 녀석들을 훈련시키고 있다고 들었는데……."

"뭐라고? 바이더리언의 격리 지구로 건너갈 수 있나?"

"그야 실력 좋은 뱃사람이라면 가지. 어려울 뿐이지 바다는 이어져 있으니까. 못 갈 것도 없어. 섬에서 만드는 배를 비롯해 도구 같은 것도 가져오지 못하면 의미가 없잖아."

웃는 남자에게 키스우드가 술병을 한 손에 들고 얼굴을 바싹 들이밀었다.

"아하. 자세한 이야기를 듣고 싶은데. 우리 선크랜드에서도 무언가 도와줄 수 있을지도 몰라."

그렇게 말하며 남자의 술잔에 술을 따르자 남자는 만족스럽게 웃으며 대답했다.

"뭐, 딱히 복잡한 건 아니야. 국왕 폐하를 불러내서……."

목소리를 작게 죽이며 말하던 남자가 제 목에 손날을 세워 툭 쳤다.

"그 혼란을 틈타 국내의 주요 시설을 제압하는 거지."

"국왕을 불러낸다고? 말은 쉽지만, 어떻게 하려고……?"

남자가 말없이 손을 내밀었다. 키스우드는 친근하게 웃으면서 한층 은화를 내밀었다.

"가스톤 나리는 오우라니아 왕녀 전하를 인질로 삼을 생각이래. 폐하와 반목해서 빈민가로 도망쳤다고 하던데. 다만…… 아무래도 그 이상한 남자의 생각은 다른 것 같아. 다른 방법을 생각하는 것 같던데, 그 녀석은 도통 들려주지 않더라고. 아무튼 국왕을 죽이고 그 혼란을 이용한다는 게 기본 구조라더라. 잘 되려나?"

어깨를 으쓱하는 남자를 두고 시온과 키스우드는 가게를 나섰다.

"……가스톤, 그리고 외국인 같은 남자라……."

"흐음, 가누도스 항만국에게 외국이란 어디를 말하는 걸까요. 티어문인지, 베이르가인지, 선크랜드인지, 아니면……."

"기마 왕국……."

시온은 무거운 어조로 말했다.

"아바마마께 위해를 가하고 에샤르를 함정에 빠트린 그 남자가 이 나라에 있을지도 모르겠군……."

"상상력을 발휘하자면 그렇게 된다는 수준이긴 하지만요. 어쩌면 체포할 기회가 올지도……."

키스우드의 말에 고개를 끄덕인 시온이 말했다.

"하지만 앞으로 어떻게 하는 게 좋을까……. 가장 좋은 건 계획을 실행하기 전에 가스톤 일당을 제압하는 건데……."

"…………시온 전하."

불현듯 키스우드가 목소리를 낮췄다. 동시에 시온이 등 뒤를 일별했다.

"미행이라. 아까 그 남자인가……."

"아주 나불나불 잘 떠들었으니까요. 에휴, 이럴 줄 알았다면 은화를 네 닢이나 주는 게 아니었는데."

두 사람은 고개를 끄덕인 뒤 재빠르게 다음 모퉁이를 돌아 뒷골목으로 들어갔다. 조금 안으로 들어간 곳에서 뒤를 돌자 달빛 아래 그들을 쫓아온 네 명의 남자가 보였다.

맨 앞에 서 있는 사람은 조금 전 술집에서 정보를 제공해준 남자였다. 남자는 검을 빼 들며 말했다.

"그래서 결국 형씨들은 누구야? 설마 둘 중 한 명이 제국 기사 디온 알라이아인 건 아니겠지?"

그 질문에 무심코 키스우드가 웃음을 터트렸다.

"글쎄. 아쉽게도 나는 너처럼 입이 가볍지 않거든. 절세 미녀와 고급술을 세트로 제공해주기 전에는 말할 마음이 안 드는걸?"

"흥, 뭐 그렇게 말하지 말고. 살짝 대화해 보고 싶은 것뿐이니까. 왜 우리를 조사하는 건지 사정을 듣고 싶어. 만약 디온 알라이아라면 사정을 설명하고 싶고, 진짜로 선크랜드 사람이라면 더욱……."

그렇게 말하기 시작하는 남자를 보고 키스우드는 눈썹을 찡그렸다.

――또 떠들기 시작했군. 이 녀석, 뭔가 꾸미는 건가?

방심하지 않고 검을 빼 들었다. 달빛을 받아 검날이 차가운 빛을 흘렸다.

"미안하지만 어둠 속에서 검을 들이미는 인간과 대화를 즐길 만큼 대범하진 않거든."

찰나의 정적 후…… 남자들은 일제히 키스우드를 향해 달려들었다!

……그런데 최근에는 완전히 주방의 수호자(미아에게서 왕자들의 위를 지키기 위한)가 되었던 키스우드였지만 그의 검술 실력은 시온과도 비등한 수준이었다.

능가하지도, 뒤떨어지지도 않은 수준이기는 하지만 그 성질이라는 의미에서는 시온과 완전히 달랐다.

그의 검은 시온보다 훨씬── 변칙적이었다.

키스우드는 달려오는 남자들을 향해 검을 던졌다.

선두에 있던 남자는 당황하며 제 검으로 받아넘겼다. 하지만 그건 치명적인 빈틈이 되었다.

남자의 품으로 파고든 키스우드는 그대로 남자의 고간에 힘껏 니킥을 넣고, 즉각 허리를 낮춰서 뒤에 있는 남자의 발목을 향해 다리를 휘둘렀다. 이어서 땅에 떨어진 본인의 검을 주우면서 세 번째 남자의 검을 힘껏 베어 날려버렸다.

마지막 한 명이 달려들었다.

어둠 속에서 번뜩 빛나는 검. 참격이 닥쳐왔지만, 키스우드는 거들떠보지도 않았다. 왜냐하면…….

천재, 시온 솔 선크랜드의 검이 적의 검을 휘감아 하늘 높이 날려버렸기 때문이다.

"무슨……."

고통스러워하며 쓰러진 남자들과, 검을 잃고 멍하니 서 있는 남자들.

가장 가까이 있던, 다리후리기로 바닥에 쓰러트렸던 남자에게 검을 들이민 시온이 산뜻한 얼굴로 물었다.

"국왕 네스토리 폐하를 암살하고 혼란을 틈타 국내의 각 곳을 공격한다……. 그렇게 쉽게 흘러갈 줄 알았나?"

"하하, 글쎄. 이 나라의 군대는 이웃 나라 티어문에 비하면 아주 약하지. 혼란을 이용하면 불가능하진 않아. 그리고 박해받은 백성들이 소리 높이면 선크랜드가 반드시 움직일 거다."

"정의와 공정을 지킨다는 건가. 어렵구나……."

시온은 작게 한숨을 쉬었다.

"그래서, 그 무모한 계획의 결행일은 언제지?"

남자는 입꼬리를 씩 끌어 올렸다.

"아쉽게도── 이미 시작했어."

"아…… 젠장. 이건 시간 벌이였던 건가."

시온은 무심코 혀를 찼다.

제16화 왕이 부재한 원로회 회의

문장이 그려진 아치를 지나 현관으로.

그곳에는 원로회 의원인지 그 관계자인지 모를 사람들이 모여서 담소하고 있었다. 회의가 열리기 전에 이렇게 친목을 다지는 모양이다.

현관 안쪽에는 중후한 문이 보였다. 아마도 저 너머가 회의가 이뤄지는 홀일 것이다.

그때 옆에서 한 남자가 스스슥 다가왔다. 며칠 전 왕궁에서 만났던 남자, 조선 길드의 길드장 비가스였다.

"강녕하셨습니까. 미아 황녀 전하. 오늘은 잘 와 주셨습니다. 이렇게 친히 걸음을 하시다니 참으로 황공하지만, 아무쪼록 잘 부탁드립니다."

아주 공손한 비가스를 향해 미아는 스커트 자락을 잡고 살짝 들어 올려 인사했다.

"잘 지내셨나요. 비가스 님. 저야말로 잘 부탁드립니다. 다방면으로 힘을 써주신 것 같던데 감사드려요. 이렇게 의회에 참석할 수 있게 해주신 이상 여러분에게 설명하는 건 제가 책임져야겠죠. 열심히 하겠습니다."

생긋 웃는 미아에게 비가스가 한층 더 다가오더니 살며시 목소리를 죽였다.

"저는 지난 미아 황녀 전하의 말씀에 감명받았습니다. 오늘은 이미 의원 몇 명에게 접촉해서 미아 황녀 전하의 말씀에 찬성하라고 말해두었습니다."

"오호……."

"아, 그리고 오늘 회의는 다과로 가누도스 항만국의 명물인 '바닷새알 푸딩'을 마련했습니다. 황녀 전하께선 마른오징어를 좋아하신다고 들었지만 이런 달콤한 쪽도 어떠실까 하고……."

"오호!"

미아는 속으로 씨익 웃었다.

――이거…… 예상치 못하게 유능하잖아요! 빈틈이 없어요.

과연 비가스의 어디에서 미아가 감명 받았는지…… 그것은 신만이 아는 일이지만, 아무튼…….

――흠, 푸딩을 맛있게 먹기 위해서도 기합을 넣고 연설해야겠군요.

그렇게 콧김을 흥 내쉬며 미아는 문에 손을 올렸다.

홀은 제법 넓은 공간이었다.

정면에는 의장석, 그 위에 왕이 앉는 옥좌가 있고 좌우에는 의원이 앉을 장의자가 놓여 있었다. 그리고 의장석 정면에는 아마도 발언자가 서는 자리인 듯한 장소가 난간으로 둘러싸여 있었다.

또 회의장을 내려다볼 수 있는 이층석과 삼층석이 사방을 빙 두르고 있다. 그 자리는 이미 사람들로 가득 차 있는 모양이었다.

"어머……? 의원은 12명인 줄로 알았는데요."

가볍게 뒤를 돌아 루드비히에게 물어보았다. 그러자 루드비히는 작게 고개를 끄덕였다.

"회의의 주체는 12명이지만, 시민의 방청이 가능합니다."

"그렇군요……. 그렇다면 일반 청중도 아군으로 끌어들이는 게 유리하게 흘러가겠네요."

영락없이 정해진 의원 앞에서만 말하면 되는 줄 알았던 미아였기에 조금 뜻밖이었다. 제법 힘들어 보이긴 해도…… 이미 수라장을 여러 번 헤쳐나온 미아에게는 별것 아니었다. 애초에 미아는 완전무장한 렘노 왕국의 병사들 앞에 홀로 선 적도 있었으니까.

안내받은 자리에서 잠시 기다렸지만…… 회의는 통 시작하지 않았다.

"이미 예정 시각이 되었습니다만……."

옆에 앉은 루드비히가 눈썹을 찌푸렸다.

"흐음, 어떻게 된 거죠……?"

의장도 의원도 다 모인 듯하지만, 옥좌가 계속 공석이었다.

수군수군, 의원들 사이에서 동요한 기색이 퍼져나가는 가운데 어떤 청년에게 무언가 귓속말을 들은 비가스가 걸어왔다.

"대단히 죄송합니다. 미아 황녀 전하. 실은 국왕 폐하가 계시지 않습니다."

"네……? 그런가요?"

"오늘 원로회 회의에 참석하실 예정이셨는데…… 아침부터 모습이 보이지 않는다고 하십니다."

"흐으음……."

설마 뱀이 준동한 건 아니냐는 생각에 루드비히 쪽을 살폈지만, 지금 상황에서는 움직일 수 없는 미아였다.

——정말이지, 참 거슬리는 타이밍에 움직이는군요. 역시 뱀이라고 해야 하나요……?

그런 미아에게 비가스는 침착한 어조로 말했다.

"폐하가 계시지 않으니 어쩔 수 없습니다……. 부재 상태로 회의를 시작하겠습니다."

"그래도 괜찮은 건가요? 영락없이 중지되는 줄 알았는데요……."

"의원들의 찬성을 얻으면 회의가 열립니다. 물론 어지간한 일이 아닌 한 중지되지만…… 미아 황녀 전하께서 참석하셨다는 건 어지간한 일이니까요."

비가스는 목소리를 죽이고는.

"정확하게는 그렇게 밀어붙일 테니……. 아무쪼록 미아 황녀 전하의 위광을 이 자리에서 보여주셨으면 합니다……."

사악하게 히죽 웃었다.

——흠, 그렇군요. 그런 거라면 오히려 좋은 기회라고 생각해야 할까요……? 방해할 법한 국왕 폐하가 안 계신 자리에서 사람들을 설득해버리면 되는 거니까요.

뱀의 암약은 여전히 마음에 걸리지만, 지금부터 회의장을 빠져나가는 건 현실적이지 않고 별다른 의미도 없을 것이다. 그렇다면 지금은 눈앞의 문제를 해결해야겠다고 마음을 바꾸는 미아였다.

"지금부터 임시 원로회 회의를 개의한다. 오늘의 의제는 이웃나라, 티어문 제국의 미아 루나 티어문 황녀 전하께서 제안하신 지극히 중요한 안건이다. 다들 신중하게 듣도록!"

의장을 맡은 노인이 미아에게 시선을 주었다. 동시에 사람들의 시선이 일제히 미아에게 집중되었다.

미아는 고개를 한번 끄덕인 뒤 당당히 가슴을 펴고 회의장 중앙에 섰다.

그리고…… 입을 열고…… 머지않아.

——헉! 이건……!

그 속에 숨어있는 위기의 냄새를 맡았다!

제17화 그는 검이 아니다

시작은 무척 순조로웠다.

“처음 뵙습니다. 저는 미아 루나 티어문. 티어문 제국의 황녀입니다.”

미아가 당당하게 이름을 대자, 원로원 의원들은…….

“소문이 자자한 미아 황녀 전하를 이렇게 원로회에 초대하게 되어 진심으로 기쁩니다.”

환영하는 말과 함께 큰 박수를 보냈다. 그에 따라 견학하러 온 일반 청중 사이에서도 박수가 나왔다.

대략 호의적인 환영 분위기로 미아를 맞아준 것이다.

“오늘은 이렇게 원로회에서 발언을 허락해주셔서 감사합니다.”

그렇게 미아는 말하기 시작했다.

며칠 전 왕과 조선 길드 길드장 비가스에게 이야기한 내용……. 바이더리언 족에 대한 부당한 처우를 시정해달라는 요구, 세인트노엘과 미아 학원의 공동연구 시설을 이 나라에 세울 생각이라는 계획.

국왕 암살 미수 사건과 오우라니아에 대해서는 일부러 언급하지 않았다. 여러모로 귀찮아질 것 같았으니까…….

이야기를 대강 마친 뒤 미아는 다시금 의원들을 둘러보았다.

특히 바이더리언의 처우라는, 반대할 법한 안건에도 불만은 나오지 않았다. 몇몇 의원은 곤혹스러운 듯 주변을 두리번거렸지만…… 대부분 미아의 발언에 찬성한다는 뜻을 보였다.

——어라? 맥이 빠지네요. 너무 쉬운 거 아닌가요?

그렇게 마음이 편해졌던 미아였지만…… 그 뇌리에 별안간 경종이 울렸다.

미아의 말 하나하나에 터져 나오는 박수, 환호성. 환영하는 미소. 환한 웃음. 그리고 숭배하는 듯한 시선…… 숭배?

그 순간 미아는 깨달았다! 이 상황이 위험하다는 것을!

당황해서 그쪽으로 시선을 주자 조선 길드장 비가스의 뿌듯해하는 얼굴이 보였다. 그는 회의장 전체를 둘러보며 만족스럽게 고개를 끄덕이고 있었다.

——큭, 저 남자…… 그렇군요. 확실히 유능해요. 유능하지만…… 지나쳤어요!

회의장 내부는 미아를 환영하는 걸 넘어서 예찬하는 분위기가 지배하고 있다. 그것은 마치 새로운 지배자를 맞이하는 듯한 분위기였다.

——비가스의 다수파 공작이…… 너무 효과적이잖아요!

물론 그의 심리는 이해할 수 있다.

국왕과 노선이 달라진 이상 미아의 환심을 사야 한다는 건 당연한 섭리다. 그리고 자신들이 다수파가 되어 미아를 지지해야만 한다.

그건 뭐, 괜찮다. 이해하지 못하는 건 아니, 지만…….

——저에게 너무 기대해도 곤란한데요.

이것이 미아의 본심이다.

미아는 딱히 자신을 통치자로서 숭상해달라는 게 아니다.

귀찮은 일은 자기들이 알아서 잘 해결해줬으면 좋겠고, 이쪽으로 괜한 일을 떠넘기지 않길 바라는 것뿐이다. 그런데…….

저들의 눈에 보이는 건 '전부 다 미아에게 맡기자!'라는 복종의 기색이었다.

아마도 그들 내부에는 불만이 있을 것이다. 불안하기도 할 것이다.

어쩌면 '괜한 소리 하지 마! 지금 이대로가 뭐가 나빠?'라는 분노조차 있을지도 모른다.

하지만 그러한 감정을 삼키고, 문제는 전부 미아가 해결해줄 테니까 괜찮을 거라며 생각하는 걸 멈춰버린 것이다.

바이더리언을 박해하는 게 도의적으로 틀렸다거나, 바이더리언을 본토로 돌려보낼 때 발생할 문제 같은 건 일절 파악하지 않고 있다.

전부 미아에게 떠넘겨버리겠다는 태도다.

아니, 미아라면 그런 걸 어떻게든 해줄 게 틀림없다고 기대하는 것이다.

무겁기 짝이 없는 기대에 미아는 벌써 위가 더부룩해지기 시작했다.

이대로는 바닷새알 푸딩이라는 것도 두세 개 먹는 게 고작일 것이다. ……응?

뭐, 아무튼…….

더욱 큰 문제는, 이 자리에는 왕이 없다는 점이다. 본래 책임을

져야 하는 위치이자 미아에게 반대하는 세력의 중심점이 될 국왕이 이 자리에는 없다.

의원 중에는 미아에게 반대하는 사람도 있을 텐데, 왕이 없으니 그들은 통일된 움직임을 할 수 없다.

즉…… 이 자리는 미아를 예찬하는 세력의 독무대. 미아의 평가는 말 그대로 파도를 타고 하늘을 찌를 듯이 올라가고 있었다. 그야말로 문제를 혼자서 전부 다 해결해주는 굉장한 사람이라는 수준까지…….

생생하게 느껴지는 기대감……!

애초에 인간이란 책임을 지기 싫어하는 법이다.

침대 위에서 멍하니 있는 동안 전부 해결되는 게 이상적이다. 그건 미아라고 해도 다른 사람이라고 해도 마찬가지다. 즉…….

——온갖 문제를 저한테 떠넘기려는 거예요! 그 수법에는 안 넘어가죠.

자신을 향하는 기대에 찬 시선에 미아는 끄으윽 신음했다.

——나중에 제 제자 오우라니아 양에게 떠넘기기 위해 최대한 저에게서 주목을 떼어놓고 싶은데요. 무언가 좋은 방법이…….

생각에 잠기는 미아. 그때였다.

"역시 제국의 예지. 미아 황녀 전하의 말씀대로 하면 전부 옳게 간다는 걸 새삼스럽게 느꼈습니다. 그런데 동행하신 그쪽 분이 그 유명한 미아 황녀 전하의 검이십니까?"

묘하게 연기하는 듯한 목소리가 날아왔다. 사람들의 시선이 루드비히 옆에 앉은 디온 알라이아에게 향했다.

"역시 제국의 예지의 검. 참으로 강인한 기사님이십니다."

노골적으로 아부하는 듯한 그 발언에 당사자인 디온은 황당해하며 쓴웃음을 지었다. 미아는 무심코 혀를 찰 뻔했다가…….

"네, 그는 저의 검…… 아니."

말하던 도중, 미아는 깨달았다.

어떻게든 이 흐름을 바꾸기 위한 논리. 그 실마리를…….

그 아이디어에 몸을 맡기고 입을 열었다.

"그는 제 검이 아닙니다. 저의 팔이죠."

제18화 예지가 물었다. 나라란 무엇인가?

미아는 당당하게 가슴을 펴고 주장했다. 그는 검이 아니라고.

그 이유는……?

뻔하다. 미아의 사고방식은 언제든 변하지 않는다.

그 사고방식의 기준선은 바로, 책임과 기대의 분산이다!

미아는 엄숙한 어조로 다시금 말했다.

"당신들의 국왕 폐하를 지킨 사람은 우리 제국이 자랑하는 최강의 기사. 눈부신 검술 실력을 지닌 남자, 디온 알라이아죠."

강조해야 하는 부분은 그가 '도구'가 아니라는 점이다. 왜냐하면 도구가 활약하는 건 사용자에게 공적이 돌아가기 때문이다. 그를 다루는 미아가 대단하다! 인 셈이자, 미아에게 맡기면 된다! 가 되기 때문이다.

그렇게 되지 않도록 미아는 확실하게 부장했다!

"그는 제 검이 아닙니다. 말하자면 제 팔과 같은 존재이죠. 왜냐하면……."

미아는 장난스럽게 웃으면서,

"저는 아쉽게도 검을 전혀 다루지 못하니까요."

검을 들어봤자 별다른 일은 하지 못한다고 주장했다.

"마찬가지로 제가 신뢰하는 가신, 루드비히도 지식이 적힌 책이 아닙니다. 그는, 그래요……. 제가 보지 못한 곳을 알려주는, 잘 보이는 눈……?"

미아의 눈이란 말에 루드비히는 안경 위치를 고치며 작게 웃었다. ……아무래도 쑥스러운 모양이었다.

"메이드인 안느는 제 생활 전반을 도와주는 또 하나의 팔입니다. 그리고……."

미아는 마지막으로 가련하게 웃는 슈트리나에게 시선을 던졌다.

"그 옆에 있는 사람은 옐로문 공작 영애. 약학에 정통한 그녀는 식사에 들어간 녹을 전부 무효로 만들죠. 말하자면 제 몸을 지키는…… 그래요, 튼튼한 위라고 해야 할까요?"

미아의 위장이라는 말에 슈트리나의 가련한 미소가 움찔거렸다. 미아는 그 반응을 놓치지 않았다.

……아무래도 지금 비유는 썩 만족스럽지 않았던 모양임을 눈치 채고 빠르게 마무리로 들어갔다.

"저는 제국의 모든 이들을 총애합니다. 그들은 제 몸의 일부나 마찬가지니까요."

그러니 절대 도구가 아니라고 주장하면서, 동시에 다른 부분도 은근슬쩍 강조했다.

즉 제국의 백성은 몸의 일부지만 가누도스의 백성은 아니니까 책임지지 않는다는 뜻이다.

그리고 여기서 한번 말을 끊고 청중들의 얼굴을 살폈다. ……아무래도 이해하지 못한 것 같았기에 미아가 한층 말을 이어가려고 한 그때였다.

"미아 님, 비유가 다소 많이 고상하신 탓에 미아 님의 생각이 잘 전해지지 않은 모양입니다. 눈이라고 말씀해주신 직후에 이렇게 끼어드는 건 적절하지 않은 느낌이지만, 오늘은 제가 능란한 혓바닥이 되는 것을 허락해주시겠습니까?"

다소 과장이 섞인 어조로 루드비히가 일어났다.

——흠, 역시 꾀주머니 루드비히로군요. 좋은 타이밍이에요.

그렇게 감탄하며 미아는 작게 고개를 끄덕였다.

"감사합니다. 그렇다면 의장님, 미아 님의 혓바닥으로서 제가 발언하는 것을 허락해주시겠습니까?"

이어서 루드비히는 원로원의 의장에게 허락을 구했다. 차마 여기서 발언을 저지할 담력은 없었을 의장이 가만히 고개를 끄덕이는 것을 기다린 뒤 루드비히는 발언하기 시작했다.

"그렇다면…… 미아 님, 만약 국민이 한 몸의 기관이라고 한다면 이 가누도스 항만국 또한 하나의 몸으로 간주하신다는 뜻입니까?"

——오호, 루드비히…… 제법이군요. 가누도스의 백성은 제국과는 별개의 몸이라고 강조하다니……! 역시 안경을 낄만해요.

미아는 감탄하며 고개를 끄덕였다.

"그렇죠. 가누도스의 국왕이신 네스토리 폐하, 혹은 오우라니아 왕녀 전하……. 가누도스의 왕족을 머리로 두는 몸이라고 보아야 합니다."

"하하하, 재미있군요. 그렇다면 저희 상인길드는 더 좋은 상품을 꿰뚫어 보는 눈이고, 어업 길드는 아마 발 같은 느낌일까요?"

"잠깐, 왜 우리가 발인 거야?"

원로원 의원 중 몇 명이 맞장구를 쳤다. 그것을 보고 미아는 흡족하게 웃었다.

"불만을 느낄 필요는 없습니다. 눈에는 눈의 역할이, 발에는 발의 역할이 있으니까요. 몸을 지탱하는 발의 역할도 중요하답니다."

제국의 황녀가 무척 친근한 어조로 칭찬하자 어업 길드장의 얼굴이 빨개졌다. 가누도스 항만국의 백성에게 제국은 분명한 대국이고, 그렇기에 그곳의 황녀에게 칭찬받는 것은 더없이 명예로운 일이었다.

"확실히 이 나라의 뼈대인 어업 관계자들은 나라를 지탱하는 발이라고 할 수 있을지도 모릅니다. 하지만 그 이상으로, 마찬가지로 발로서 나라를 지탱하면서도 아래에 놓여서 짓밟히는 자들이 있지 않습니까."

루드비히는 안경을 척 올렸다.

——짓밟힌 약자…… 바이더리언이군요!

그 순간 미아는 루드비히의 노림수를 깨닫고 '오오!' 하며 감탄을 터트릴 뻔했다.

——그래요, 그렇게 논리를 전개하는 거였군요! 역시 루드비히.

미아는 씰룩씰룩 올라가는 입꼬리를 필사적으로 붙잡았다.

"네. 그렇죠. 같은 몸의 일부인데 짓밟혀온 자들…… 바이더리언이……."

의장을, 의원 한 명 한 명을 바라보며 말을 이었다.

"그들도 이 가누도스의 백성입니다. 그렇다면 이건 어떤 상태라고 할 수 있을까요? 백성이 백성을 박해하고, 고통을 주는 일……. 그것은 오른쪽 발로 왼쪽 발을 밟고 있는 셈입니다. 오른쪽 주먹으로 왼쪽 주먹을 때리는 셈입니다."

가장 가까이 있던 의원에게 시선을 주며 미아는 말했다.

"거기 계신 의원분, 친구가 그런 행동을 한다면 어떻게 하실 건가요?"

"네……? 아, 네. 막겠죠……?"

자신 없는 남자의 대답에 미아는 고개를 크게 끄덕였다.

"그래요……. 그런 행동을 하면 당연히 막습니다. 오른발로 왼발을 짓밟으며 괴롭히다니…… 그런 짓을 했다간 쓰러질 테니까요."

미아는 주변으로 시선을 주다가 문득 생각했다.

——흐음, 너무 추상적일지도 모르겠군요. 구체적인 예시를 들어서…… 야나와 키릴을 등장시키도록 할까요.

살며시 눈을 감고 미아는 말을 이었다.

"세인트 노엘 학원의 특별 초등부에 바이더리언 아이들이 있습니다. 아주 똑똑하고 귀여운 남매인데, 야나와 키릴이라고 하죠……. 여러분이 짓밟고 있는 건 바다를 어지럽히는 해적이 아닙니다. 어린아이들이자, 아이들을 키우느라 필사적인 부모들입니다. 그런 자들을 섬에 격리하고, 가둬놓고…… 그런 짓을 계속하면서 나라가 건재할 수 있다고 생각하시나요? 그게 정말로 용서받을 수 있는 일인가요?"

씨를 뿌리면 거둬야 할 때가 온다.

제 발을 짓밟다 보면 언젠가 서 있지 못하게 되는 순간이 온다.

자명한 섭리다.

그건 아마 그들도 알고 있을 터이다.

따라서 미아는 확신에 찬 어조로 말했다.

"저는 제국의 황녀입니다. 따라서 그것이 옳은지, 틀렸는지 판단하는 주체가 아닙니다. 판단할 수 있는 건 신이시자, 신성전이자, 중앙 정교회이자, 제 친구 라피나 님일 테죠. 저는 여러분에게 틀렸다고는 하지 않습니다. 그러니……."

미아는 크게 숨을 들이마신 뒤 소리 높여 호소했다.

"제가 이렇게 말씀드리는 건 그저 이웃에 사는 친구를 위해서입니다. 친구를 걱정하는 마음에서 하는 말입니다. 지금 이대로, 바이더리언을 계속 박해한다면 가누도스 항만국은 쓰러질 테죠. 그러니 지금이라도 바꿔야 하지 않을까요?"

거기까지 말한 미아는 성취감을 느꼈다.

——이로써 저는 조언해준 친구란 포지션을 획득했어요. 우후후, 해냈군요.

마지막 마무리로 미아는 말을 이었다.

"가누도스 항만국의 원로원 여러분, 또 이 자리에 계신 국민 여러분. 부디 생각해주세요. 바이더리언을 어떻게 대해야 하는지. 이 나라에 성 베이르가 공국, 아니…… 성녀 라피나 님께서 시찰하러 오신다면 어떻게 맞이해야 하는지……."

미아가 생긋 웃으며 말했다.

"저도 이웃 나라의 친구로서 협력할 수 있는 일은 최선을 다해 협력하겠습니다."

그 후 미아는 바로 자리로 돌아가 두근거리기 시작했다.

——바닷새알 푸딩, 기대돼요!

무거운 기대를 뿌리친 지금이라면 얼마든지 먹을 수 있을 것 같았다.

하고 싶은 말을 실컷 하고 냉큼 자리로 돌아가는 미아. 그 당당한 위용을 보며 루드비히는 뭐라 말할 수 없는 뿌듯함을 느꼈다.

생각해 보면 미아와 함께 여러 나라를 돌아다니면서 이번처럼 적절하게 미아의 연설을 거들었던 적도 없었지 않았는가…….

전과를 확인하듯 미아는 의원석을, 그리고 청중을 차근차근 바라보았다. 아직 큰 변화는 없다. 하지만 몇몇 사람들의 얼굴에서 당황과 동요의 기색을 보고 그는 만족스럽게 고개를 끄덕였다.

——미아 님의 유일한 약점은 하나를 보고 만 가지의 깨달음을 얻는 본인을 기준으로 생각하신다는 점이지. 다른 사람도 똑같이 할 수 있다고 생각하시는, 천재이기 때문에 해버리는 착각……. 이것이야말로 최대의 약점이다.

루드비히는 미아가 디온은 검이 아니라 팔이라고 말한 시점에서 미아의 의도를 이해했다. 그들에게 어떠한 점을 주입하고 무엇을 보여주려고 하는지를 정확하게 이해하고 있었다.

……루드비히 안에서는 그렇다.

그렇기에 끼어들었다.

루드비히는 가볍게 안경을 밀어 올린 순간 문득 생각했다.

——그렇구나. 내가 해야 하는 건 안경 역할이야. 미아 님의 이야기가 잘 보이도록 내가 안경 역할을 하는 거다.

그렇게 이해하며 루드비히는 미아의 말을 떠올렸다.

디온을 왜 검이 아니라 팔이라고 불러야만 했는가. 그건…….

──미아 님께서는 가누도스의 백성들에게 물어보려고 하신 거다. 바이더리언 족이 이 나라의 백성에게 어떤 존재인지를…….

미아는 자국의 이야기를 꺼내며 물었다.

제국에서는 이렇게 생각한다. 그렇다면 이 나라에 바이더리언 족이란 무엇인가. 그대들 나라의 일원, 즉 몸의 일부인가. 아니면 그 발로 짓밟는 노예인가.

만약 국민, 몸의 일부라고 말한다면 미아의 말대로 지금처럼 대우해서는 안 된다.

한편 노예라고 말한다면, 과연 그 존재가 용인되는 것인지를 따지게 된다.

물론 편리하고 쓰기 좋은 노예였으면 좋겠다고 생각하는 자는 있을 것이다. 언제든 잘라낼 수 있는 노동력, 최소한의 의식주만 공급하면 자유롭게 부릴 수 있는 노예를 원하지 않는 자는 없다.

하지만 그건 허락되지 않는 일이다. 타국의 비난을 부르는 악행이다.

아마도 그로 인한 불리함은 체재를 유지해서 얻을 수 있는 이익을 상회한다. 그렇기에 미아의 말을 무시할 수 없다.

혹은 그렇게까지 악랄하지는 않아도, 지금 상황을 유지하고 싶은 사람도 있을 것이다. 지금까지 문제 되지 않았으니 그대로 내버려 둔다는 사고방식이다.

인간은 본래 보수적인 생물이다. 설령 변화로 인해 좋은 결과를 얻는다고 해도 그 첫걸음을 좀처럼 떼어놓지 못한다.

섬에 가둬놓고 보지 않으려 한다. 눈을 감고 잊어버리면 마치 문제가 없어진 것 같은 착각이 든다. 마치 유령을 대하는 미아와 비슷한…… 그런 심리인 사람도 어느 정도 있을 것이다. 아니, 대부분일지도 모른다.

하지만…… 당연히 제국의 예지는 그렇게 생각을 멈추는 걸 허락하지 않는다.

——마치 어둠을 걷어내는 달빛처럼…….

루드비히는 생각한다.

미아의 말은 그들이 애매모호한 안개 저편에 밀어두고 싶었던 문제에 빛을 비추었다. 그림자 속에 숨어있던 불편한 사실을 빛 아래에 드러냈다.

그것은 어느 의미 괜한 짓이었을지도 모른다. 그들에게는 문제를 굳이 만들어서 들이밀었다는 느낌일지도 모른다.

하지만 보이든 보이지 않든, 겉으로 드러나든 드러나 있지 않든…… 문제는 엄연히 존재한다.

이 나라의 모든 이들이 보이지 않았다고 해도, 보지 않으려고 해도 박해받는 사람들은 분명히 그곳에 있다.

그렇기에 미아는 일부러 말한 것이다.

디온 알라이아는 대체할 수 있는 도구가 아니다. 다 쓰고 나면 새로 조달할 수 있는 게 아니라, 둘도 없는 인재다. 팔 같은 존재다. 그렇다면 너희들에게 바이더리언은 어떠한가.

그리고 루드비히의 시야에 들어온 건 소극적인 사람들만이 아니었다.

그에겐 똑똑히 보였다. 미아의 말에 동조하는 듯한, 그런 표정의 사람들도.

그렇다. 사실 인간적인 마음이 있는 사람들 사이에선 바이더리언의 처우에 동정하는 사람도 적지 않았다.

생각해 보면 당연하지만, 야나나 키릴 같은 아이들조차 숨어 살 수 있을 정도다. 현재 바이더리언 격리 상태는 그리 철저하지 않았다. 본토에 숨어 사는 바이더리언도 제법 있다.

그들은 섬에 갇힌 해적의 후손도 아니고, 알지도 못하는 타인도 아니고…… 함께 이 땅에 사는 이웃사촌이다.

그리고 궁핍한 그들에게…… 이마를 가리고 아등바등 사는 그들을 동정하지 않을 수 있는 인간은 사실 그리 많지 않았다.

그런 그들에게 미아의 발언은 참으로 공감할 수 있는 내용이었다.

게다가 지혜로운 사람 중에는 바이더리언 정책에 우려를 느끼는 사람도 적잖이 있었다. 원로원 내에도 그 위기감은 존재했다.

미아가 말할 필요도 없이, 어떤 사람들을 격리해놓고 중노동에 종사시킨다는 가혹 행위가 비난을 듣지 않을 리가 없다. 그것이 나라를 위험하게 만든다……. 미아의 말은 참으로 적확했다.

그들은 지식과 합리성에 따라 미아의 말에 귀를 기울였다.

그리고 이익에 민감한 사람 중에는 격리 정책 수정에서 오는 이득을 찾아내는 사람도 있었다.

대륙에서 제일가는 배움터인 세인트 노엘 학원과 대국 티어문 제국의 황녀 이름을 딴 성 미아 학원. 그 두 교육기관이 만드는 공동연구 시설……. 여기에서 새로운 장사의 냄새를 민감하게 맡았다.

그 새로운 경제 요소는 바이더리언을 본토에 받아들이는 걸 가능하게 만드는가, 아닌가.

아니, 설령 다소 손해를 본다고 해도 이미 바이더리언의 처우를 개선하는 것 말고는 선택지가 없었다. 그렇다면 더 나은, 적당한 타협점을 찾아낼 필요가 있다.

이리하여 다양한 사람들에게 선택을 들이민 미아였지만…… 아무렇지도 않은 얼굴로 푸딩을 먹고 있었다.

"후후후, 맛있어요."

후련한 얼굴로 황홀해하고 있었다!

이미 회의에 참여할 기색이 일절 없는 미아를 보고 조선 길드의 길드장 비가스는 감탄하며 중얼거렸다.

"그래……. 라피나임과의 관계를 중재해줄 테니 우리 힘으로 해결하려는 자세를 보이라는…… 그런 뜻인가."

미아는 말했다.

협력을 아끼지 않겠다고. 그 협력이란 즉 성녀 라피나 및 성 베이르가 공국과의 관계를 중재해주겠다는 의미일 것이다.

하지만 그러기 위해서는 이 나라가 우리들의 선택으로, 결단으로…… 변해야만 한다. 변하겠다는 의지를 보여주어야 한다.

“바이더리언 족 포용이라…….”

고여있던 이 나라에 새롭게 맑은 물이 흘러들어온……. 그런 느낌이 드는 비가스였다.

제19화 충성스러운 팔이 가로막다

본인의 자리로 돌아온 미아는 머릿속의 피로를 씻어내듯 푸딩과 마주 보았다.

——바닷새알 푸딩이라고 했었죠……. 흐음, 표면은 살짝 구워 놓은 건가요?

숟가락으로 톡톡 찌른 뒤 코를 가까이 가져가 킁킁 냄새를 맡았다. 그러자 달콤한 설탕을 구울 때의 맛있는 냄새가 코를 간질였다.

——아, 이거 분명 맛있을 거예요!

미아만 한 디저트 소믈리에가 되면 냄새만으로도 어지간한 맛을 예상할 수 있게 된다. 문제는 그 예상을 넘어서는지 못 넘는지인데…….

꿀꺽 침을 삼키고…… 미아는 푸딩에 숟가락을 찔러넣었다.

표면은 살짝 단단하지만 속은 탱글탱글한 푸딩을 숟가락으로 떠 올리고 진한 캐러멜 소스를 묻혀서 한 입.

입안에 퍼지는 단맛에 미아는 '하으으……' 하며 감탄했다.

——아아, 혀 위에서 우뚝 서는 단맛, 은은한 쌉쌀함이 느껴지는 이 소스가 변주를 줘서 아주 훌륭해요!

뒤이어 미아는 깨달았다.

새알의 맛이 다른 푸딩과는 다르다.

바닷새알이라는 이름이 붙은 만큼 그 맛은 미아가 익숙한 달걀

보다 한층 풍미가 있으며 묵직한 식감이 느껴졌다.

——이건 다른 일을 하면서 먹을 게 아니에요. 모든 감각을 집중해야겠어요…….

그렇게 결심한 미아는 집중하며 푸딩을 먹었다. 그 결과…….

몇 초 만에 푸딩을 홀랑 먹어버린 미아였다.

"아아…… 훌륭한 맛이었어요……. 그러면 하나 더…… 어머?"

그 순간 미아는 눈치챘다.

오른팔 안느가 푸딩을 스윽 가져갔다는 것을.

"음? 안느…… 아, 혹시 당신도 먹고 싶은 건가요? 그렇다면……."

"미아 님, 이건 오늘 저녁 식사 후에 드시는 게 좋겠습니다."

"네……? 하지만……."

미아는 배를 문지르며 안느를 보았다. 그러자!

"탄신제가 얼마 남지 않았으니까요……."

미아는 토실토실한 덩어리를 붙잡은 손가락 끝을 보았다. 그러자!

"……네, 어쩔 수 없군요. 오늘의 목적은 조금 날씬해지는 거였으니까요. 음."

그렇게 스스로를 설득한 뒤 미아는 루드비히에게 시선을 돌렸다.

"하지만 이 자리는 어떻게든 될 것 같아도, 국왕 폐하가 마음에 걸리는군요. 우리 쪽에서도 움직이고 있나요?"

"네. 황녀전속 근위대에게 바로 조사하라고 해 두었습니다. 하지만…….”

“그리 바로 발견되지는 않겠죠. 흐음……. 상황에 따라서는 그린문 공작의 힘을 빌릴 필요가 있을지도 모르겠네요…….”

가누도스 항만국과 외교 창구는 그린문 공작이다.

그 인맥은 우습게 볼 수 없으며, 국왕과의 관계도 끈끈할 터이다.

“만약 뱀이 관여했다면 수단을 너무 꼼꼼히 고를 수는 없죠.”

모처럼 한 번은 가누도스 국왕 암살을 막아냈다. 가능하다면 이대로 평화롭게 오우라니아에게 왕위를 물려주는 게 제일 좋다.

——뭐, 제대로 국왕으로서 일해준다면 그래도 괜찮지만요. 어쨌거나 뱀에게 암살당하는 건 피하고 싶어요. 나라 정세도 혼란스러울 테니까요.

“네. 그렇게 판단하고 이미 그쪽에도 사람을 보냈습니다.”

“어머나, 역시 루드비히로군요.”

미아가 감탄하고 있었더니 마침 타이밍 좋게 한 남자가 루드비히에게 다가왔다.

보고를 들은 루드비히는 순간 미간에 주름을 잡았다가 미아 쪽으로 고개를 돌렸다.

“미아 님, 급히 보고 드리고 싶은 사안이 있습니다. 한번 회의장에서 나가야겠습니다.”

“알겠어요.”

미아는 조금도 주저하지 않고 고개를 끄덕였다.

루드비히가 급하다는데 그걸 거부하는 건 말도 안 된다. 이전 시간축에서 루드비히의 급한 용건이 정말로 급하지 않았던 적은 한 번도 없었기 때문이다.

게다가 이미 회의장에는 볼일이 없었다. 해야 할 말도 다 했고……. 그런 관계로 미아는 의장에게 양해를 구한 다음 그 자리를 뒤로했다.

의논을 끝까지 듣지 않고 퇴장한 미아를 보고 어떤 이는 무책임하다며 야유했지만, 대부분은 신뢰의 증표로 받아들였다.

"본인의 뜻대로 흘러가는지 감시하는 게 아니라 상대방의 잘못을 지적하고 뉘우치도록 촉구한 뒤 개선을 위한 길을 제안했으니 그다음은 믿고 맡긴다…… 는 건가."

조선 길드 길드장 비가스 옆에 앉아있던 의원이 감탄하며 중얼거렸다.

비가스는 어째서인지 제 일처럼 거들먹거리는 태도로 고개를 끄덕인 뒤…….

"저게 바로 제국의 예지인 거지."

어딘가 기고만장한 얼굴로 웃었다.

그런 줄은 조금도 모른 채 미아 일행은 회의장 로비로 나왔다. 그 순간,

"미아 님!"

두 명의 어린아이가 달려오는 게 보였다.

"어……? 키릴. 게다가 야나도. 어떻게 여기까지…… 설마 뱀에게서 도망친 건가요? 게다가 오우라니아 양과 패티는 어디 있죠?"

뱀에게 잡혀있을 두 사람이 갑자기 달려오는 바람에 눈이 휘둥그레지는 미아. 그런 미아에게 야나가 매달렸다.

"제발요. 패티를, 오우라니아 왕녀 전하를…… 구해주세요."

그 필사적인 호소에 미아는 그저 눈을 부릅뜰 수밖에 없었다.

제20화 벨, 할아버지에게 감탄하다!

그것은 원로회가 열리기 전날 밤의 일이었다.

아이들이 잠든 심야의 교회.

예배당에는 하네스와 요르고스 신부, 오우라니아, 벨, 그리고 졸음이 꽉 낀 눈을 비비는 벨까지 모여 있었다.

"내일 열리기로 된 원로회 회의에 미아 황녀 전하가 참석하신다고 합니다."

그 정보를 가져온 사람은 하네스였다. 오랫동안 가누도스에 잠복해있던 하네스는 의회에도 어느 정도 연줄이 있는 모양이었다.

"원로회……."

아벨은 팔짱을 끼고 침음했다.

"미아는 그곳에서 무슨 이야기를 할 생각이지……?"

벨을 향해 시선을 돌리자, 벨은…… 꾸벅꾸벅 노를 젓고 있었다! 아무래도 그녀에게서 유익한 의견을 얻지는 못할 것 같았다.

쓴웃음을 짓는 아벨이었지만…… 불현듯 뇌리에 심각한 의문이 스쳤다.

――잠깐……. 이 아이는 미아의 손녀인데. 그 제국의 예지의 피를 이어받았는데 이 살짝 게으른 면모는…….

설마 제 피가 악영향을 준 게 아닌지 불안해지는 아벨이었다. 그런 불안을 지워내듯 그는 고개를 젓고 중얼거렸다.

"문제는 오우라니아 왕녀 전하와 함께 원로회를 찾아가는 게 좋은가, 아닌가로군. 뱀이 노리는 이상 계속 여기에 숨어있는 것도……."

그때였다! 갑자기 쨍그랑하고 딱딱한 소리가 실내에 울려 퍼졌다.

"지금 그건……?"

그쪽으로 시선을 주자 스테인드글라스가 산산조각 나는 게 보였고…… 그곳에서 쌔액 바람을 가르는 소리와 함께 화살이 하나 날아왔다.

"이런, 큭!"

아벨은 순간적으로 달려갔다. 왜냐하면 그 화살이 향하는 곳에는 무슨 인과인지 벨이 앉아있었기 때문이다. 화살은 정확하게 벨의 목을 향해 날아갔고…….

"흐어……?"

잠이 덜 깬 벨. 그 사이로 방패를 든 아벨이 끼어들었다!

"큭, 그렇게는 안 돼!"

칵 소리와 함께 화살이 방패를 찔렀고……. 하지만 벨에게는 닿지 않았다.

그대로 품에 안듯 벨을 바닥에 엎드리게 한 아벨이 소리쳤다.

"다들 엎드려! 창문에서 떨어져서 장의자에 숨으며 안쪽 방으로!"

지시를 내리는 사이에도 창문에서는 계속해서 화살이 쏟아졌다.

아벨은 방패를 든 채로 바닥에 엎드린 손녀에게 시선을 주었다.

"다친 곳은 없어? 벨."

그 목소리에 느릿느릿 고개를 든 벨은…… 멍하니 넋이 나가 있었다.

"벨? 어디 다치기라도……."

"아벨 할아버지…… 머, 멋있어요……."

흐아아 감동하는…… 여느 때와 같은 벨이었다!

하지만 안도할 새도 없이 눈앞을 새하얀 연기가 뒤덮었다.

'불을 질렀나?' 하는 가설이 스쳤지만, 불의 열기는 느껴지지 않았다. 즉…….

"큭, 연막인가?"

그때였다. 아이들이 자는 방에서 비명이 터졌다.

"앗, 애들아. 야나, 키릴, 패티. 괜찮아~?"

오우라니아의 느릿한, 그러면서도 어딘가 긴장된 목소리가 울리더니 직후 쿵쾅쿵쾅 발소리가 들렸다.

"오우라니아 왕녀, 움직이지 마!"

아벨이 제지했지만, 오우라니아가 일어난…… 그 순간! 예배당 입구의 문이 힘껏 열렸다.

그곳으로 들어오는 칠흑의 그림자. 하나, 둘, 셋.

그림자는 재빠르게 오우라니아를 향해 달려왔다.

"오우라니아 왕녀!"

일어나서 가로막으려고 한 아벨이었지만 다시 그쪽으로 화살이 쇄도했다.

"큭, 이게!"

등 뒤로 벨을 지키며 열심히 방패를 다루는 아벨. 발치가 순식간에 화살로 뒤덮였다.

——이렇게 많은 화살……. 만약 방패가 없었다면 전부 막는 건 어려웠겠군.

뇌리에 디온의 말이 되살아났다.

누군가를 등 뒤에 두고 싸운다면 방패를 드는 것도 한 가지 방법이라고…….

그 제국 최강의 기사에게 고마워하고 있을 때…….

“뭐, 뭐 하는 거야? 윽…….”

탁한 비명. 연기 사이로 그림자 중 하나가 오우라니아를 어깨에 둘러멘 모습이 보였다.

“멈춰! 젠장, 지금 오우라니아 왕녀 전하를 데려가게 할 수는…….”

이를 가는 아벨이었지만 한층 숫자가 늘어난 화살에 방패로 막아내는 게 고작이었고……. 다음 순간, 불쑥 정적이 찾아왔다.

“젠장…….”

작게 욕을 뱉으며 밖으로 나왔지만 이미 그림자들의 모습은 어디에도 없었다.

——상당히 숙련된 솜씨였지만…… 아아, 진짜.

화살이 여기저기 박힌 방패를 던지고 당장 쫓아가려고 하는 아벨이었지만, 그 팔을 벨이 잡아당겼다.

“잠깐만요, 아벨 할아버지. 저도 갈 거예요.”

“안 돼. 벨, 너는 여기에…….”

언성을 높이는 아벨에게,

"아니, 지금은 진정하는 게 좋겠어. 아벨 왕자. 이 움직임 자체가 함정일지도 몰라."

교회에서 달려 나온 하네스가 말했다.

"요르고스 신부와 아이들의 상황을 보고 왔어. 패트리시아 누…… 패트리시아 양의 모습도 없었지."

"그건…… 사태가 악화 일로를 걷고 있는 모양이군요……."

"아니, 반대야……. 누나…… 의 딸이라면 똑똑하니까 무언가 표식을 남기겠지. 추적할 수 있을 거야. 그러니까 침착하게 행동해야 해."

거기까지 설명한 뒤 하네스가 말했다.

"나는 두 사람을 추적하겠어. 아벨 왕자는 미아 황녀 전하에게 연락해서……."

"아뇨, 그건 안 됩니다. 하네스 경. 하네스 경도 미아에게는 소중한 사람일 터. 혼자 보낼 수는 없습니다. 저도 가겠습니다."

그러자 아벨 뒤에서 벨이 번쩍 손을 들고 주장했다.

"당연히 저도 갈 거예요. 하네스 스승님의 모험극을 안 볼 수는 없죠. 게다가…… 아벨 할아버지의 활약도 보고 싶어요."

살짝 쑥스러운 듯 그런 말을 하는 벨이었다.

솔직히 아벨은 벨을 데려가는 건 내키지 않았지만.

한편으로는 적이 굳이 벨을 노렸다는 게 마음에 걸렸다.

──그 뱀의 성에서도 벨을 노렸지. 그게 우연이 아니었다면 여기에 두고 가는 것도 위험할지도 몰라.

적이 분단을 노리는 거라면 당연히 벨 옆에도 호위가 필요할지도 모른다.

아벨은 화살이 잔뜩 박힌 방패를 주워서 칼로 화살을 베어냈다.

"그렇다면 미아에게는……."

"저희가…… 가겠습니다."

입후보한 사람은 야나였다.

야나는 어딘가 굳게 각오한 얼굴로 작은 주먹을 꽉 움켜쥐고서 말했다.

"반드시 미아 님께 전달할게요. 그러니까 패티를…… 제 친구를 구해주세요……."

"그리고 오우라니아 왕녀 전하도!"

키릴이 잊지 말라는 듯 덧붙였다.

"그래……. 약속할게."

아벨은 작게 고개를 끄덕였다.

그때였다. 어두운 하늘이 별안간 밝아졌다.

"아침이 왔나……."

눈을 가늘게 뜨고 하늘을 올려다보았다.

여명이 찾아온 하늘에서 쏟아지는 빛은 그들의 앞길을 비춰주고 있었다.

제21화 신뢰할 수 있는 사람들

넓은 로비 구석으로 온 미아 일행. 근처에는 미아가 싸웠던 달복치와 싸우기라도 할 듯한 복장으로 작살을 용맹하게 치켜든 어부 동상 같은 게 세워져 있었지만 달리 인기척은 없었다.

밖으로 달려갔던 루드비히가 돌아온 뒤 다시금 아이들에게서 이야기를 들어보자…….

"흐음……. 그렇다면 오우라니아 양은 정말로 뱀에게 끌려간 거군요……. 심지어 패티까지 같이……. 그걸 아벨과 벨, 그리고 하네스 작은 할아버지가 쫓아가는 중이다……?"

미아는 무심코 신음했다.

"카오스해요……."

뱀의 꿍꿍이대로 흘러간 건지 아닌지는 알 수 없지만 사태는 상당히 어지러웠다.

너무 많은 정보량에 눈앞이 어질어질한 느낌이었다.

——혹시 이거 꽤 위험한 상황인 거 아닌가요……?

패티가 본인 입으로 말할 것 같지는 않지만, 그녀야말로 미아의 가장 큰 약점이다.

만약 패티가 죽어버리는 일이 일어나면 미아도 미아의 아버지도 이 세계에서 사라지게 된다.

뱀에게는 대단히 환영하고픈 상황이고, 인질로 삼기에도 아주 딱 좋은 인물이지만…….

"그런데 왜 패티까지……? 그 아이는 오우라니아 왕녀 전하와 아무 연도 없을 텐데요."

연신 고개를 갸웃거리는 미아에게 야나는 며칠 전 유괴당할 뻔했을 때 패티가 보인 행동을 알려주었다.

"……아아, 그랬군요. 그런 일이…… 크윽. 확실히 뱀이 관심을 보일 법한 상황이에요!"

쯧 혀를 차며 미아는 일어났다.

"아무튼 여기서 얌전히 있을 수 없죠. 서둘러 쫓아가야……."

미아가 해야 하는 일은 적의 가장 큰 전력에게 아군의 최강 전력을 보내는 것. 즉…….

"디온 씨에게 같이 가 달라고……."

그렇게 말하던 도중이었다.

"미아 님, 미아 님 계신가요?!"

쩌렁쩌렁한 목소리와 함께 들어온 사람은 에메랄다 에트와 그린문이었다.

"어라? 에메랄다 양……. 무슨 일이죠? 그렇게 당황해서……."

"무슨 일이죠? 라고 하실 때가 아니에요! 가누도스 항만국의 위기라고요!"

"가누도스 항만국의 위기라니……."

그야 오우라니아와 패티가 유괴당해서 위기이긴 한데…… 라고 생각하던 미아는 에메랄다에게서 사정을 듣고 눈앞이 아찔해졌다.

"저와 에샤르 왕자님은 아주버님……."

"아주버님……?"

"아, 시온 왕자님이요. 그리고 키스우드 경과 함께 뱀과 선크랜드 첩보부대의 잔당을 추적했답니다."

——네? 선크랜드의 첩보부대……? 그런 것도 있었나요?

처음 듣는 정보에 눈을 부릅뜨는 미아.

"그렇군요. 제국에도 첩보망을 깔아두었던 선크랜드이니 가누도스에도 손을 뻗어놓았다는 건 충분히 가능성이 있습니다."

한편 루드비히는 고개를 크게 끄덕이며 심각한 표정이 되었다.

"티어문 제국은 바람까마귀와 백아를 철수시켰고 동시에 미아님께서 국내 상황을 개선하셨습니다. 그들이 끼어들 틈새를 송두리째 뽑아내고 그들에게 협력할 법한 불순분자 회유에 성공했죠. 하지만…… 가누도스에서는 바람까마귀가 철수한 게 다였던 거군요."

현지의 불순분자를 부추겨서 세력화해 훈련시켜 협력 조직으로 만든다. 그것이 백아의 목적이었다. 그리고 첩보부대가 본국으로 귀환해도 불순분자는 남는다. 왜냐하면 그들의 불만은 해결되지 않았기 때문이다.

"그리고 백아의 젬 대신 그들을 움직인 게…… 새로 온 뱀이었다는 걸까요……."

슈트리나의 말에 루드비히가 고개를 끄덕였다.

"가누도스 항만국은 애초에 티어문 제국을 기근에 빠트리기 위한 구조의 일부를 짊어진 나라. 뱀이 건드리기 쉬운 상황이 많이 남아있었겠죠……."

"본론으로 돌아가죠. 그래서, 저희가 그 잔당을 추적했는데 뱀이 부추겨서 이 나라의 정부를 전복시키기 위해 오늘 밤 습격을 계획하고 있다고 했습니다."

불길한 내용이었지만 미아에겐 짐작 가는 바가 있었다.

——바이더리언 족 봉기, 국왕 폐하 암살을 계기로 일어나는 내란. 그 과정에서 오우라니아 양도 처형당하는 거였죠…….

"조수간만 때문에 오늘 밤이 결행일이라고 하던데……."

그렇게 말하며 에메랄다는 미간을 구겼다.

"미아 황녀 전하. 드릴 말씀이 있습니다."

불현듯 루드비히가 손을 들었다.

"오우라니아 왕녀 전하를 유괴한 뱀을 상대하는 건 디온 씨에게 맡기시는 게 어떻습니까? 그리고 미아 님께서는 바이더리언을 설득하기 위해 격리 지구로 가시는 거죠."

"으음……."

루드비히의 말에 미아는 절로 신음이 나왔다. 팔짱을 끼고 잠시 숙고하며…… 조금 전에 먹은 푸딩을 연료 삼아 머리를 팽팽 돌렸다.

그렇게…… 확실히 루드비히의 말대로 전력을 나눌 수밖에 없을 것 같다고 확신했다! 루드비히는 틀린 말을 하지 않는다는 걸 재확인했다.

——본래대로라면 디온 씨에게 제 호위를 부탁하고 싶지만, 패티의 몸에 무슨 일이 생기면 어쨌거나 제 존재가 지워질 테니까요……. 게다가 아벨도 걱정이에요. 무리해서 다치기라도 했다

간……. 벨도 따라간 모양이던데 발목을 잡지 않을지 걱정되고요.

따라서 디온을 그쪽으로 보내는 건 확정되었고, 문제는 미아가 격리 지구에 가야 하냐는 부분이었다.

확실히 바이더리언 족이 마음에 걸린다. 게다가 들고일어나려는 그들을 무력으로 억압하는 건 후세에 화근을 남길 것 같았다. 그들을 막으려면 말로 설득하는 게 필요하다…….

게다가 기본적으로 미아는 외부인이다. 바이더리언이 직접적인 위해를 가할 이유는 없을 터……. 비교적 안전한 포지션이기는 했다.

무엇보다…….

미아는 루드비히와 안느, 에메랄다, 에샤르, 그리고 야나와 키릴에게서 기대에 찬 시선을 느꼈다. 뜨끈뜨끈하게 느꼈다! 미아가 이런 상황을 방치하고 손자 안전한 곳에서 여유 부리는 일은 절대 없다는 듯한 반응이었다.

――이번에도 또 저는 거절할 수 없는 패턴 아닌가요…….

하지만…… 디온이 없는데…… 하며 움츠러들던 미아였지만, 그 순간 퍼뜩 깨달았다.

자신을 향하는 열렬한 시선은 루드비히 일행만이 아니었다.

조금 떨어진 곳에 서 있는 황녀전속 근위대의 근위병들도 미아의 명령을 이제나저제나 기다리고 있었다.

그 진지한 얼굴을 보자 미아는 제 눈이 흐릿해졌었던 걸 알아차렸다.

――아아, 그래요. 저는 무슨 착각을 했었던 걸까요……. 저는

최강의 검이 지닌 예리함에만 눈이 가서…… 소중한 아군을 잊고 있었어요.

이전 시간축에서부터 미아를 지켜준 방패.

충성스러운 병사, 근위병.

진정으로 신뢰해야 하는 사람들…….

그 사실을 잊고 있었다며 절절히 반성했다.

미아는 느릿한 발걸음으로 황녀전속 근위대에게 다가갔다.

디온이 자유롭게 움직일 수 있도록 루드비히가 불러왔을 그들. 강인하고 충성스러운 10명의 병사가 서 있었다.

선두에 서 있는 잘 아는 남자를 향해 미아는 쾌활하게 웃었다.

"반가워요, 오이겐 경. 잘 와주었습니다. 오자마자 바로 수색에도 참여해주었죠. 고생이 많았습니다."

"넵! 오랜만에 뵙습니다. 황녀 전하. 이번 임무도 전력을 다하겠습니다."

고지식한 대답에 만족스럽게 웃으며 미아는 오이겐 뒤에 서 있는 여성 기사에게 시선을 주었다.

"어머……? 황녀전속 근위대에 여성도 있었군요……. 아니, 혹시 레드문 공작의 사병단에서 편입된 분이신가요?"

"넵! 세리스라고 합니다. 황녀 전하."

"아아, 당신이. 후후, 루비 공녀에게 이야기는 들었습니다. 활약 기대할게요."

이전에는 일절 힘을 빌려주지 않았던 레드문 공작. 그 병사가 지금은 아군이 되어주었다. 그 사실이 참으로 든든했다.

이어서 미아는 그 옆에 있는 청년에게 시선을 돌렸다.

"처음 뵙습니다. 에른스트라고 합니다. 미아 황녀 전하."

그 이름은 들어본 적이 있었다.

이전 시간축…… 목숨을 던져서 보급물자를 지키려고 했던 충성스러운 병사의 이름이 분명…….

"에른스트……. 그렇군요, 당신이……."

미아는 살짝 먼 곳을 바라보았다. 많은 귀족이 망하고 국민들이 돌을 던졌던 그 지옥 같은 혁명기. 그래도 미아의 아군이 되어주었던 사람들은 있었다.

그것을 절대로 잊으면 안 된다고 마음에 새기며 미아는 말했다.

"당신의 충심은 똑똑히 들었습니다. 오늘은 잘 부탁드려요."

그러면서 부드럽게 웃었다.

――그랬죠. 저를 지키는 힘은 딱히 디온 씨만 있는 게 아니에요. 황녀전속 근위대가 있으니까요……. 무서워할 필요 없어요.

살며시 눈을 감고 미아는 말했다.

"루드비히의 제안을 채용하겠습니다. 디온 씨, 오우라니아 왕녀 전하와 패티를 뱀의 손에서 무사히 구출해주세요."

"만약을 위해 물어보는 건데요, 이번에도 아무도 죽이면 안 됩니까?"

"당신이라면 가능하다고 믿습니다."

싱긋 웃으며 미아는 근위병들에게 말했다.

"그리고 황녀전속 근위대 여러분, 저는 지금부터 바이더리언 격리 지구로 향하겠습니다. 호위 잘 부탁드려요."

미아의 말에 근위병들이 '오오오!' 하고 대답했다.

이렇게 미아는 에메랄다가 마련한 마차를 타고 격리 지구로 향하게 되었다.

제22화 샘솟는 불안

미아 일행을 태운 마차는 항구를 향해 서둘렀다.

흔들리는 마차 안에서 정면에 앉은 에메랄다가 미간을 찌푸리며 몸을 내밀었다.

"그런데 미아 님, 바이더리언을 막는다고 해도 어떻게 하실 생각이시죠?"

퍽 불안해 보이는 그녀를 향해 미아는 득의양양하게 웃었다.

"뭐, 그 부분은 괜찮지 않을까요?"

자신만만한 미아였다.

사실 미아는 그 문제는 그리 걱정하지 않았다. 바이더리언이 봉기할 이유가 이미 없어졌기 때문이다.

그들이 자신들이 놓인 처지에 분노해서, 혹은 그것을 개선하기 위해 봉기하려고 한다면 이미 그 이유는 사라졌다.

미아는 바로 그것을 위해 원로회 회의에 나가서 발언했으니…….

──어떤 형태가 될지는 몰라도 개선될 거예요. 바이더리언 쪽과도 조정이 필요하겠지만…… 상황은 확실하게 변하겠죠.

무엇보다 여기서 적당히 넘어갔다간 라피나가 가만히 있지 않는다.

미아는 새삼 제 등 뒤에서 청량하게 웃는 성녀 라피나의 모습을 상상했다.

──라피나 님, 이번에는 힘을 많이많이 빌려주셨으니까…….

탄신제 때 만나면 선물을 가득 드리면서 사례해야겠군요. 오우라니아 양이나 다른 사람에게도 무언가 좋은 아이디어가 없는지 물어봐야겠어요. 모처럼이니 여기에서만 먹을 수 있는 독특한 것을…….

그렇게 생각이 옆길로 새려는 걸 가까스로 수정한 뒤.

"요컨대 가누도스 항만국이 변하려고 한다는 걸, 바이더리언이 처한 상황을 개선한다고 약속했다는 걸 알려드리면 되는 거죠."

루드비히는 말했다.

제국에서는 소요 사태를 부추기는 역할인 백아와 바람까마귀가 철수했고, 내란의 동기가 될 불만은 미아가 일소해버렸다. 그래서 내란이 일어나지 않는다.

가누도스에서 해야 할 일도 기본적으로는 마찬가지다. 바이더리언에게 내란의 동기가 되는 불만이 해소되었다고 알려주고, 그들을 자극하는 자들을 일소한다.

——제 역할은 원로회 회의에 참석한 자로서 그 사실을 전달해주는 거예요. 후후후, 의회는 물론이고 렘노 왕국 병사들 앞에서도 연설한 저이니까 별것 아니죠.

그렇게 가볍게 생각했던 미아였지만……. 잘 알다시피, 미아가 자신만만할 때는 따지라면 위험할 때가 더 많았다…….

그 위험한 상황은 항구에 도착하자마자 바로 찾아왔다.

"아아, 미아. 왔구나."

미아 일행을 맞은 사람은 시온이었다. 그 뒤에 키스우드도 있었다.

"오랜만이에요, 시온. 그리고 키스우드 씨도. 오늘은 잘 부탁드립니다."

작게 스커트 자락을 들어 올려 인사한 뒤 미아는 그들 뒤에 떠 있는 배를 올려다보았다.

"흐음, 에메랄드 스타 호를 타고 가는군요."

그 여름날 이래 오랜만에 보는 에메랄드 스타 호는 이전과 마찬가지로 아름다운 모습을 자랑하고 있었다.

"네, 이 배는 아주 튼튼한 배입니다. 이보다 더 좋은 배는 쉽게 준비할 수 없죠."

미아의 말에 에메랄드 스타 호의 선장이 자신만만하게 고개를 끄덕였다. 미남 애호가 에메랄다가 고른 선장답게 살짝 댄디하고 뭐라 말할 수 없는 섹시함을 풍기는 남자였다.

"여러분을 무사히 섬에 모셔다드릴 수 있는 건 이 배밖에 없다고 자부합니다."

그 말에서는 배와 선원에 대한 자신감이 엿보였다.

그 태도에 든든함을 느낀 미아였지만, 그 바로 옆에 서 있는 남자를 보고 고개를 갸웃거렸다.

수염을 기른 그 남자는 에메랄다의 취향과는 상당히 거리가 먼, 와일드한 외모였기 때문이다.

"그런데, 으음. 그쪽 분은……."

"이곳의 어부랍니다. 섬 근처 해역을 잘 안다더군요."

에메랄다의 말에 수염 남자가 씩 웃었다.

"그 근방은 암초가 아주 복잡하지. 현지인의 안내가 없으면 까다로워. 물론 그래도 도착할 수 있을지 아닐지는 운에 달렸지만……."

"…………흐어?"

미아는 어리둥절해서 고개를 옆으로 기울이며 에메랄드 스타호의 선장을 바라보았다.

"이거 아주 손이 근질근질합니다."

선장은 진한 미소를 짓고 있었다.

"…………흐어?"

완전한 오산이었다.

미아는 잊고 있었다. 바이더리언 격리 지구는 들어가기도 나오기도 어려운 환경이라는 사실을. 그렇기에 바이더리언 족은 그곳에서 도망치지 않았고, 봉기도 오늘 밤이어야만 했다…….

"에샤르 전하와 제가 찾아냈답니다. 그 섬으로 건너갈 수 있는 실력 좋은 아부를."

자신만만하게 가슴을 펴는 에메랄다였지만…… 미아의 불안은 사라지지 않았다. 오히려 커졌다.

──괘, 괜찮은 건가요? 침몰하거나 그러지는…….

"실패해서 좌초되면 섬까지 헤엄쳐서 가게 되겠지만…… 미아님, 수영 연습 잘하고 계셨죠?"

그 확인에 미아는 한층 불안해졌다.

제23화 치밀어 오르는 불안을 삼키고

미아가 느낀 불안, 혹은 가슴 속 술렁임은 에메랄드 스타 호가 출항한 뒤에도 계속 커졌다. 그것은 배에서부터 치밀어 오르는 듯한 불안…… 아니, 불쾌감. 즉!

"으으…… 소, 속이 울렁거려요."

……뱃멀미였다.

과거 제도로 향하는 마차에서 맛보았던 것과 똑같은 불쾌함에 미아는 후으으 숨을 내쉬었다.

"미아 님, 괜찮으세요?"

그런 미아의 등을 안느가 부드럽게 쓸어주었지만…… 다음 순간, '으앗!' 하며 엉덩방아를 찧었다.

안느가 살짝 덜렁대서…… 가 아니다. 배가 크게 흔들렸기 때문이다.

"이, 이거…… 정말, 도착하는 거예요? 농담이 아니라 진짜 가라앉는다거나…… 우욱……."

얼굴이 새파래지는 미아를 향해 웬일로 오만상을 찌푸린 루드비히가 머리를 숙였다.

"죄송합니다. 미아 님. 이번에는 다소 무리한 부탁을 하고 말았습니다. 본래대로라면 바이더리언은 타국의 문제에 불과한 일. 따라서 미아 님께서 직접 이렇게 목숨을 걸고 가실 필요는 없었을지도 모릅니다."

——네? 이거 역시 목숨을 거는 일이었나요?

살짝 당황하긴 했지만 그걸 입 밖으로 내지 않고 삼키는 미아. 아니…….

"우우웁……."

치밀어오르는 구토감을 삼켰던 건지도 모른다. 뭐, 중요한 건 아니다.

"하지만 이건 티어문 제국이 앞으로 100년, 200년 동안 올바른 길을 가려면 필요한 일이라고 믿습니다."

"200년……. 참 스케일이 크군요."

그렇게 지적하는 건 미아 옆에 앉은 슈트리나였다. 루드비히는 고개를 크게 끄덕인 뒤 안경을 가볍게 밀어 올린 뒤 미아를 바라보며 말했다.

"미아 님도 그렇게 생각하시는 것 아닙니까?"

하지만 미아는 아무 말 없이 약간 고개를 숙일 뿐이었다. 구역질이…… 그게…… 입을 열면 위험할 것 같았기 때문이다.

루드비히는 한 번 더 고개를 끄덕인 뒤 말을 이었다.

"오래된 맹약……. 초대 황제 폐하가 티어문 제국에 건 저주……. 본래 제국에게 가누도스는 멸망으로 가는 구조의 일부. 말하자면 속령 같은 존재였습니다. 그렇기에 단 한 번도 침략하지 않았죠."

나라는 다르지만, 가누도스 또한 초대 황제의 계획에 포함된 자들이었다. 제국은 식량부족…… 기근으로 멸망하는 구조를 유지해야 한다. 그렇기에 제국이 가누도스를 침공하는 일은 없었다. 지금까지는…….

"그 맹약은 미아 황녀 전하께서 파기하셨죠. 그것 자체는 훌륭한 일이지만, 과연 미아 님 이후 티어문 제국의 황제들은 이 바다로 이어진 땅이라는 매력에 계속 저항할 수 있을까요……?"

루드비히의 질문에 슈트리나는 고뇌하는 표정이 되었다.

"확실히……. 벨이 황위를 이어받으면 괜찮겠지만, 그 이후는 알 수 없네……."

그 의견에는 미아도 동의할 수밖에 없었다.

딱히 미아 이후를 고려할 필요도 없다. 미아 본인도 그 혁명을 경험하지 않았다면…… 자신이 뿌린 씨앗은 자신이 거두게 된다는 진리를 실감하지 못했다면…… 어땠을까?

배를 타고 건너오는 미지의 달콤한 과자의 유혹에 저항할 수 있을까?

그 과자를 자신이 직접 가져오고 싶다는 욕구에 저항할 수 있을까?

"그래요. 그건 확실히 어렵겠죠……."

루드비히는 조용히 끄덕였다.

"중앙 정교회의 교의는 '신께서 내려주신 토지'에 대단히 큰 무게를 둡니다. 자신이 가진 땅으로 만족하라고 타이르고, 다른 이의 것을 탐하는 걸 경고하는…… 그런 특징이 있죠."

그렇기에 타국의 토지를 빼앗거나 제 이익을 추구하는 사고방식을 부정하며 강하게 비난한다. 물론 선크랜드 같은 논리를 내세울 수도 있지만, 그건 어디까지나 타국의 통치가 잘 돌아가지 않는다는 게 전제다. 백성이 괴로워하는 상황을 시정하기 위한 수단에 불과하다.

기본적으로 중앙 정교회는 무력이나 외교적 압력으로 국경이 변하는 걸 허용하지 않는다.

그렇기에 제국이 무력으로 가누도스를 침략하게 된다면 비난을 피할 수 없다.

"전쟁으로 얻는 이익은 타국의 비난을 능가한다고 주장하는 사람은 반드시 있을 테지만…… 저는 회의적입니다. 설령 별다른 저항에 맞닥뜨리지 않고 토지를 점령했다고 해도 그때 생긴 악명은, 원한은 후대로 이어져 제국을 따라다니는 저주가 되겠죠. 짧은 기간에 큰 이익을 얻을 수 있다는 매력적인 미끼에 반동이 없을 리가 없습니다."

"흠, 게다가 단기간에 많은 이익을 얻고 싶을 때란 그럴 수밖에 없는 상황에 몰려있을 때도 많죠. 잘못된 판단을 내릴 가능성이 아주 커 보여요."

이전 시간축에서 멸망 직전의 분위기를 겪은 바 있는 미아는 잘 알고 있다.

인간은 궁지에 몰렸을 때 한 방에 역전하는 걸 추구하며 안이한 수단을 선택하곤 한다. 그 결과…….

"나라를 재건하기 위해 타국을 침략해서 국가의 수명을 한층 줄여버리는 본말전도를 저지르기 쉬워지겠죠……."

그러니 가누도스 항만국과 새로운 관계를 잘 구축해놓아야 한다.

오우라니아 왕녀와 탄탄한 관계를 맺고, 또한 국내에 세인트 노엘 · 미아 학원의 공동연구 시설을 만들어서 미래의 제국 황제에게 가누도스를 침략할 빈틈을 주지 않는 시스템을 만드는 게 중요하다.

미아는 조용히 눈을 떴다. 고비를 넘긴 건지…… 구역질이 다소 가벼워진 것 같은 느낌이 들어서…….

"네. 괜찮습니다, 루드비히. 당신이 하려는 일은 제 마음과 일치해요. 이웃으로서 가누도스 항만국은 평화로워야 합니다…… 우웁."

은근하게 구역질이 되살아나서 입을 틀어막는 미아였다.

제24화 끌려간 두 사람

시간을 조금 거슬러 올라가서…….

교회에서 끌려간 오우라니아와 패티는 각각 남자들에게 들려서 좁은 골목길을 나아가고 있었다.

이따금 잠옷이 스칠 정도로 벽이 가까운, 폭이 아주 좁은 뒷길. 그 벽이 가까워질 때마다 패티는 교회에 있는 아이들에게 슬쩍한 낙서용 납석으로 벽에 슥슥 표식을 그렸다.

건물 주인에게는 미안하지만, 어린아이의 낙서라고 생각하고 포기해주길 바라면서.

다행히 하늘은 아직 어둡다. 들킬 일은 없을 것이다.

그렇게 몇 번이나 모퉁이를 돌고, 이윽고 그들 앞에 넓은 길이 나타났다.

그곳에는 한 대의 마차가 세워져 있었다.

패티는 즉각 납석을 놓았다. 캉 떨어지는 소리가 났지만, 다행히 그녀를 짊어진 남자에겐 들리지 않은 모양이었다.

남자들은 그대로 패티와 오우라니아를 길에 풀썩 내던졌다.

미아의 할머니답지 않게 '꺅!' 하고 귀여운 비명을 지르는 패티. 그런 패티에게 오우라니아가 걱정 어린 시선을 보냈다.

"괜찮아……? 패티."

그 질문에 말없이 고개를 끄덕여 대답한 순간 마차에서 남자들이 내렸다.

"어휴, 어찌어찌 잘 된 모양이군요. 디온 알라이아가 거기에 없어서 다행입니다."

맨 앞에는 며칠 전 마차를 습격했던 남자가 있었다. 그 옆에는 이마에 화장 흔적이 있는 남자. 그리고 가벼운 발걸음으로 오우라니아에게 걸어온, 반다나를 감은 남자.

"흐음, 그래. 이게 오우라니아 왕녀 전하란 말이지."

패티의 기억이 틀리지 않았다면 그는 며칠 전 가누도스 국왕을 노리고 나타난 암살범이었다.

오우라니아도 그것을 깨달았는지 입을 멍하니 벌렸다.

귀찮아지지 않도록 입을 열려고 한 그때, 마치 기선을 제압하듯 유괴범, 즉 훠 쉰랑이 미소 지었다.

"또 만났군요."

친한 척하며 손을 드는 남자를 패티는 표정 하나 바꾸지 않고 바라보았다.

"어라? 별로 놀라지 않으신 모양입니다……."

"……왜 그때 우리를 데려가지 않았지?"

패티는 작게 고개를 기울이며 물었다.

"그때? 아, 며칠 전에는 사람이 모자랐거든요……."

그 대답에 수긍할 수 없어 패티는 작게 도리질했다.

"이만한 전력을 갖추었으니 할 마음이 있었다면 가능했을 거야. 그런데 오늘까지 기다렸던 이유가 있어?"

"아니, 솔직히 가능하다면 잡아두고 싶은 마음이 굴뚝같았지만요. 좀 사정이 있었던지라."

쉰랑은 어깨를 으쓱하며 반다나를 감은 암살자에게 걸어가 그의 어깨에 툭 손을 올렸다.

"이 사람, 카르테리아라고 하는데요. 좀 거칠어서 말이죠. 그쪽……."

쉰랑이 오우라니아 쪽으로 시선을 돌리며 난처하다는 듯 웃었다.

"오우라니아 왕녀 전하에게 개인적으로 아주 깊은 원한이 있다 보니. 어쩌면 죽여버리는 게 아닌가 걱정해서 그랬답니다."

"뱀인데 개인적인 원한으로 계획을 파탄 낸다고?"

의아해서 눈을 깜빡이는 패티의 의문에 쉰랑은 쾌활하게 웃었다.

"하하하, 뱀답지 않죠? 오히려 당신이 훨씬 더 뱀답다고 보는데요. 뱀의 교육을 받았는데 뱀이 아닌 아가씨."

쉰랑은 얼굴을 바싹 들이밀고 패티의 눈을 들여다보았다.

"뭐, 무녀님은 다양한 뱀이 있는 게 혼돈다워서 좋다고 했으니까요. 그런데 아가씨는 왜 자기까지 끌려온 건지 알겠니?"

패티는 작게 고개를 끄덕였다.

"내가 뱀이라고 해서?"

"뭐, 대충 그런데……. 아니, 진짜로 궁금했단 말이지. 지금은 그 제국의 예지 때문에 우리 뱀은 완전히 다 죽어가는 상황이고……."

쉰랑이 광대처럼 익살스러운 동작으로 고개를 젓고는.

"그 전에, 애초에 전문적으로 뱀의 교육을 시행할 수 있는 곳은 손에 꼽을 수 있는 정도밖에 없을 텐데."

보란 듯이 손가락을 굽히며 꼽아나갔다.

"우선 무녀님, 옐로문 공작가도 일단은 해당이고. 그리고 바이더리언 일부도 '땅을 기어가는 자의 서'가 있으니까 가능하려나……. 그리고 클라우지우스가……. 하지만."

쉰랑은 턱을 매만지며 웃었다.

"아가씨는 바이더리언으로는 안 보이고, 우리 기마왕국의 인간도 아마 아니지. 그렇다면…… 신기하게도 옐로문가에서 아가씨 같은 아이를 맡았다는 이야기는 들어본 적이 없어. 그렇다고 클라우지우스가도 가주가 사라진 뒤로 제대로 활동하지 못하고 있지. 그렇다면 어떻게 된 건지……."

쉰랑은 느린 걸음으로 패티에게 걸어가 날카롭게 노려보았다.

"아가씨, 당신은 대체 정체가 뭐지? 아무래도 당신을 어디에서 본 적이 있는 것 같은 느낌이 드는데……."

반면 패티는 쉰랑에게서 시선을 돌리지 않겠다는 듯 가만히 마주 바라보았다. 마음을 읽히지 않도록, 약점을 보이지 않도록…… 표정이 움직이지 않도록 애썼다.

쉰랑이 한층 무언가 말을 하려던 그 순간이었다.

"즉…… 나를 인질로 잡고 아바마마를 불러내겠다는 거구나~?"

오우라니아의 살짝 느슨한 목소리가 불쑥 울렸다.

눈치가 없어 보이는 발언이었지만, 패티는 작위적인 느낌을 받았다.

――오우라니아 왕녀님이 날 도와준 건가?

패티가 보았을 때 오우라니아는 절대 머리가 나쁘지 않다. 오히려 임기응변에 능한 편이다. 게다가 지금처럼 똑똑함을 숨기고 일부러 바보인 척하는 느낌이었다.

——그런 점은 미아 언니와 닮은 건지도 몰라.

그렇게 홀로 수긍하는 패티였지만…… 글쎄……?

"하지만…… 아바마마는 나를 인질로 잡아봤자 오지 않을 거야. 나를 범인으로 지목했는걸……?"

그 지적에 쉰랑은 다시 웃었다.

"확실히 맞는 말씀입니다. 하지만 큰 문제는 아니죠. 아마 왕은 올 겁니다. 당신과는 전혀 상관없이…… 당신보다 소중한 자식을 위해서."

"……어?"

허를 찔린 오우라니아. 반면 반다나를 감은 남자가 불만 어린 얼굴이 되었다.

"뭐? 그런 거야? 그렇다면 왜 오우라니아를 데려왔지? 왕 앞에서 죽이려고? 아니면 백성들 앞에서……?"

"아니…… 뭐, 죽이는 것도 나쁘지는 않지만요. 저는 가능하다면 살려놓고 이용하고 싶은데요."

쉰랑은 기가 막힌다는 듯 고개를 내저었다.

"당신 같은 암살자는 이해하기 힘든 감각일지도 모르지만, 인간은 죽으면 거기서 끝입니다. 하지만 살려둔 채 타락시키면 주위 사람들을 파괴하는 뱀의 앞잡이가 되죠. 살려놓고 타락시키는 게 세계를 뒤틀고 망가트려서 혼돈에 빠트릴 수 있는 법입니다."

그 논리는 패티도 이해할 수 있었다.

만약 이 지역을 혼돈에 빠트리고 싶다면 강대국인 티어문에 통치를 맡기면 안 된다. 앞으로 선정을 펼칠 제국의 예지에게 가누도스를 맡기면 지역을 안정시키고 더 긴 평화로 이어지는 길을 걷게 된다.

그러니 왕족을 죽여서 가누도스가 티어문의 속령으로 들어가는 일이 일어나서는 안 된다.

뱀에게 이상적인 건 아마도 부패한 국왕의 통치. 통치자가 악이거나, 혹은 힘이 없어서 백성들의 생활이 어지러워진다. 그것이 뱀에게 가장 유리한 상황이다.

따라서 쉰랑은 오우라니아의 마음을 공략할 생각이다.

"자, 그러면 슬슬 가도록 하죠."

그렇게 말하며 쉰랑은 과장된 동작으로 마차를 가리켰다.

활짝 열린 문에서 마치 어둠이 가득 차 있는 것처럼 어두운 내부 공간이 보였다. 순간 주저해서 움츠리는 오우라니아. 그 손을 패티가 살며시 붙잡았다.

조금 전에 도와준 보답이라는 듯, 격려하듯이…….

오우라니아는 흠칫 놀란 얼굴로 패티를 보았다가 바로 표정을 단단히 다잡으며 걸음을 뗐다.

제25화 키스우드, 신명 나게 씨앗(위험)을 뿌리다!

드디어 미아가 흔들림에도 익숙해졌을 때 에메랄드 스타 호는 섬 근처까지 와 있었다.

본래 섬과 항구의 거리는 그리 멀지 않았다. 실력 좋은 뱃사람이라면 작은 조각배로도 다녀올 수 있는 거리. 그렇다면 왜 바이더리언들은 얌전히 섬에 틀어박혀 있는가…….

이유 중 하나는 세대교체로 인해 과거 배 위에서 생활하던 시절의 기술이 거의 소실되었기 때문에.

그리고 또 다른 이유가 바로 섬 주변을 에워싼 복잡한 암초였다.

섬에 가까워질수록 물살이 복잡하게 흐르고, 파도도 높이 치니까 전복될 우려가 있다. 조금이라도 방심하면 암초에 좌초된다. 따라서 이 바다를 잘 아는 뱃사람이라면 나서서 접근하려 하지 않는 장소가 이 섬이었다.

"솔직히 저도 내키지는 않습니다. 하지만 이번에는 도전해보죠. 괜찮습니다, 안내인도 있고 이 에메랄드 스타 호라면 갈 수 있습니다. 물자를 나르는 수송선도 갈 수 있으니까요……."

에메랄드 스타 호의 선장이 그렇게 장담했다.

가누도스 출신인 그라도 섬에 접근하는 건 쉬운 일이 아닌 모양이다.

선실에서 군침을 삼키며 항해를 지켜보던 미아였지만…… 배의 흔들림과 철썩대는 파도에 겁을 먹고 일찌감치 실내로 시선을 옮기고 말았다. 미아의 소심한 심장으로는 조금 견디기 힘든 광경이었다.

“이건…… 걱정해도 어쩔 수 없는 일이에요. 에메랄다 양이 그 선장을 믿겠다고 한다면 저도 믿을 뿐…….”

지금까지 몇 번이나 목숨의 위기를 충성스러운 사람과 충성스러운(지는 조금 미묘한) 말과 운에 맡겨서 전부 극복해온 미아였다.

다른 사람의 손에 책임과 운명을 맡기는 것쯤은 별일 아니었다.

그러다 미아는 문득 아이들에게 시선을 돌렸다. 야나와 키릴은 미아와 마찬가지로 조금 불안해하는 얼굴이었다.

……참고로 또 다른 어린이……, 즉 에메랄다를 따라온 에샤르 왕자는 설레는 마음을 채 숨기지 못하는 모습이었다. 형 시온을 도우면서 이런 소소한 모험에 참여한다는 게 너무 기쁜 모양이었다.

그런 미남 형제의 교류를 지켜보는 에메랄다도 참으로 만족스러워하는 얼굴이었다. 아주 흡족해하는 얼굴이었다!

……행복해 보여서 다행이다.

“야나, 키릴. 괜찮나요?”

미아는 아이들에게 말을 걸었다. 고개를 든 야나는 키릴의 머리를 쓰다듬으며 의연하게 고개를 끄덕였다.

“흐음, 하지만 두 사람을 위험한 곳에 데려온 게 조금 마음에 걸리는군요. 미안해요.”

사실 이 두 사람을 데려온 것은 완전한 연출이었다.

이번 사건에서 제국의 황녀 미아는 완전한 외부인이다.

그렇기에 안전한 영역에 있을 수 있고, 반대로 제삼자이기 때문에 할 수 있는 말도 있을 테지만…… 외부인은 닥치고 있으라는 말을 듣게 될 가능성도 컸다.

그런 때 그들과 같은 바이더리언 아이들을 자신이 보호하고 있다고 한다면?

적어도 미아는 상관없는 제삼자가 아니게 된다. 굳이 따지라면 자신들의 편을 들어주는 타국의 황녀가 된다.

그렇게 되면 이야기를 들어줄 가능성도 커진다.

——게다가 만약 무슨 일이 생기면 두 사람에게 옹호해달라고 하면 되고요…….

안전 대책은 이중, 삼중으로 보험을 든다. 그것이 미아의 생존 전략이다.

근위병들이 지켜주기 전에, 애초에 바이더리언과 적대하지 않는 방책을 강구한다. 그 방책의 키 퍼슨이 이 두 사람이다.

"저희는 미아 님이 구해주셨으니까 보답하고 싶어요. 게다가 미아 님도 패티도 오우라니아 왕녀 전하도 노력하고 있는데 저희가 아무것도 하지 않을 수는 없어요."

누나의 발언에 키릴도 주저 없이 고개를 끄덕였다.

맑은 눈동자로 자신을 바라보는 아이들. 그런 두 사람을 제 사정 때문에 데려오고 말았다는 사실에 미아는 살짝 죄책감이 들었다. 하지만…….

"미아 님, 여기에는 각오가 되어있지 않은 사람은 한 명도 없답니다."

이야기를 듣고 있었던 건지 에메랄다가 어째서인지 거만하게 우쭐댔다.

"다들 미아 님을 돕고 싶다고, 미아 님이 하시려는 일을 돕고 싶다고 생각하고 있죠."

그 말에 아이들도, 시온과 에샤르도, 루드비히와 안느까지 고개를 단단히 끄덕여서 대답했다.

"그래요……. 그렇다면, 뭐, 괜찮지만요……."

"여러분, 슬슬 섬에 도착할 것 같습니다. 상륙 준비를 하시는 게 좋겠습니다."

그때 타이밍 좋게 키스우드가 선실로 들어왔다.

어쩐지 키스우드는 무척 생기가 넘치는 얼굴이었다. 어째서일까. 비교적 위험한 상황인데도 참으로 밝은 표정이었다.

미아는 무심코 고개를 갸웃거렸지만…….

——흐음, 키스우드 씨는 바다를 좋아하나 보군요?

바로 알아차렸다. 그는 여성에게 인기가 많아 보이니, 바다 같은 곳에서 노는 걸 좋아하는 모양이라고…….

——아, 그래요. 키스우드 씨는 요리가 특기니까, 바다를 좋아한다면 바다 요리도 잘 알지 않을까요? 다음에 몇 가지 가르쳐달라고 하는 것도 괜찮을지도 모르겠네요.

그렇게 또 다른 위험의 씨앗이 미아의 가슴속에서 싹트고 있었는데…….

생기가 넘치고 얼굴이 반들반들해진 키스우드는 그런 사실은 조금도 알지 못했다.

아무튼. 대략 한 시간 후, 미아 일행은 바이더리언 격리 지구에 상륙했다.

제26화 황야에 길을

황녀전속 근위대 10명과 그린문가의 사병 10명이 먼저 섬에 상륙했다. 울퉁불퉁한 바위가 굴러다니는 살풍경한 섬은 한눈에 봐도 스산해서 그린문가의 사병들은 어딘가 긴장한 얼굴이 되었다.

한편 황녀전속 근위대는 침착했다. 섬에 내리자마자 바로 진형을 짜서 주위를 경계하기 시작했다.

"발밑이 조금 미끄러워. 조심하라고 말씀드려야겠어……."

주변을 냉정하게 관찰하는 오이겐 옆에서 에른스트는 다소 집중을 잃은 모습으로 거무튀튀한 땅을 바라보았다.

"그렇게 긴장하지 않아도 돼, 에른스트."

오이겐이 염려하는 어조로 말을 걸자 그는 천천히 고개를 저었다.

"죄송합니다. 긴장보다는 생각을 좀 했습니다."

"생각이라니, 뭘?"

"조금 전 미아 황녀 전하의 말씀을……."

에른스트는 미아가 건넨 말을 계속 곱씹고 있었다.

"제 충심을 알고 있다고 말씀하셨는데…… 솔직히 충심이라고 표현할 만한 일은 하지 않았거든요……."

난처한 얼굴이 된 에른스트였다. 보통 누군가와 오해한 게 아니냐, 또는 잘 모르면서 적당히 말한 게 아니냐고 의심해버릴 만한 일이었지만…… 신기하게도 그런 생각은 들지 않았다.

오히려 그 가슴속에는 보답받았다는 감정이 솟았다.

"딱히 놀랄 일은 아니지. 네가 성실하게 임무를 수행하는 남자라는 건 다들 아니까. 그 평판을 미아 님께서도 알고 계셨던 것뿐이야."

오이겐은 에메랄드 스타 호를 향해 시선을 주며 말을 이었다.

"저분은 그런 분이시지……. 우리가 목숨을 걸고 지켜드리는 건 당연한 일이야. 하지만 저분은 그걸 당연하다고 생각하지 않고, 충성을 바친다고 똑똑히 평가해주셔."

그렇게 오이겐은 젊은 에른스트에게 시선을 돌렸다.

"열심히 해라, 에른스트. 황녀 전하께서는 우리를 잘 살펴보고 계신다. 네 성실함이나 정직함은 이곳에선 절대 무가치하지 않아."

그 말에 에른스트는 조용히 고개를 끄덕였다.

황녀전속 근위대에 편입된 뒤로 계속 의문이었던…… 아니, 그 이전부터 계속 마음에 걸렸던 작은 불만이 사르륵 녹아내리는 기분이었다.

직후, 그들은 동시에 칼자루로 손을 가져갔다.

두 사람 주변에 있는 동료들도 마찬가지로 무기에 손을 올리고 주변에 날카로운 시선을 던지고 있었다.

디온 부대 출신 대원들에게, 혹은 대장 바노스에게 단련 받은 몸.

제국 최강 디온 알라이아보다는 못하지만, 그 훈련 정도는 제국군 최정예 부대라고 해도 과언이 아니었다.

따라서 눈치챌 수 있었다.

바위 뒤에서 이쪽을 살피는 사람들. 무기를 들고 이쪽을 엿보는 사람들의 존재를.

"……상당히 숫자가 많습니다. 오이겐 경. 어떻게 할까요?"

낭랑한 목소리로 물어보는 사람은 에른스트와 마찬가지로 편입반인 세리스였다. 그녀는 두려움 없이 숨어있는 자들을 쳐다보며 말했다.

"보아하니 오합지졸. 한 번 전투를 거쳐 저희의 무위를 보여주면 제압할 수 있을 것 같습니다만……."

그 의견에는 에른스트도 동의했다.

오합지졸이라지만 무기를 든 인간이 무리 지어 본토를 공격하면 대혼란에 빠질 것이다. 가누도스의 병사도 썩 훈련이 잘된 군대가 아니다. 따라서 작전에 따라서는 충분히 위협이 될 수 있었다.

여기선 한번 전투를 통해 그들의 사기를 꺾어놓아야 한다는 건 당연한 판단이었다.

하지만 오이겐은 천천히 고개를 저었다.

"일반적인 군대라면 그렇게 하겠지만, 우리는 아니야."

그 판단 또한 이해할 수 있었다.

상대는 아직 이쪽을 적이라고 인식하지 않았다. 그들의 적은 어디까지나 가누도스 항만국. 반면 이쪽은 가누도스의 군대가 아니다. 따라서 굳이 싸울 필요는 없다. 오합지졸이라지만 수적 차이는 역시 위협적이다. 싸우지 않을 수 있다면 그게 제일 좋다.

에른스트는 씩 짓궂게 웃었다.

"그렇군요. 영광스러운 제국군은 그런 거친 짓은 하지 않는다……?"

하지만 그 질문에 오이겐은 지극히 진지한 얼굴로 대답했다.

"아니. 우리는 제국군이기 이전에 미아 황녀 전하의 군대다."

당당하게 그런 말을 했다!

저도 모르게 당황한 에른스트와 세리스를 바라보며…….

"따라서 우리는 아무리 열세라고 해도 절대 두려워하지 않고 당당하게 진군한다. 어떤 절망적인 전투라고 해도 절대 물러나지 않고, 그저 황녀 전하의 영광을 수호하며 그분의 뜻을 이행할 뿐이지."

또박또박, 큰 목소리로 말을 이어갔다.

"하지만 지금 미아 황녀 전하의 뜻은 전투가 아니다. 우리는 미아 황녀 전하의 군대. 따라서 우리가 보여주어야 하는 것은 무위가 아니다. 그저 미아 황녀 전하의 눈부신 영광뿐!"

그렇게 오이겐은 가까이 있던 바위 위로 올라가 소리 높여 주장했다.

"무기를 거둬라! 바이더리언 민족들이여. 우리는 티어문 제국의 황녀 미아 루나 티어문의 군대다! 우리는 그대들과 검을 나누기 위해 온 것이 아니다."

찰나의 침묵. 그 후,

"티어문 제국의 병사여. 묻겠다. 그렇다면 무슨 이유로 여기에 왔지?"

바위 뒤 어딘가에서 목소리가 울렸다.

"그래! 이 좋은 날에, 우리의 소원이 이뤄지려는 이 복수의 날에 외국의 군대가 왜 온 건데? 우리에게 힘을 빌려주기 위해서? 아니면 그 무기로 우리를 제재하기 위해서?"

동조하듯이 목소리가 터졌다. 그 목소리가 조용해지는 걸 기다린 뒤 오이겐이 말했다.

"우리는 그저 미아 황녀 전하의 좋은 소식을 전달하러 왔다."

"좋은 소식? 재미있군. 이 상황에서 어떤 좋은 소식이 있다는 거지? 가누도스 국왕이 죽고 가누도스 왕국민에게 복수하는 것보다 더 좋은 소식이 있다면 말해 봐."

목소리가 들린 쪽으로 시선을 주며 오이겐은 고개를 저었다.

"그대들에게 그 소식을 알리는 건 우리가 아니다. 우리가 모시는 제국의 예지, 미아 황녀 전하 본인이시다!"

당당한 선언. 그 순간 술렁거림이 퍼져나갔다.

"제국의 황녀 전하가 이 섬에 직접 왔다고……?"

"그래. 그대들을 내버려 둘 수 없다면서 이 거친 바다를 건너오셨다. 다시금 말하겠다. 바이더리언 민족들이여. 무기를 내리고 황녀 전하의 말씀에 귀 기울여다오. 만약 그분의 후의를 짓밟는다면 우리 근위대가 일기당천의 저력으로 그대들을 쓰러트리겠다!"

이리하여 충성스러운 병사들 덕분에 미아를 향한 기대와 주목이 커졌다.

제27화 미아 황녀, 연출도 철저하게

"흠, 여기가 바이더리언이 갇혀있는 섬이군요……."

격리된 섬으로 건너온 미아는 흔들리지 않는 발판에 안도했다. 살짝 신맛이 나는 숨을 삼킨 뒤 다시금 주변을 둘러보았다.

——하지만 아주 살풍경하네요. 살기 참 힘든 장소예요……. 흠, 그렇다면 문제없을지도……?

미아는 걱정거리가 하나 사라진 것을 느꼈다.

그랬다. 섬으로 건너오기 전, 미아는 조금 걱정했었다.

만약…… 섬이 제법 멀쩡한 곳이면 어떡하지……?

이 섬에는 식량이 들어오고 있다. 배를 만든다면 그 재료도 들어올 테니, 집을 지을 때 쓸 수 있을지도 모른다.

옷 같은 것도 들어오고 있다면 의식주가 갖춰진다.

아무리 섬에 갇혀있다고 해도 의식주가 갖춰졌고 제법 괜찮은 환경이라면 구하러 온 미아 일행의 꼴이 우스워지지 않는가.

——갇혀있는 건 힘들 테지만, 그건 바깥 세계를 알기 때문에 그렇게 생각하는 것뿐이죠. 이 섬에서 태어나고 자란 세대에게 여기는 분명한 고향일 터. 평범하게 잘살고 있는데 어쩌라고요……? 같은 말을 들으면 어떡하나 걱정했었어요.

특정한 행복의 모습을 강요하는 건 미아가 바라는 바가 아니다. 그런 의미에서는 안심했지만…….

——하지만 이런 장소에서는 단것도 만족스럽게 먹지 못할 테

죠. 무척 불쌍해요.

저도 모르게 동정하는 시선이 되는 미아였다. 그 눈에 바위 사이에 숨어있듯 서 있는 남자의 모습이 보였다. 손에는 긴 창을 들고 있다. 아마도 오늘 가누도스를 침공할 예정인 전사일 것이다.

반사적으로 몸을 돌려 도망칠 뻔한 미아였지만, 바이더리언 전사들이 공격해오지는 않았다.

그저 조용히 미아 일행 쪽을 바라보고 있었다.

"흠, 이건……."

"그들은 미아 황녀 전하의 말씀을 기다리고 있습니다."

먼저 배에서 내려 주위를 경계하던 오이겐이 공손하게 보고했다.

"저희는 적이 아니라고 전달했지만, 그 말을 진정으로 받아들이기는 어려울 테죠. 따라서 미아 님께서 직접 말씀해주셨으면 합니다."

"지금은 저희가 적인지 아군인지 알 수 없으니까 일단은 싸우지 않고 있다는 상황인 건가요……."

미아가 작게 고개를 기울이자 그 옆에서 시온이 이해했다는 듯 끄덕였다.

"그렇군. 그들을 조직하고 훈련시킨 건 선크랜드의 첩보부대 '백아'야. 녀석들의 명분이 '선크랜드 국왕의 공정한 통치를 널리 퍼트리는 것'이라면, 그 작전은 자연스레 선크랜드의 원군을 의지하게 돼."

즉 바이더리언은 외부 지원군을 의지해서 내란을 일으키려고 하는 것이니…… 가누도스가 아닌 다른 나라를 함부로 대할 수 없다.

하물며 대국이자 이웃 나라인 티어문 제국의 황녀 미아의 존재를 무시할 수 있을 리가 없다.

"그건 좋은 소식이군요. 싸우지 않고 이 상황을 만들어내다니 잘했습니다, 오이겐 경."

미아는 눈앞의 상황에 만족하며 오이겐을 치하했다.

회의에서 나온 결론을 전달하면 전부 해결되는 상황에서 가장 큰 변수는 저들이 얌전히 이야기를 들어줘야 한다는 점이었다. 그걸 처음부터 클리어해냈으니 미아에게는 좋은 소식이었다.

불안은 조금도 없었다. 이미 해야 할 말도 정해져 있다. 배 안에서 확인한 대로다.

——처우가 개선되고 해방된다는 걸 알려주기만 하면 되니까요. 어떻게 모아놓고 들려줘야 하는지 고민했는데, 이렇게 상황이 갖춰져 있으니 더 바랄 게 없죠.

미아는 자신에게 모이는 시선을 느끼며 야나와 키릴을 돌아보았다.

"야나, 키릴, 둘 다 제 옆으로 오세요."

모처럼 같이 왔으니까, 사양하지 않고 두 사람에게 협력을 구했다.

주목이 쏠린 상황이라면 오히려 잘 보여줄 기회다. 자신이 바이더리언 아이들과 우호적이라는 걸 홍보할 수 있다.

미아는 온화한 얼굴로 말했다.

"그러면 가죠. 이야기하기에 적절한 장소가 있을까요?"
"네. 조사했습니다. 이쪽으로 오시죠."
오이겐은 그렇게 말한 뒤 가슴을 펴고 크게 목소리를 냈다.
"황녀전속 근위대, 지금부터 미아 님을 호위하며 전진한다. 불필요한 전투는 회피할 것. 하나 만약 미아 님께 해를 입히려는 자가 있다면 즉각 제압해라."
그 지시에 따라 미아 주변으로 진형이 만들어졌다. 일사불란하게 주변을 채우는 병사들. 충성을 보여주었던 에른스트, 디온 부대 출신인 베테랑, 레드문가 출신의 유능한 여성 병사들 등 다양성이 풍부한 황녀전속 근위대에 미아는 새삼 든든함을 느끼며 천천히 걷기 시작했다.
마치 미아의 몸 일부인 것처럼 그 걸음에 맞춰서 움직이는 병사들을 보고 시온과 키스우드는 감탄한 듯 한숨을 쉬었다.
"역시 능숙한데……."
"네. 잘 훈련되어있군요."
자신을 칭찬한 건 아니지만 내심 흡족한 미아였다. 거만하게 흐흥 콧소리를 흘리며 미아는 해안선을 따라 걸어갔다.
걸어갈수록 점점 사람들이 모습을 드러냈다. 그들은 다들 병사들을 보며 겁을 먹은 듯한 얼굴이었지만, 중앙에서 걸어가는 미아를, 그리고 미아가 바이더리언 아이들과 친근하게 대화하는 모습을 보고 살짝 표정을 누그러트렸다.
이윽고 수많은 배가 보였다. 모든 배 앞에 통나무가 쌓여있었는데, 아무래도 저 배를 띄워서 본토에 건너가려고 했던 모양이다.

아마 원래 조선 작업을 위한 장소였을 것이다. 현장 감독이 올라갈 법한, 나무로 된 단상이 세워져 있는 장소였다.

그곳에 올라간 미아는 조용히 숨을 내쉬고 목소리를 높였다.

"바이더리언 민족 여러분, 저는 미아 루나 티어문. 가누도스 항만국의 이웃인 티어문 제국의 황녀입니다."

자기소개 후 미아는 스커트 자락을 잡고 살짝 들어 올렸다.

완벽한 인사를 보여준 다음 미아는 고개를 들었다.

모여드는 시선을 의식하며 손을 옆으로 슥 내밀고……

"그리고 여기에 선크랜드의 시온 왕자 전하도 와 계십니다. 시온, 당신도 무언가 할 말이 있나요?"

지금의 미아는 철저했다.

바이더리언을 주도한 게 선크랜드의 첩보 기관이라는 걸 사전에 들었기 때문에, 선크랜드 측의 권위도 아군으로 끌어들였다는 걸 똑똑히 보여주었다.

"없지는 않지만, 우선은 네게 맡기지."

"그렇다면 외람되나마 제가 먼저……."

한 번 크흠 목을 가다듬은 뒤 미아는 입을 열었다.

"오늘은 바이더리언 여러분에게 좋은 소식을 가져왔습니다. 경사스러운 해방 소식을. 결론부터 말하자면, 여러분은 이 섬에서 나갈 수 있습니다."

그렇게 미아는 오늘 의회에서 나온 이야기를 설명했다.

바이더리언의 앞날에 대하여. 가누도스의 앞날에 대하여.

아군이 되어줄 성녀 라피나의 위대함과 권위, 또 전부 가누도스의 황녀 오우라니아가 해낸 일이라는 것…….

이제 무서워할 필요는 없다…… 등등!

최대한 자신의 공적과 책임 따위를 축소하면서 절실하게, 나불나불 늘어놓았다.

그렇게 하나씩 처리한 뒤…… '어디, 이 정도면 해야 할 말은 다 했나……?' 하는 생각에 만약을 위해 루드비히 쪽을 살핀 뒤, 미아는 드높이 선언했다.

"따라서 여러분이 검을 들 필요는 없습니다. 전쟁으로 피를 흘리지 않아도 됩니다."

"그렇게 가누도스의 평화는 유지된다……. 그런 건가……?"

어디선가 목소리가 들렸다. 그 목소리에 미아는 고개를 크게 끄덕였다.

"맞습니다. 그것도 말뿐인, 표면상의 평화가 아닙니다. 바이더리언을 억압하지 않는 공정한 평화입니다!"

승리를 확신하며 미아는 목소리가 들린 곳으로 시선을 주었다.

"하지만…… 복수는 어떻게 되는데……?"

하지만 어디선가 들린 무거운 한마디에 미아는 바다에서 단두대가 상륙한 기분이 되었다.

"바이더리언의, 우리의…… 부모가, 조부모가, 선조가…… 그 사람들이 맡긴 원한은, 분노는 어떻게 되는 거지?"

그 목소리에 동조하듯 잇달아 반론이 터져 나왔다.

"우리에게 오늘은 진정으로 축하할 날이다. 이해하겠어? 미아 황녀 전하. 우리의 바람은 오늘 성취된다. 우리를 박해한 가누도스 항만국에 철퇴를 내릴 기회가 드디어 찾아왔다고."

"그래. 우리는 오늘 이날을 기다렸어. 간절히 기다린 날이다. 선조가 맡긴 증오를 풀어내는 게 바로 오늘이야."

계속해서 터지는 목소리, 목소리, 목소리. 넘실대는 목소리의 파도를 앞에 두고 미아는…… 생각에 잠겼다.

"선조의 원한……."

입 안에서 중얼거리고 그 말을 찬찬히 음미했다.

"선조의…… 원한?"

상대의 마음을 이해하기 위해서는 자기 일로 바꿔서 생각해 보는 게 중요하다. 그 기본을 따라 미아는 차근차근 생각했다.

미아에게 선조란 누구인가……?

그렇다. 다름 아닌, 그 골칫거리이자 방해꾼인…….

――초대 황제의 원한……?

거기까지 생각이 미친 순간 미아는 살며시 입을 열었다.

"여러분이 경애하는 선조들은 절대 그런 걸 원하지 않을 겁니다. 피를 피로 씻는 복수를 위해 여러분을, 후손의 목숨을 낭비하려고 하다니……. 그런 생각을 할 리가 없습니다."

"함부로 말하지 마!"

어디선가 미아를 규탄하는 목소리가 울렸다.

"네가 뭘 안다는 거지? 우리의 선조, 부모, 조부모의 마음을…… 제국민인 네가 뭘 안다고 그래!"

공격적인 기색이 묻어나는 외침에 미아를 지키는 황녀전속 근위대 대원들의 얼굴에 긴장이 퍼졌다. 하지만 미아는 아무렇지도 않은 얼굴로 흘려넘기더니…….

"아뇨. 이건 함부로 하는 말이 아니라 엄연한 사실입니다."

딱 잘라 말했다.

"왜냐하면 여러분의 선조가, 정말로 여러분이 경애할 만한 사람들이라면…… 여러분에게 복수를 원하지 않을 테니까요."

미아는 초대 황제를 존경하지 않는다. 경애하지도 않는다. 왜냐하면 그럴만한 인물이 아니라고 생각하기 때문이다. 자신에게 불행을 주는 자를, 자신에게 해악만 남긴 자를 단지 선조라는 이유만으로 존경하라는 건 부당하다.

초대 황제의 꿍꿍이 때문에 목이 날아간 미아는 그렇게 생각했다.

그리고…….

"만약 정말로 '본인의 복수'를 위해, '본인의 불만' 때문에 자손들을 희생시키는 사람이라면, 그런 게 당연하다고 생각하는 사람이라면……."

미아는 얼굴도 모르는 초대 황제를 향해 소리 높여 선언했다.

"그런 자식은…… 엿이나 먹으라죠!"

강대국 황녀에게는 어울리지 않는, 조금 상스러운 발언에 바이더리언들이 조용해졌다. 미아 옆에 있던 사람 중에도 놀라서 눈이 휘둥그레진 사람들이 있었다.

미아는 살짝 반성하면서 헛기침을 한 뒤 다시 단언했다.

제 선조, 제국을 세운 위대한 남자…… 초대 황제를 향해 미아는 말했다.

"그런 사람은 절대 경애할 가치가 있는 선조가 아닙니다. 본인의 분노를 풀기 위해, 원한을 풀기 위해 자손의 인생을 낭비하려고 하다니…… 정말 몹쓸 사람이죠!"

이제는 들려줄 수 없는, 하지만 꼭 말해주고 싶은 말을 소리 높여 외친 뒤……. 다시금 바이더리언에게 시선을 돌렸다.

"여러분의 선조는 그런 것을 바라지 않습니다. 왜냐하면 그들은 여러분이 목숨을 아끼지 않고 복수하려고 맹세할 만큼…… 경애할 만한 사람들이었던 거니까요……."

가슴 앞에서 주먹을 꽉 쥐고 힘을 주어 말했다.

"설령 죽는 순간 그 마음이 증오로 뒤덮였다고 해도, 분명 계속 그 사실에 사로잡히지는 않을 겁니다. 오히려 마지막에 여러분에게 남긴 말을 후회했을 테죠. 여러분이 경애하는 사람들이란 그런 분들이 아닌가요?"

미아의 물음에 바이더리언들이 할 말을 잃었다. 그 기세를 이어가듯 미아가 말을 이었다.

"그럼에도 받아들일 수 없는 건, 여러분을 박해한 자들이 뻔뻔하게 살아있기 때문일까요? 나쁜 짓을 한 인간이 아무런 벌도 받지 않았으니까?"

그 말에 몇몇이 고개를 들었다. 그 말을 하고 싶었다는 듯한 얼굴이 된 사람들을 향해 미아는 조용히 고개를 저었다.

"하지만 그 부분은 명확하게 아니라고 말할 수 있습니다. 왜냐하면 인간은…… 자신이 뿌린 씨를 스스로 거두는 법이니까요."

고요하면서도 단호한 어조였다.

"누군가의 힘을 빌리지 않아도 그렇게 됩니다. 그런데 여러분은 그들의 입에 억지로 복수의 과일을 쑤셔 넣으려고 하죠. 아직 설익은 복수의 과일을 일찌감치 따버리려고 합니다. 하지만…… 그건 여러분이 이 땅에 복수의 씨앗을 뿌리는 셈이에요."

제 손으로 과실을 따고, 그 씨앗을 밭에 뿌린다. 그리하여 자라난 복수의 과일을 다음에 수확할 사람은 누구인가.

"여러분은 그 과일을 반드시 스스로 수확하게 됩니다. 복수의 과일을 직접 수확하고, 먹게 됩니다. 여러분은 여러분이 뿌린 씨앗으로 인해 반드시 복수 당할 거예요. 그리고 그건 복수의 씨앗이 되어 여러분의 아이들에게 남겨지겠죠. 여러분의 자손은 여러분을 위하는 마음에 파멸의 씨앗을 뿌리고, 그 과일을 손수 거두게 됩니다."

미아는 알고 있다. 그것이 아마 뱀의 노림수.

혹은 그 빌어먹을 초대 황제의 저주. 적어도 그와 흡사한 것임을.

그렇기에 미아는 어떻게든 그 굴레를 막아야만 한다.

바이더리언을 과거에서 이어져 내려온 저주로부터 풀어주어야만 한다.

"여러분은 그런 것을 바라십니까? 오랜 시간 이 섬에서 버텨왔던 이유가 그런 것을 위해서였습니까?"

조용히 숨을 들이마시며 말을 가다듬은 뒤 미아는 말했다.

"다시금 말씀드립니다. 여러분은 선택할 수 있습니다……."

그러면서 미아는 가까이 서 있던 야나와 키릴에게 시선을 주었다.

"이 아이들의 미래를, 피로 피를 씻어내는 증오와 복수로 물들일 것인지. 아니면……."

미아는 야나의 머리를 가볍게 쓰다듬은 뒤 아이의 앞머리를 살짝 넘겨주었다.

"이 아이들이 일족의 증표를 거리낌 없이 당당하게 햇빛 아래 드러내놓을 수 있는, 그런 미래인지……. 그 선택은 지금 여러분에게 달려있습니다. 모든 건 여러분 하기 나름입니다!"

거기까지 말한 뒤…… 미아는 문득 눈치 챘다. 야나가 부끄러운 듯 몸을 꼼지락거리고 있었다.

"그, 미아 님……. 부끄러운데요."

아무래도 이마를 드러내는 게 살짝 민망했던 모양이다.

미아는 작게 웃은 뒤 한 번 더 야나의 머리를 쓰다듬었다.

제28화 충성의 증표인 갑옷을 두르고

미아의 연설은 바이더리언 사이에 커다란 동요를 일으켰다.

그들이 맞닥뜨린 건 심각한 물음이었다.

오늘 그들이 목숨을 걸고서라도 이루려고 했던 건 증오스러운 가누도스를 치고, 이 섬에서 강제로 노동력을 착취당하는 현재 상황을 타개하는 것이다.

반면 미아는 현재 상황을 타개하는 길을 제시했다.

증오스러운 가누도스를 치지 않는 대신 바이더리언의 피도 흘리지 않고…… 그저 이 상황을 바꾸는 길을 제시했다. 그 미래를 약속하고 왔다고 했다.

더불어 미아는 아이들의 미래를 천칭에 올렸다.

한쪽 접시에는 과거 부모들의 복수를, 그 반대쪽 접시에는 아이들의 행복한 미래를 올려놓았다. 더불어 과거 부모들의 복수는 너희들의 감정적인 문제가 아니냐고 지적했다.

그렇게 눈앞에서 미아가 보여준 광경이 사람들의 마음에 호소했다.

자신들과 동족인 소녀, 이마에 문신을 지닌 소녀를 제국의 황녀가 곁에 두고 다정하게 머리를 쓰다듬는 모습. 소녀도 쑥스러워하면서도 자연스럽게 받아들였고……. 그러니 강제로, 억지로 시킨 게 아니라 평소에도 저런 관계라는 건 명백했다.

그런 미래를…… 다음 세대 아이들의 행복을 버리면서까지 복수할 생각이냐고, 눈에 보이는 형태로 보여주는 것 같았다.

정면에서 꽂힌 질문에 사람들의 마음이 움직이려던 바로 그때.

“다들 속지 마! 이 자식, 우리 동포를 흔들지 마라!”

한 남자가 언성을 높이더니 활을 겨누었다.

남자는 바이더리언으로 태어나 자란 뱀이었다. 그것도 선크랜드의 백아에게서 전투 훈련을 받은 위험한 뱀이었다.

“아니!”

사람들이 경악해서 굳어버린 가운데 날카로운 화살이 날아왔다. 그것은 활의 명수 리오라 룰루만큼은 아니어도 충분히 예리한 일격…….

멍하니 입을 벌린 미아를 향해 똑바로 날아오…… 날아오더니.

“허어……?”

칵, 금속 소리가 났다. 미아 앞을 벽처럼 가로막은 사람은 충성스러운 병사, 에른스트였다. 그 가슴에 화살이 박혀 있었다.

“미아 황녀 전하, 숙이십시오.”

한발 늦게 미아와 아이들을 쓰러트리듯 세리스가 몸을 날려 위를 덮었다.

다른 황녀전속 근위대 대원들도 재빠르게 벽을 만들어 미아와 바이더리언 사이를 가로막았다.

화살에 맞은 에른스트는 그 자리에 한쪽 무릎을 꿇었다.

――위, 위험했다……. 안 늦어서 다행이야. 만약 판단이 한순간이라도 늦었다면……. 혹은 적이 외치지 않고 화살을 쐈다면…….

암살자로 본다면 그 행동은 삼류였다.

하지만 선동꾼에게는 아마 필요한 행동이었다.

미아 황녀는 그 시점에서 그저 배제하면 그만인 존재가 아니게 되었다. 그 연설을 통해 자칫 그들을 구하기 위해 목숨을 잃은 성인으로 추앙받을 수도 있는 사람이 되고 말았다.

그래서 명확한 적이라고 표명한 뒤 배제해야만 했다. 그렇게 하지 않으면 바이더리언은 제 뒤를 따르려 하지 않을 것이다.

——즉 미아 황녀 전하의 말씀은 그 남자의 예상보다 더 사람들의 마음을 움직였다는…… 거겠지…….

“에른스트 경, 괜찮은가요?”

그 목소리에 고개를 들자 자신이 모시는 주인, 미아가 걱정하는 얼굴로 들여다보고 있었다.

에른스트는 씩 웃으며 대답했다.

“안심하십시오. 이 갑옷은 황녀 전하를 향한 저희의 충성심만큼 아주 두텁습니다.”

화살을 맞은 가슴은, 표현은 좀 그렇지만 딱 좋게 아팠다.

아예 통증을 느끼지 않을 정도라면 반대로 죽음이 코앞에 닥쳤을 법하지만…… 살이 찢겨 피가 흐르는 감각이 느껴졌기에 오히려 안심할 수 있었다.

통증을 정상적으로 느낀다. 살은 찢어졌지만 뼈까지 가진 않았다. 죽기에는 아직 멀다.

——나는 아직 싸울 수 있어!

다리에 힘을 줘서 일어났다.

불굴의 근위병은 이 정도로 쓰러지지 않는다. 미아 황녀 전하를 지키고 죽어서도 싸우는 것이 그들의 자랑이기 때문이다.

하지만…….

"어……?"

아쉽게도 에른스트가 나설 차례는 없어 보였다.

자신들 주위에는 이미 미아를 중심으로 방어진이 펼쳐져 있었다.

오이겐의 지시로 에른스트와 세리스를 제외한 8명이 구축한 진형. 금속 갑옷을 입은 근위병들이 만드는 벽은 바이더리언 사이에 숨은 암살자로부터 미아 일행을 두텁게 가로막고 있었다.

게다가 그 저편에는 시온 왕자가 이끄는 그린문 가의 사병들이 적을 제압하러 갔다.

지휘자가 달라지면 약한 병사도 강해질 수 있다. 시온과 키스우드의 지휘를 받는 그들은 지극히 신속하게 혼란을 수습했다.

"적이 한 명이라는 보장이 없다. 주위를 경계하라. 활을 든 자는 즉시 구속한다. 떳떳한 사람 중 활을 지닌 자는 바로 무기를 버려라. 버리지 않는 자는 체포한다."

에른스트는 그런 동료들의 모습에 든든함을 느꼈다.

고군분투할 필요는 없다. 등 뒤에서 창에 맞는 일도 없다. 여기에는 등을 맡길 수 있는 동료가 있고, 몸을 날려 지켜야 하는 황녀가 있다.

"무리하지 마. 에른스트."

동료인 세리스가 걱정하는 얼굴로 이쪽을 바라보고 있었다.

"아니, 정말 경상이야. 갑옷을 꿰뚫을 정도의 위력은 아니었으니까."

안심하라며 웃는 에른스트였지만, 가련한 꽃 같은 영애 슈트리나가 그에게 걸어왔다.

"그래도 화살촉에 독을 발라놓았을 수도 있습니다. 만약을 위해 보여주세요."

"그래, 에른스트. 신입인 네가 이 이상 활약하면 우리 체면이 구겨지잖아."

동료들이 그런 식으로 말하니 에른스트도 억지로 복귀하려는 마음은 들지 않았다.

예비 병력은 중요하다. 동료들이 일하는 동안 쉬면서 예측하지 못하는 사태에 대비하는 것도 어엿한 임무다.

그렇게 판단한 에른스트는 작게 한숨을 쉬고 치료받으려다가…….

"끙, 조금 불편한데……."

자신에게 모이는 영애들의 시선에 한층 긴장하게 되었다.

제29화 착착, 철썩철썩……

시온과 키스우드와 그린문가의 사병들 덕분에 선동꾼들은 신속하게 제압되었다.

다행히 그 수는 얼마 없었다.

——그들이 직간접적으로 백아의 지도를 받은 자들인가…….

시온의 눈에는 그들도 피해자였다.

가누도스의 백성들에게 박해당하고, 정부에 박해당하고, 백아에게는 이용당하고, 혼돈의 뱀에게 이용당하고 버려지는 사람들로 보였다.

"시온 왕자 전하는…… 선크랜드는 이게 맞는다고 생각하나? 가누도스가 아무런 보복을 받지 않아도 된다고……? 이게 정의라고 할 수 있어?"

증오에 찬 시선을 보내는 남자. 그의 말을 들으며 시온은 에샤르에게 말했다.

"에샤르, 잘 보도록 해. 우리 선크랜드가 일으킬 뻔한 비극을. 잘못을 저지르고, 백성을 학대하는 악이 존재한다고 해도…… 그걸 잘못 해결하면 더 큰 비극을 일으키게 된다는 것을."

문제를 방치하는 건 올바른 행동이라고 할 수 없다. 하지만 그 해결에 항상 검을 휘둘러야 한다고 생각하지는 않는다. 그걸 해결하는 주체가 항상 선크랜드여야 한다는 생각은 이제 버리다시피 했다.

"우리는 선크랜드의 이득을 위해 존재하는 게 아니야. 백성들이 행복하게 살 수 있도록 최선을 다해야 하지. 악을 쓰러트리는 것도 때로는 필요한 수단이야. 하지만 그것 자체가 정의인 것도, 하물며 유일한 정의도 아니다."

시온은 미아가 권위를 지닌 자의 책무를 게을리했다고 생각하지 않는다. 특정 사람들이 섬에 갇혀서 노동을 강제당하는 건 역시 악이며, 그걸 시정하는 건 정의이기 때문이다.

하지만 미아는 그 정의가 최대한 많은 사람을 행복하게 해주도록…… 혹은 새로운 불행이 만들어지지 않도록 최선의 길을 모색하고 실행했다.

그 부분이 백아와는 다른 점일 것이다.

"대답해. 시온 솔 선크랜드. 가누도스는 아무런 보복도 받지 않았어. 그게 옳은 일이야?"

시온은 남자에게 걸어가 대답했다.

"그렇게 말한 적 없다. 가누도스 항만국이 '특정 민족을 박해한다'는 악행이 이뤄지고 있다면 그건 바로잡아야만 하고, 상응하는 대가도 치러야지. 하지만 그 대가를 칼날로만 거둬야 한다고 생각하진 않는다. 가누도스는 속죄해야 하지만, 그게 피를 흘린다는 형태일 필요는 없어."

그것은 과거 에샤르에게 미아가 보여준 것처럼.

혹은 시온 본인에게 미아가 보여준 것처럼.

가누도스는 바이더리언을 받아들이기 위해 많이 노력해야 할 것이다. 세인트 노엘 · 미아 학원의 공동연구소 설립과 운영으로 많은 땀을 흘리게 될 것이다.

그들의 치르는 대가의 형태가 최적이라고 단언할 수 없다. 하지만 적어도 검으로 복수하는 인과가 이어지는 것보다는 훨씬 낫다는 게 시온의 생각이었다.

그때였다. 다른 곳에서 한 남자가 소리쳤다.

"웃기지 마. 미래라고 했지? 미아 황녀. 그렇다면 여기에서 죽은 아이들은 어떻게 되는데?!"

황녀전속 근위대의 보호를 받으며 일단 그 자리를 벗어나려고 했던 미아의 귀에도 그 말은 들렸다.

"대답해! 이 가혹한 섬에서 죽어간 아이들, 미래를 짊어질 빛을 잃어버린 부모들의 슬픔은 어떻게 달래는 거냐!"

그 말에 미아는 숨을 삼켰다.

그랬다. 미아의 연설에는 약점이 하나 있었다.

과거가 아니라 미래에 무게를 두었다는 것. 그 복수가 과거, 즉 '바이더리언의 선조에게서 유래한 것'이 아니라면 성립되지 않는다는 점이다.

선조의 복수를 위해 후손의 행복을 희생하는가. 그 논리는 자손을 잃고 복수하려는 자에게는 통하지 않는다.

따라서 만약 가누도스가 바이더리언 아이들을 죽였을 경우 바이더리언은 멈추지 않는다.

미아의 말은 아이가 죽은 부모에게는 절대 와닿지 않는 외침이니까.

하지만…….
"아니…… 무슨 소리야. 너 착각했어."
"뭐?"
분노하는 남자를 향해 다른 사람이 말했다.
"정부에서 그랬잖아. 아이들은 잘 먹이고 있다고……. 노동력이니까. 배의 세세한 부분을 만들기 위해서도, 혹은 차세대 일꾼으로 쓰기 위해서도 함부로 대하지 말라고 해서 굶어 죽는 아이들은 없었어."
그 말에 처음 외친 남자가 당황한 듯 입을 다물었다.
"아니……, 하지만……. 그랬, 던가?"
답을 구하듯 바라보는 시선 끝에 어른들을 살펴보는 아이들의 모습이 있었다. 꾀죄죄한 모습이기는 했지만…… 미아의 눈에, 아이들의 몸은 아주 건강해 보였다. 야위지도 않았고, 오히려 야나와 키릴을 처음 만났을 때의 모습이 더 비쩍 곯았던 것 같다.
격리된 섬에 부족 하나를 통째로 가둬놓았기 때문에 반대로 결속과 상부상조가 발생했다.
"그래……. 그래서 우리를 쓰다 버릴 도구로만 보는 거라고…… 분개했었지……. 아니, 하지만, 분명…… 으으음."
이해할 수 없다는 얼굴이 된 남자를 보고 미아는 불현듯 깨달았다.
——이건…… 그냥 착각한 걸까요? 아니면 혹시, 패티가 무언가를 했다거나……?
과거의 변화, 그로 인한 기억의 흔들림…… 혼란. 그 현상은 미아도 본 적이 있었다.

——제국의 황후쯤 되면 가누도스 왕가에 이래저래 참견할 수 있을 테고, 가누도스 국왕이 뱀과도 관련이 있었다면 패티는 그쪽 방면으로도 영향을 줄 수 있었겠죠. 말이 안 되는 건 아니지만…….

문득 미아는 바다로 시선을 주었다.

——그러고 보면 패티 쪽은 괜찮을까요……? 디온 씨를 보냈으니 무력이라는 측면에서는 괜찮을 테지만, 문제는 무사히 찾아낼 수 있냐는 점인데요…… 으음.

그때였다. 루드비히가 진지한 얼굴로 말을 걸었다.

"미아 님, 남자들에게서 뱀의 위치를 알아냈습니다."

"오오, 빨랐군요. 역시 루드비히예요. 그래서 대체 어디인 거죠……?"

"등대입니다."

"……흐어?"

그 단어를 들은 순간 미아는 불길한 서술을 떠올렸다.

——황금 미아 등대…… 였던가요? 루드비히의 일기장에 적혀 있던 황당무계한 건물의 이름……. 그런데 등대…… 불길한 우연이로군요.

그렇게 미아는 생각에 잠겼다.

등대를…… 어딘가에 처음부터 세우는 것과…… 원래 있던 등대가 무너졌으니까 다시 세우면서 등대의 모양을 살짝 바꾸는 것……. 어느 쪽이 더 쉬울까?

무너졌으니까 새 등대는 무언가 기념이 될 법한 모양으로 세울까? 같은 분위기가 되지 않는다는 보장은 어디에도 없었다. 아니, 오히려…….

——원로회 의원들이나 오우라니아 양을 생각하면…… 저지를 것 같아요!

미아는 퍼뜩 고개를 들었다.

——제때 맞출 수 있을지는 모르지만, 아무튼 등대가 무너지는 일이 일어나면 안 돼요. 오우라니아 양과 패티는 물론이고 내부 설비도 전부 무사히 구해야 해요!

……아쉽게도 미아의 그 바람은 이뤄지지 않았다.

제30화 무력한 왕의 회고

오우라니아와 패티가 끌려온 곳은 낡은 등대였다.

뱀은 그곳에 사는 등대지기에게 교묘하게 접근하여 이미 아군으로 포섭한 상태였다.

“정확하게는 뱀이라기보단 백아가 두고 간 선물이지만요. 솔직히 세세한 파벌 차이 같은 건 관심 없으시죠?”

어깨를 으쓱인 쉰랑이 알려준 뒷사정에 오우라니아는 경악했다.

――선크랜드의 첩보부대에 혼돈의 뱀이라니……. 이 나라는 바이더리언 일이 없어도 꽤 위험하잖아……?

등대지기는 수산업의 중심이다. 가누도스의 주요 산업과 관련된 부분을 타국에 장악 당했다는 스산함에 오우라니아의 얼굴이 뻣뻣해졌다.

“뭐, 제국의 예지라면 이 나라의 주요 지점은 다 파악하고 있을 테니 여기도 금방 들킬 테지만…… 당장은 어렵겠죠.”

은연중에 누군가가 구하러 오려면 아직 멀었다고 말하는 쉰랑을 향해 오우라니아는 여유롭게 웃었다.

“아무리 시간을 들여봤자 소용없어……. 아바마마가 이런 곳에 올 리 없다구. 날 인질로 잡아봤자 헛수고야…….”

“그래. 쉰랑. 사실 그건 나도 동의해. 어때? 이 여자를 당장에라도 죽여서 국왕에게 보여주는 건……?”

반다나를 두른 암살자, 카르테리아는 그렇게 말하더니 아무런 망설임도 없이 검을 빼 들어 오우라니아를 겨냥했다.

"힉……."

오우라니아는 숨을 삼키면서도 결연히 그를 마주 노려보았다.

"다, 당신들의 꿍꿍이에 이용당하는 것보다는, 그, 그게 더 나을지도 모르지……. 미아 스승님에게 폐를 끼치고 싶지도 않고……."

"좋아. 이해가 일치했네. 네 목을 베어서 이 등대에 걸어주겠어."

"어휴, 정말이지. 좀 더 사이좋게 지낼 수는 없습니까? 일단은 같은 피를 나눠 받은 남매잖아요."

"자꾸 짜증 나는 걸 떠올리게 하지 마, 쉰랑."

토하듯이 말한 카르테리아는 등대의 반사경을 거칠게 때려서 깨트렸다.

산산이 조각나는 파편. 겁에 질린 듯 머리를 감싸고 웅크리는 패티. 오우라니아는 패티를 감싸듯이 그 위로 몸을 덮었다. 그렇게 하면서도…….

"남매? 무슨 뜻이야~?"

그 단어가 마음에 걸렸다.

"왕은 옵니다. 오우라니아 왕녀 전하. 그리고 계속 말씀드리지만, 그건 당신 때문이 아니에요."

한층 몰아세우는 듯한 쉰랑의 말이 오우라니아의 가슴에 꽂혔다.

그리고…… 그 말은 얼마 지나지 않아 현실이 되었다.

뚜벅, 뚜벅……. 계단을 오리는 발소리. 그것이 점점 커지더니…… 이윽고 나타난 사람은…….

"아……, 아바마마……. 어째서……?"

네스토리 페를라 가누도스……. 오우라니아의 아버지였다.

경악해서 눈을 크게 뜨는 오우라니아였지만, 아버지의 눈은 이쪽을 향하지 않았다.

그가 그저 바라보는 곳은 반다나를 감은 암살자 쪽이었다. 그렇게 암살자를 관찰한 뒤 왕은 깊디깊은 한숨을 쉬었다.

"아아…… 그래. 틀림없군. 그녀…… 제나이다의 모습이 보여."

그 목소리에는 오우라니아가 들어본 적 없는 울림이 담겨있었다. 싸늘하게 식은 아버지의 목소리에 어마어마한 열이 깃든 듯한 느낌이었다.

"그래…… 살아있었나……."

"흥, 뻔뻔하긴. 부끄러운 줄도 모르고 그런 표정을 짓네. 자기가 버린 여자의 아들 따위에는 관심도 없으면서……."

카르테리아가 분노를 드러내며 검을 빼 들었다.

"잠깐, 죽이는 건 조금 더 나중에 해주실래요? 모처럼 배우가 모였잖습니까. 동생분에게도 사정을 설명해주지 않으면 효과가 반감되거든요."

"무슨, 소리야? 뭐가, 어떻게 된 건데……?"

당황하는 오우라니아에게 쉰랑이 기묘하리만치 다정한 목소리로 설명했다.

"저기 있는 카르테리아란 남자는 당신과 같은 아버지의 피를 이어받은 사람이랍니다."

"어……? 하, 하지만……."

물어보듯이 아버지 쪽을 보았다. 그러자 가누도스 국왕은 눈을 마주치지 않고 대답했다.

"옛날 일이다. 네 어머니와 결혼하기도 더 전에…… 짐은 한 여성과 사랑에 빠졌지. 바이더리언 족의 아름다운 여성과……."

그렇게 네스토리 왕은 조용한 어조로 말하기 시작했다.

자신의 무력한 왕권의 나날을. 무력해지기 위해 살아온 제 인생을.

"짐이 그녀…… 제나이다와 만난 건 20, 아니, 30년 가까이 전이었던가……."

그건 아직 네스토리가 왕자라고 불리던 시절의 일이었다.

갈레리아 바다에 드문드문 흩어져 있는 무인도 중 하나로 건너가 우아하게 낚시를 즐기던 그는 해변에서 어떤 여성과 만났다.

길고 아름다운 머리카락을 지닌 여성을 보고 그는 첫눈에 반했다.

여성도 내심 나쁘지 않다는 듯 그를 받아들였다.

그녀의 이름은 제나이다.

작은 섬에서 몇 번 상봉을 거듭하고……. 저녁놀을 등지고 입맞춤을 나누었을 때…… 네스토리는 마침내 발견하고 말았다.

그녀의 앞머리에 가려져 있던 이마를……. 그 끔찍한 눈 모양 문신을.

이 나라의 유일한 왕자였던 그는 바이더리언과의 사랑은 금지

되어 있었다.

당연했다.

네스토리는 얼마간 왕성에 연금당했다. 그 사이 제나이다는 갈레리아 바다에 수장당했다. 아무리 바다의 백성 바이더리언이라고 해도 몸 하나만 바다에 던져지면 살아날 수 없다.

"짐은 증오했다. 이 나라를…… 모든 백성을. 짐이 사랑하는 여자와 맺어지지 못한 건 백성들 사이에 뿌리내린 바이더리언 차별의식이 원인. 그것을 당연하게 요구하는 자들을 증오하지 않을 수는 없었지. 하지만……."

네스토리는 쉬랑에게 시선을 주며 말을 이었다.

"애초에 바이더리언을 박해받는 존재로 만든 건 혼돈의 뱀의 공작이었다. 약자의 반항, 혁명으로 인해 국가를 전복시키고 혼돈에 빠트리는 것. 그것을 위해 바이더리언 뱀들은 일부러 자신들을 박해받는 포지션에 두었다."

그 잊힌 섬에서 티어문 제국의 초대 황제와 만났을 때……. 이미 그들에게는 세상을 혼돈에 빠트리겠다는 강한 의지가 있었다. 그것이 분노인지 슬픔인지 절망인지는 알 수 없다. 하지만 바이더리언의 선조는 그 마음이 사라지지 않도록, 자손에게 이어지도록…… 일부러 자신들을 박해받는 자로 만들었다.

그 광기에 희생된 것이 지금의 바이더리언 족이자 네스토리이기도 했다.

"이렇게 짐은 원한을 풀 방법을 잃었지. 이해하는가? 가누도스 국민에게 분노하며 이 나라를 멸망시킨다면 그건 바이더리언 족이 반역할 계기가 되지. 그건 애초에 원인을 만든 뱀의 계획에 넘어가는 셈이 된다. 그렇다고 원한의 방향을 뱀에게 향한다면 그 계획이 실행되지 않도록 나라를 평온하게 다스릴 수밖에 없어. 그건 짐과 제나이다를 직접적으로 갈라놓은 백성들을 배 불리는 길이다. 어디에 분노를 향하든 짐은 원한의 대상이 되는 자들에게 이득을 안겨주게 되지. 그렇기에……."

네스토리는 웃었다.

"짐은 아무것도 하지 않기로 했다. 그것이 최소한의 복수였다."

그동안…… 패티는 왕의 회고를 조용히 듣고 있었다.

마을을 등지고 듣고 있었다.

햇빛이 들어오는, 따뜻한 위치에서 듣고 있었다.

그리고 몸 옆으로 축 늘어트린 팔, 그 작은 손으로…… 어느새 가져온 반사경의 파편을 쥐고 있었다…….

제31화 추적자들

일행은 아침놀에 흐릿해진 거리를 달리고 있었다.

선두에서 힘차게 달리는 사람은 벨이었다.

황실의 황녀임에도 불구하고 벨은 체력이 상당했다.

언제 어느 때 어떤 모험에 휘말릴지 알 수 없는 이상 평소에도 몸을 착실히 단련하고 있다. 말도 탈 수 있고, 다소(……다소?) 건성이긴 해도 춤 연습도 꼬박꼬박한다.

제국의 예지 미아의 뒤를 이어받기 위해 어떤 장소에서도 탐험할 수 있도록 스토익하게 제 능력을 키워온 벨이었다.

그렇게 몇 개의 모퉁이를 돌았을 때 불현듯 벨이 멈췄다. 그리고…….

"으음, 그런데 어디로 가면 되는 거죠?"

모르는 채로 달린 거였냐고 지적…… 하지는 않는 아벨이었다.

어렴풋하게 벨의 성격을 파악해가고 있는 아벨 할아버지는 손녀의 발언을 깔끔하게 무시하고…….

"본래대로라면 그들을 따라잡는 게 제일 좋지만, 그건 힘들 거야. 길이 구불구불해서 복잡하니 아무런 단서도 없이 찾아내는 건 지극히 어렵겠지. 적도 당연히 추적자의 존재를 경계할 테고."

아벨은 하네스 쪽으로 시선을 돌렸다.

"하네스 경, 당신은 이 나라의 지리를 잘 알고 계실 테죠. 어딘가 그들이 아지트로 삼을 법한 장소로 짐작 가는 곳이 없습니까?"

"아니. 하지만 누님…… 의 딸인 패트리시아 양이라면…… 무언가 우리에게 메시지를 남겼을 법한데……."

하네스의 얼굴에는 초조함이 보였다. 주변을 부산스럽게 둘러보더니, 바닥에 손을 짚었다가 바로 일어나서…… 서성서성. 그 후 문득 벨에게 시선을 주었다.

"아…… 그래."

작게 고개를 끄덕인 하네스가 벨에게 다가갔다.

고개를 갸우뚱 기울인 벨 앞에 쪼그려 앉더니,

"실례합니다, 아가씨."

그대로 어깨에 둘러멨다! 마치 짐을 어깨에 얹는 요령으로, 살짝 거칠게…….

"으걱?"

갑자기 들려 올라간 벨이 괴상한 비명(미아에게 물려받았다)을 질렀다.

"뭐, 뭐뭐, 뭐 하시는 거예요?"

벨은 다리를 버둥거리면서 항의했다.

갑작스러운 상황에 아벨도 깜짝 놀라서 굳어버렸다. 그런 가운데 하네스는 지극히 냉정하게 벽으로 다가가서 말했다.

"벨 양, 그 높이에서 무언가 보이는 게 없을까? 네가 유괴 당했다고 가정하고, 어떤 곳에 흔적을 남길래?"

"흐어……? 아, 아하, 으음……."

그의 의도를 이해한 벨이 어깨에 걸린 자세로 주변을 둘러보며 중얼거렸다.

"바닥에 표식을 떨어트리는 건 어려울 것 같은데……. 떨어트릴 만한 걸 꺼내려고 해도 이 자세로는 들킬 것 같고……. 최소한의 움직임이 고작이야. 하지만 모퉁이를 돌 때 그쪽 벽 근처에 붙는다면…… 갈림길에서 자기가 끌려가는 쪽의 벽에…… 앗! 저기!"

별안간 소리친 벨이 벽의 한 지점을 가리켰다.

그곳에는 어린아이의 낙서 같은 하얀 선이 그려져 있었다.

"……아이들의 낙서…… 라기에는 심심한데. 그렇다는 건 이게 표식인가."

"최소한 어느 쪽 길로 꺾었는지 알 수 있도록 그려놓은 거겠지……. 역시 누님…… 의 딸이야."

패티의 재치에 뿌듯해하는 하네스와, 제 관찰력에 뿌듯해하는 아벨.

두 사람 사이에 살짝 닮은 구석이 드러나자 무심코 쓰게 웃은 뒤, 아벨은 다시금 표식을 바라보았다.

"하지만…… 방심하면 놓쳐버릴 것 같아. 신중하게 따라가자."

그렇게 그들은 다시 걷기 시작했다. 표식을 놓치지 않도록 신중하게.

갈림길이 나올 때마다 표식이 나타났지만, 때로는 희미해서 찾아내기 꽤 힘들었다.

서두르는 건 금물이라는 건 알지만, 뱀의 손아귀에 인질이 있다는 초조함을 당장에라도 해결하고 싶어서 자꾸만 마음이 급해졌다.

도중에 몇 번 표식을 찾지 못해서 길을 잘못 들면서도 어떻게든 도착한 장소. 그것은 폭이 넓은 대로였다.

"아무래도…… 여기에서 마차에 태운 것 같군요……."

바닥에 무릎을 꿇었던 하네스가 무언가를 주워들었다. 그것은 낙서할 때 사용하는 납석 조각이었다.

"마차라……."

여기서부터는 어떻게 쫓아가야 할지 막막해하면서 아벨은 주변에 시선을 굴렸다.

"이 대로가 어디로 이어지는지……. 최소한 어느 방향으로 갔는지만이라도 알 수 있다면 좋겠는데……."

"그렇죠. 누군가 본 사람이 있을지도 몰라요. 물어볼까요?"

벨의 아이디어에 따라 목격자를 찾았다. 그 결과 마차가 간 방향까지는 알았지만, 어디로 갔는지까지는 알 수 없었다.

"당연한가……. 하지만 여기서 여유 부릴 수도 없지. 우선 우리도 마차가 간 방향으로…… 응?"

그때였다. 아벨의 시야 구석에 반짝반짝 빛이 깜빡이는 게 들어왔다.

"하네스 경……. 당신은 패티 양을 잘 알고 계시는 것 같은데……. 그녀는 적에게 잡힌 상황에서도 계속 이쪽에 신호를 보낼까요?"

"물론입니다……. 누님은 불굴의 정신을 지닌 사람. 교활한 적 사이에 홀로 떨어져도 계속 싸우면서 가능한 한 최선을 다했던 분……. 그리고 그 누님의 딸인 패트리시아 양 또한 그 기질을 이어받았을 겁니다."

하네스도 눈치챈 모양이었다. 아벨이 바라보는 곳……. 부자연스러운 깜빡임을.

그 빛은 등대 꼭대기에서 깜빡이고 있었다.

제32화 패티와 제나이다

"아들아……. 이름이 무엇이냐."

국왕 네스토리가 떨리는 목소리로 물었다.

"너에게 원한이 있는 아들에게 이름을 묻는다고……?"

"자신을 죽일 남자의 이름을 묻는 건 그리 신기하지 않을 테지."

카르테리아는 순간 허를 찔린 듯한 얼굴이 되었다.

"그래. 말재주가 좋군. 확실히 맞는 말이야……. 그렇다면 가르쳐주마. 너를 죽일 남자의 이름은 카르테리아다."

"카르테리아…… 그런가."

그는 조용히 고개를 끄덕였다가, 이어서 물었다.

"그녀는…… 제나이다는……."

"오래전에 죽었지. 너와 가누도스를 원망하는 말을 남기고."

"그런가……."

왕은 고개를 푹 떨궜다. 피를 나눈 아들 사이에 있는 단절, 그 깊은 균열을 눈앞에 두고 무릎을 꿇듯이.

그 모습을 본 패티는 어떤 사실을 깨닫고는 뭐라 말할 수 없는 불쾌함을 느꼈다.

의문은 하나. 제나이다라는 여자는 단순한 피해자가 맞을까……?

카르테리아는 누구에게서 뱀의 가르침을 배웠을까. 바이더리언 속에 숨어있는 사도사? 전해 내려온 '땅을 기어가는 자의 서'를 그가 스스로 읽었나?

아니면 그 어머니, 제나이다였을까……?

만약 제나이다가 뱀이었다면…… 가누도스 국왕과 만난 뒤, 즉 버림받은 뒤에 뱀이 된 걸까? 아니면 그보다 전이었을까……?

——일반적으로 생각한다면 가누도스 국왕과 헤어진 뒤일 거야. 상심한 마음에 파고든 뱀에게 홀렸다고. 하지만…….

만약…… 처음부터 뱀이었다면? 그녀가 뱀으로서 네스토리에게 접근했던 거라면?

——가누도스의 차기 국왕을 뱀의 지배하에 두기 위해…… 그 마음에 절망을 새기기 위해 접근한 거라면……?

남자를 절망시키기 위해 사랑을 속삭이고 제 아들을 뱀으로 만들기 위해 원한을 속삭인다.

그 결과 만들어진 것이 눈앞의 참상이다.

과거의 사랑에 마음이 무너진 아버지와, 친아버지를 죽이려고 하는 아들의 결정적인 단절.

——그건 내게 주어졌던 임무와 같은 거 아닌가……?

패티의 몸이 작게 떨렸다.

그랬다. 그 뱀의 방식은 '뱀에 충성하는 황제를 만들어낸다'는 패티의 임무와 비슷했다. 남편인 황제를 절망시키고 자식인 차기 황제를 뱀으로 키우는 것.

패티가 요구받은 일을 그대로 실행한 여성이 있었다. 그리고 그 결과가 눈앞의 불행이었다.

그리고 가족의 단절은 하나 더. 오우라니아와 왕 사이에도 쩌억 입을 벌리고 있었다.

"어째서……? 아바마마."

오우라니아가 아연한 어조로 말했다.

"사랑하는 사람이 있었다면 왜 어마마마와…… 결혼하신 거죠?"

네스토리 왕은 담담히 대답했다.

"국왕으로서 후계자를 남기지 않을 수는 없으니까."

그 대답은 더없이 차갑고 건조했다.

"……너는 원래 태어날 일이 없었다. 애초에 네 어머니와도 결혼할 리 없었으니까. 하지만……."

입가에 자조적인 미소를 띠고 그는 말을 이어갔다.

"제국의 황후 패트리시아 님이 그러시더군. 만약 짐이 아무것도 하지 않고 허송세월할 생각이라면 핏줄을 남겨야 한다고. 이대로는 '왕가의 핏줄을 끊어놓는' 큰일을 하게 되지 않느냐고. 확실히 통치자를 잃으면 나라가 혼란스러워지고 바이더리언의 반란을 불러올 테지. 아니면 왕이 없는 백성이 폭주해서 바이더리언에게 더욱 가혹한 정책을 선택할지도 모른다. 아무것도 하지 않는다면서 결국은 큰 영향을 주게 되는 거였지."

그는 크큭 낮게 웃었다.

"이렇게 짐의 입으로 말하니 지독한 궤변이 되는군. 패트리시아 님께서는 화술이 능한 분이셨으니 그만 넘어가 버리고 말았지."

그 말을 듣고 패티의 어깨에 움찔 흔들렸다.

――즉 내가 가만히 있었다면 오우라니아 왕녀님은 태어나지 않았다는 거야……?

패티는 마음속에 있는 '과거로 돌아갔을 때 해야 할 일 목록'에

항목을 추가했다.

그 찰나의 빈틈……. 의식이 흐트러진 그 순간.

"너 대체 무슨…… 앗!"

놀란 목소리가 울렸다.

카르테리아와 왕의 대화를 보며 훠 쉰랑은 옳거니 고개를 끄덕였다.

——어휴, 이제 겨우 파트너가 얌전해졌구나. 이젠 녀석이 오우라니아 왕녀 전하를 죽이지 않도록 막고, 바이더리언 멍청이들을 긁어서 봉기시키면 되는 거지. 뭐, 백아가 적절히 구워삶아 놓은 녀석들이 열심히 선동해준 덕분에 그쪽은 간단할 테고.

쉰랑은 그제야 떠올렸다는 듯 패티에게 시선을 주었다.

——그래, 그리고 저 자칭 뱀 아가씨에게서 정보를 캐내야겠어. 인질로도 쓸 수 있을 테니까 너무 거칠게 다루지는 말고. 약으로 말하게 하는 게 나으려나. 그리고 제국의 예지와 교섭. 으음, 아주 바빠지겠어.

그러면서 입술을 혀로 훑어대는 바람에…… 그때까지 눈치 채지 못했었다.

패티가 조금 전부터 몸을 살짝살짝 불규칙하게 움직이는걸…….

불현듯 시야 구석에서 무언가 움직이는 것을 느낀 쉰랑이 눈썹을 찡그렸다.

——뭐지? 지금 그건…….

패티의 발치, 바닥 위로 하얀빛이 미끄러지는 것을 보고…….

"너 대체 무슨…… 앗!"

성큼성큼 걸어가 패티의 팔을 붙잡았다. 그 손안에는 반사경 조각이 있었다.

"이런! 카르테리아, 빨리 왕을!"

그 목소리가 울린 직후, 사태는 급변했다.

제33화 제국의 예지(소심)을 갖지 못한 자의 불행

훠 쉰랑은 뱀의 비기에 정통한 남자였다.

편리하고 특징적인 독과 약들, 물을 먹이면 빛이 나는 가루 배합, 방 안에 가루를 가득 채워서 폭발을 일으키는 기술, 거짓말 간파, 마음을 읽고 조종하는 방법 등등…….

대략 이 세계에서는 사람들이 대부분 모를 법한 기술을 터득하고 있었다.

하지만……. 그건 딱히 쉰랑만의 특권이 아니었다.

그렇기에 쉰랑은 더 자세히 캐물었어야 했다.

뱀을 자칭하는 패티를 추궁하고, 그녀가 정말 뱀의 기술을 갖고 있다는 걸 확인한 다음에…… 경계해야만 했다.

패티가 뱀의 기술을 지녔다면 그 외에도 뱀의 기술을 배운 사람이 있을지도 모른다는 사실을.

그리고 자신과 같은 기술을 지닌 사람도 있을 수 있다는 사실을.

직후, 등대 안에 강렬한 빛이 번쩍였다.

──쯧, 이건 물로 빛을 만드는 섬광탄……. 나와 같은 기술을 다루는 적이 있는 건가!

시야를 잃어버렸지만, 그는 패티의 팔을 놓지 않았다. 그대로 뒤로 비틀어서 제 앞에 서게 했다.

패티가 아파서 작게 신음하는 목소리가 들렸지만 그런 건 알 바 아니었다.

“큭, 이건…… 대체…….”

카르테리아의 당황한 목소리. 쉰랑은 즉시 크게 소리쳤다.

“빨리 왕의 목을 쳐. 카르테리아, 그리고 도망치지 않으면 녀석이…….”

말하던 도중에 카강, 금속과 금속이 부딪치는 소리가 들렸다.

——젠장, 늦었나. 에잇, 끔찍한…….

하얗게 물든 시야가 조금씩, 조금씩 돌아오더니……. 가장 먼저 보인 것은 칼을 내리그은 자세로 굳어있는 카르테리아. 그리고 그 앞에 방패를 들고 왕을 지키는 아벨 렘노의 모습이었다.

“……어라, 이건.”

쉰랑은 바로 주변을 둘러보았다. 그러자 아벨 말고도 본 적이 있는 소녀와 처음 보는 남자의 모습이 있었다.

게다가 남자는 인질이었던 오우라니아를 확보한 상태였다.

“오우라니아 왕녀님을 뺏기고 말았군요…….”

작게 혀를 치면서도 쉰랑은 생각을 바꿔 먹었다.

오우라니아에게는 이미 실컷 절망을 맛보게 했다. 인질이라면 눈앞의 소녀로도 충분했다.

그렇게 자신을 달랜 뒤 그는 검토하기 시작했다.

——아벨 렘노와 정체불명의 남자……. 저 녀석이 조금 전 섬광탄을 쓴 건가요? 게다가…… 무녀님이 죽이지 못한 소녀가 한 명……. 이건.

살짝 혼란스러운 면면에 쉰랑은 무심코 웃어버렸다.

제국의 예지나 디온 알라이아가 있다면 위험하지만, 아무래도 없는 모양이고. 저 정체불명의 남자는 경계하는 게 좋겠지만 오히려 기회가 아닐까요……? 이쪽에는 카르테리아도 있으니…….

낯선 남자의 정체는 마음에 걸렸지만, 자신과 같은 기술을 사용한다면 오히려 후방지원에 가까울 터. 그렇다면 카르테리아의 무력으로 제압할 수 있을지도 모른다.

——게다가 저 소녀는 옐로문 공작 영애의 둘도 없는 친구……. 잘 사용하면 슈트리나 양을 다시 이쪽으로 포섭할 수 있을지도……. 아벨 렘노의 실력은 방심할 수 없는 수준이지만 카르테리아가 더 강해.

그렇게 앞서가는 훠 쉰랑이었지만…… 음모가 성향인 그에게는 약점이 하나 있었다.

그것은 현장에 그리 익숙하지 않다는 점이다.

쉰랑은 항상 사건이 일어날 때는 그 자리에 없는 걸 신조로 삼고 있었다.

사전에 완벽하게 준비해서, 막상 일이 터지면 그 자리를 뜬다. 그렇기에 그는 잡히지 않았고 거기에 어떠한 공작을 했다는 것조차 사람들은 눈치 채지 못한다. 이게 쉰랑의 강점이었다.

반면 그는 사건이 일어났을 때의 판단력이 안이했다.

내란이 일어날 법한 나라를 이리저리 훌쩍훌쩍 오가거나, 맹금류끼리 숲을 두고 다투는 사이로 강물을 타고 흘러가는 해파리처럼 고개를 디밀거나…… 차마 뒤로 물러날 수 없어 진압하러 온 군대 앞을 가로막거나, 암살자가 기다리는 황야에 말 한 마리만 타고 달려가거나……. 그런 경험이 부족했다.

그렇기에 항상 최악을 대비하는 미아 같은…… 소심하기에 철저히 단련된 전략안이 그에게는 다소 부족했다.

쉰랑은 또다시 사태를 쉽게 보고 있었다.

그는 생각해야만 했다. 늑대술사의 흉수를 막아낸 아벨의 검은 방심할 수 없는 대상이기는 하지만, 등대 아래에 있는 동료들을 소리 없이 처치할 정도의 실력은 아직 아니라는 것을.

숫자는 적다지만 이 등대를 지키는 사람들은 다들 베테랑이다. 그들을 비명 한 번 지르지 못하고 무력화시키는…… 그런 재주를 부릴 수 있는 사람은 어떤 인물인지…….

상상하고, 경계해야만 했다.

——후후후, 우선 이 소녀를 인질로 잡아서 아벨 렘노와 저 남자의 움직임을 막으면…….

그리고 그 방심은…… 어깨에 닥친 격통이라는 형태로 모습을 드러냈다.

"컥……!"

갑작스러운 충격에 무심코 손에서 힘이 풀렸다. 동시에 옆을 스치는 바람이 그대로 패티를 납치하더니 물 흐르듯 쉰랑에게 검을 들이밀었다.

"이야, 잘 돼서 다행이야."

패티를 한 손으로 들고, 반대쪽 손으로 검을 든 남자……. 제국 최강, 디온 알라이아는 평상복에 검 한 자루라는 가벼운 차림으로 그들 앞에 모습을 드러냈다.

“디온, 알라이아……. 큭, 왜지? 왜 네가 여기에?”

다친 어깨를 누르며 억울한 듯 신음하는 쉰랑의 의문에 디온은 어깨를 으쓱했다.

“별로 어려운 건 아니야. 여기까지 오는 계단은 나선형으로 건물을 감고 있었으니까. 중간부터 벽을 타고 올라온 거지. 해보니까 돌벽이 울퉁불퉁해서 의외로 올라올 만하더라.”

전에── 벨과 슈트리나는 무녀가 유폐된 탑을 보고, 디온 알라이아라면 외벽을 타고 꼭대기까지 올라갈 수 있을 거라는 농담을 던졌지만…….

그런 농담인지 신뢰인지 알 수 없는 말에 부응해 여기까지 올라온 디온이었다.

승마 연습을 좀 했다고 해서 미아가 도망칠 수 없을 만도 했다.

“그런 걸 물어보는 게 아니야. 왜 여기를 알았지? 왜 이렇게 딱 맞게 이 자리에 나타난 건데?”

“뭘…… 별로 어려운 건 아닌데. 적이 뱀이라면 가누도스의 각 곳을 습격해서 국내를 혼란스럽게 만들뿐이지. 하지만 바이더리언을 훈련시킨 게 선크랜드의 첩보 기관이라면 어느 정도는 조직적으로 움직일 터……. 렘노 왕국 혁명군을 보면 그게 딱 보여.”

란베일이 이끌었던 혁명군, 그들이 점령한 도시는 렘노 왕국군의 보급로를 분단하는 교통의 요충지였다. 그들은 군사적인 상식을 고려해서 행동했다.

“그렇다면 이번에도 마을 각 곳을 공격하면서도 어느 정도의 연계는 취하려고 하겠지. 떨어진 병사에게 신호를 보내기 위해서는 어떻게 해야 할까……. 소리, 연기, 혹은…….”

디온은 검으로 제 어깨를 툭툭 두드렸다.

“루드비히 씨는 빛을 사용해 원거리에서 간단한 정보를 주고받았다고 해. 적도 같은 방법을 써도 이상하지 않다고 생각하던 차에, 마침 등대 쪽에서 깜빡거리는 빛이 보였거든.”

거기까지 말하더니 디온이 작게 웃었다.

“하지만 너희는, 그 뭐냐……. 혼돈 타령을 해대지만 하는 일은 의외로 합리적인데? 완전히 혼돈답게 움직였다면 여기에 도착하지 못했을 거야.”

제34화 손녀의 환호! 아벨은 살짝 긴장이 풀렸다

쉰랑을 상대하는 디온만큼 아벨도 여유가 있는 상황은 아니었다.

방패로 받아낸 충격을 어떻게든 흘리면서 한 걸음 앞으로.

"네스토리 폐하, 물러나십시오."

뒤쪽을 살피려고 한 그때, 불현듯 압력이 사라졌다. 균형을 잃고 한 걸음 앞으로 기울어진 그때, 살기!

――당한다!

찰나의 판단. 몸을 힘껏 비튼 순간 날카로운 찌르기가 목을 스쳤다.

"큭!"

다리에 힘을 줘서 즉시 뒤로 물러났다. 하지만 쫓아오듯이 적이 달려들었다. 직후, 무작정 들어 올린 방패에 또다시 카강 충격이 퍼졌다. 순전히 행운이었다. 아벨은 완전히 밀리고 있다는 걸 새삼 실감했다.

――이 이상은 물러날 수 없어.

등 뒤에 무언가를 지키면서 하는 싸움. 그건 그 자리에 멈춰서서 적의 기세를 받아내야 하는 싸움이다.

그것이야말로 아벨이 택한 길. 검의 모습. 따라서…… 팔에 퍼지는 충격과 통증에 이를 악물면서 그 자리에 멈춰 선 아벨이 외쳤다.

"하앗!"

적의 폭력적인 압력을 튕겨내듯이 방패를 밀었다.

그 모습은 마치…… 마치!

"오오! 역시 강철방패 아벨 할아버지!"

그 모습은 마치 강철방패!

딸과 손녀들을 향하는 수많은 연애 사업을 차단한 강철방패 그 자체…… 응?

"역시 어머니들을 수많은 귀족 자제로부터 가로막은 철벽이에요!"

살짝 어긋난 벨의 환호성에 문득 긴장이 풀릴 뻔한 아벨…… 이었지만, 다음 순간 퍼뜩 깨달았다.

――어깨에 힘이 너무 들어갔었나……. 지나치게 긴장했군.

자칫 상대를 죽여 버릴 수도 있을 만큼 힘이 들어갔었다. 아벨은 쓰게 웃으며 상대를 보았다.

――내 검은 미아를 지키기 위해 있어. 이 몸은 미아의 이상을 지키기 위해 존재해. 그렇다면 상대가 누구라 한들 죽일 수는 없지.

"방해하지 마. 죽여버린다."

순수한 살기가 쏟아졌다. 서슬 퍼런 칼날 같은 살의였지만, 아벨의 마음은 아주 침착했다.

미아가 가는 길은 쉽지 않다.

제국 최초의 여자 황제. 그것도 그녀가 지향하는 나라는, 세계는…… 그 이상은 아주 고결한다.

앞으로 적은 얼마든지 나타날 것이며, 이 정도의 살기를 받는 일도 적지 않을 것이다.

그렇다면 이건, 말하자면 일종의 전초전.

미아 여제를 지키기 위한…… 미아 여제의 이상을 위한 싸움의 일부.

갈팡질팡할 때가 아니다.

"왜 웃는 거지? 아벨 렘노."

증오가 담긴 시선을 느끼고 아벨은 작게 고개를 저었다.

"아니……. 아까 한 이야기를 조금 들었거든. 너는 국왕 폐하의 아들이라면서? 그렇다면 이건 가누도스 항만국의 왕자와 렘노 왕국 왕자의 대결이 되려나…… 문득 그런 생각이 든 것뿐이야. 게다가 존경할 수 없는 아버지에게 복잡한 감정이 있는 왕자라는 공통점이 있지. 제법 기묘한 만남이라고 할 수 있지 않을까?"

가볍게 농담을 던지자 카르테리아는 이글거리는 눈으로 노려보며 소리쳤다.

"그렇다면 왜 나를 방해하지? 아까 그 이야기를 들었다면 알고 있을 텐데. 이게 복수라는 걸……. 저 남자도 나에게 죽는 걸 받아들였어. 그걸 왜 외부인이 방해하는데?"

"미아가 그걸 바라기 때문일까……."

직후 세 번의 충격. 궤도를 미세하게 바꾸는 삼연격을 방패로 받아냈다.

무거운 강격에 팔이 얼얼해서 얼굴을 찡그리면서도 한 걸음도 물러나지 않았다.

"제국의 예지의 개란 건가. 일국의 왕자가 한심하군."

"우리 렘노 왕국의 깃발에는 전투늑대가 그려져 있지. 사랑하는 여자를 위해 개가 되는 건, 렘노의 왕자로서는 숙원이 아니겠어?"

캉, 캉, 두 번의 베기. 전부 방패로 흘려넘기며 아벨은 적의 움직임에 집중했다.

유연하기 그지없는 시온의 검보다 한층 변칙적인 검.

파도에 흔들리는 배처럼 흔들, 흔들, 좌우로 흔들면서 한 번 공격으로 전환하면 노도와도 같다. 거듭 이어지는 물결 같은 공격은 하나같이 이쪽의 예상과 다르게 움직였고, 심지어 일격 일격이 무시무시하게 무겁다.

――디온 경의 조언대로 방패를 연습해두길 잘했어. 검만으로 이 공격을 받아내는 건 쉽지 않아……. 아니, 디온 경은 어떻게 이 녀석을 제압했던 거지?

무심코 그런 생각이 들었다. 압도적인 힘의 차이를 새삼 실감하는 아벨이었다.

"왜 그래? 그냥 공격을 막기만 하는 거냐? 무녀 동생."

카르테리아의, 어딘가 조롱하는 듯한 목소리가 들렸다.

"무녀 발렌티나는 아버지의 악정을 시정하려고 항의했다가 살해당할 뻔했다잖아. 그 반격을 위해 뱀이 되었다고 들었는데?"

내리치는 일격을 방패로 받아냈다.

"그런데 동생인 너는 그저 아버지를 따를 뿐이냐? 왕을 죽여서 왕권을 훔쳐 자신이 믿는 선정을 펼치겠다는 기개는 없어?"

몸통을 파고들 듯 횡으로 날아오는 공격은 검을 휘둘러 막았다.

"나라를 부패하게 만드는 자들을 일소한다는 기개도 없이, 고분고분 아버지의 뜻대로 나라의 방식을 따를 뿐. 기득권에 보호받으며 평화를 변명 삼아 꽃밭에서 살아온 제2왕자. 그게 네 검에 아주 잘 드러나 있군. 방패에 숨어서 방패에 매달리기만 하는 검에!"

이어서 이격, 삼격, 사격. 무거운 참격을 받으면서도 아벨의 마음은 흔들리지 않았다.

"그 검은 누나보다 늑대술사보다, 그 선크랜드의 왕자보다 못하겠지."

예전이었다면 마음이 흔들렸을 말에도 미동도 하지 않았다. 그 눈은 그저 카르테리아의 거동에만 향해 있었다.

머리 위로 높이 들어 올린 검. 그건 아벨의 특기와도 비슷한 자세였다. 하지만 그건 아벨만큼 정련되지는 않았기에……!

——지금!

아벨은 한 걸음 내디뎠다. 상대방이 내리긋는 궤도를 향해 방패를 밀어내면서 놓아버리고, 몸을 오른쪽으로 흘렸다.

순간적으로 허공에 뜬 방패 뒤에 숨어 상대의 시야에서 사라지는 움직임.

계속 공격을 받아내기만 했기에 다음에도 그냥 받기만 할 뿐이라고 믿게 하고, 그 생각의 빈틈을 찌르는 움직임.

검을 휘두른 자세로 경악하는 카르테리아의 표정이 보였고…….

"이게!"

증오에 찬 눈이 이쪽을 향했다. 흐르듯이 올라가는 검을 향해 아벨은 작게 숨을 내쉰 뒤…… 상단세로 쥔 검을 일섬!

안정적인 자세인 아벨과 무너진 자세인 카르테리아.

동요하지 않고 그저 수없이 단련하며 반복한 움직임을 평소처럼 따라간 아벨과, 허를 찔려서 무작정 휘두른 카르테리아.

그 차이는 역력했다.

방어하기 위해 올라간 카르테리아의 검이 뚝 부러져서 지면에 힘차게 떨어졌다.

제35화 혼돈과 합리성

"왜……?"

검과 마주한 카르테리아는 놀란 표정을 지었다.

"왜 내가 너 같은 녀석에게……."

"너에게는 여기가 종착지였을지도 모르지만, 나에게는 아직 해야 할 일이 있으니까. 이런 곳에서 멈춰 설 수는 없어. 게다가……."

아벨은 쓰게 웃었다.

"아무래도 나는 딸이나 손녀에게 접근하는 남자들을 모조리 때려눕혀야만 하는 모양이더라고."

그 후 아벨이 장난기를 거두고 다시금 말했다.

"아무튼…… 너희가 졌다. 얌전히……."

하지만 그 말은 중간에 가로막혔다.

갑자기 무거운 굉음이 울려 퍼졌기 때문이다. 동시에 등대가 크게 흔들렸다.

"오오! 괴, 굉장하네요. 아벨 할아버지의 일격이 등대를 흔드……으아아!"

벨의 당황한 비명.

"아니, 이건 아무래도 무리인데……."

쓰게 웃는 디온.

그런 가운데 가장 초조한 기색을 보인 사람은 하네스였다.

"이건── 큰일이야! 다들 바다로 뛰어! 빨리!"

그 목소리를 신호로 사태가 움직였다.

쿵, 다시 울리는 진동. 이번에는 조금 전보다 더 컸다. 그리고 바닥이 살짝 기울어진…… 느낌이었다.

예상치 못한 사태, 그 한순간의 틈을 찌른 사람은 뜻밖의 인물이었다.

뒤에서 묵직한 태클을 당한 아벨이 앞으로 휘청거렸다. 놀라서 돌아보자 그곳에는 제 허리에 팔을 감은 국왕, 네스토리의 모습이 보였다.

"가라. 카르테리아. 아들아."

"큭, 젠장."

그 목소리에 튀어 오르듯 카르테리아가 움직였다. 아벨은 쫓아가려고 했으나, 국왕이 방해해서 달릴 수가 없었다.

하지만 카르테리아는 도망치지 않았다. 그의 행동은 또다시 그 자리에 있던 사람들의 예상을 배신했다.

그는…… 땅에 떨어진 제 검의 칼날 부분을 줍고는 곧장── 디온에게 향했다.

"이렇게 흔들리는 상황에서는 실력을 내지 못하겠지. 여기서 제국의 최강 전력을 깎아놓아야겠어."

"이게 미쳤나……? 아니, 그래."

쯧, 혀를 한 번 차더니 디온이 패티를 옆구리에 끼고 자세를 잡았다.

"정말 뱀이라는 녀석들은 모순덩어리라니까……."

짓쳐들어오는 칼날. 필살의 일격을 가뿐히 옆으로 흘려서 자세를 무너트리게 한 뒤, 칼자루로 카르테리아의 목을 찍었다.

"크!"

그대로 앞쪽으로 무너지듯 카르테리아가 쿵 쓰러졌다.

"어, 어째서…… 카르테리아……. 왜."

국왕 네스토리의 아연한 의문에 카르테리아는 고통스러워 일그러진 입매로 웃었다.

"……왜냐니, 뻔하지. 나는 널 증오한다. 아버지. 그러니까 네가 하는 말은, 하나도, 아무것도, 안 들을 거야."

그 후 그는 디온에게 시선을 돌렸다.

"내 개인적인 사정에 끌어들였으니까. 잡히게 둘 수는 없지."

그가 마지막에 하려고 했던 일은 디온 알라이아에게 한 방 먹이는 것…… 이 아니었다.

기마왕국의 뱀, 훠 쉰랑을 도망치게 하는 것이다.

직전까지 검을 들이밀고 있었던 쉰랑의 모습이 보이지 않자 디온은 웬일로 벌레 씹어먹은 얼굴이 되었다.

"나 참, 진짜 혼돈과는 거리가 멀다니까. 자기를 희생해서 동료를 구하려고 하다니."

쿠궁, 등대가 다시 흔들렸다.

"아, 진짜……. 아벨 왕자님, 국왕 폐하를 부탁합니다. 저는……."

디온은 카르테리아의 뒷덜미를 잡고 어깨에 짊어졌다. 그러자 어느새 그의 팔에서 빠져나온 패티가 디온의 목에 단단히 팔을 감고 업히는 자세가 되었다.

"어, 응……. 뭐 움직이기 편하게 해주는 건 고마운데……. 너도 참 특이하구나…….”

황녀님 주변에는 특이한 아이가 많다고 중얼거리면서도 디온은 아무런 주저 없이 바다를 향해 도약했다.

차가운 바닷물에 얼굴을 찌푸리며 디온은 전원이 무사한지 확인했다. 그 후 등대를 올려다보았다.

등대는 벌건 불꽃을 날름거리고 있었다. 쿵, 쿵, 무거운 소리가 드문드문 귀를 찔렀다.

“그래……. 마무리로 등대를 부숴서 도망치려고 했던 건가……. 저건 대체 뭐야?”

디온의 물음이 향하는 곳은 하네스였다. 그 옆에서 어푸어푸하며 물에 빠질 위기인 벨에게는 오우라니아가 다가갔다.

“아마도 ‘불바람 약’이라고 불리는 약일 겁니다. 불로불사의 약을 추구하는 과정에서 만들어졌다고 들었는데, 불을 붙이면 불꽃 폭풍을 만들어낸다나요.”

“어휴, 저런 걸 대량으로 만들어냈다간 전쟁의 방식이 바뀌겠는데. 세상이 점점 혼돈에 빠지겠어.”

디온은 후우 깊은 한숨을 쉬었다가 작게 도리질했다.

“뭐, 그래도…… 한 명도 죽이지 말라는 명령에는 성공했으니까 잘 끝난 셈 칠까. 오우라니아 왕녀 전하도 국왕 폐하도 다들 무사했고…….”

시야 구석에서 몇 세대 전의 가누도스 국왕이 세운 등대는 지금 그 사명을 마치고 무너져내리고 있었다. 본래대로라면 가누도스 왕실의 권위의 상징을 무너트린다는 상징적인 연출이었겠지만…….

"그나저나 아벨 전하, 죄송합니다. 가장 부담스러운 분을 맡겨 드려서……."

하네스가 오우라니아와 벨을, 디온이 패티와 카르테리아를 챙겨서 뛰었기 때문에 필연적으로 아벨은 가누도스 국왕과 함께 바다에 다이빙해야만 했다.

"……하하하. 뭐, 대신 미아가 질투하지 않을 수 있을 테니까요."

그저 쓰게 웃는 아벨이었다.

직후 등 뒤에서 '에취' 하는 재채기 소리가 들렸다.

그쪽을 돌아보자 패티가 파랗게 질린 얼굴로 떨고 있었다.

의식한 순간 찌를 듯이 차가운 바닷물의 추위가 덮쳐들어 몸이 떨렸다.

모처럼 살았는데 이대로는 머지않아 얼어 죽을 것이다.

"서둘러 올라가야겠네……. 물론 황녀님이라면 이런 것도 예상했을 법하지만…… 어라?"

불러서 나타났다는 양, 조금 떨어진 장소에 한 척의 배가 모습을 드러냈다.

그린문 공작가가 자랑하는 아름다운 배, 에메랄드 스타 호의 위용이었다.

제36화 무너지는 등대, 무너지는 미아

미아 일행을 태운 에메랄드 스타 호는 가누도스 왕도를 향해 나아갔다.

돌아오는 길은 참으로 순조로운 추이를 보였다.

갈 때는 뱃멀미로 고생한 미아였지만, 돌아올 때는 그럴 새가 없었다.

그 눈은 그저 불안해하며 가누도스 항구를 바라볼 뿐. 아니, 항구에서 살짝 왼쪽. 바다로 불쑥 튀어나온 곳에 세워진 낡은 등대를 보고 있었다.

——만약 저기에 황금 등대가 세워졌다간 무슨 일이 일어날지…….

부르르 오한을 느끼며 미아는 루드비히 쪽을 보았다.

"루드비히, 그냥 호기심에 하나 물어보고 싶은 게 있는데요……. 저 낡은 등대를 다시 세울 때, 황금으로 만들 수도 있을까요?"

"황금…… 말씀입니까?"

루드비히는 순간 경악한 표정을 지었지만 이내 중얼거리기 시작했다.

"그래. 황금이라면 바닷바람에 녹슬지도 않고……. 합리적인가. 하지만 금전적으로는…… 표면에 도금하는 거라면……?"

그 표정은 금방 아주 진지한 얼굴로 바뀌었고…… 그것은 즉, 실현 가능성이 충분히 있다는 뜻이었다…….

"이, 이제 됐습니다. 대충 이해했어요."

미아는 황급히 막으면서도 등에 싸늘함을 느꼈다.

——루드비히가 바로 부정하지 않는다는 건…… 역시 실현되고 마는 건가요? 황금 등대가…….

루드비히에게 무언가 위험한 아이디어를 주고 만 것이 아니냐며 당황하는 미아였지만 이미 늦었다. 입은 재앙의 근원이다.

——아, 아뇨, 하지만 아직 괜찮아요. 제 모습에서 따온 황금 등대가 아니라면 아무 문제 없을 거예요. 평범한 황금 등대라면 그냥 돈 낭비일 뿐이죠. 아니, 루드비히가 합리적이라고 했으니 낭비조차 아니에요. 모양이, 모양이 중요해요. 아니죠, 애초에 저 등대가 무너지지 않으면……. 내부 시설도 그대로 쓸 수 있는 상대라면 일부러 저기에 돈을 쓰자고 하진 않을 거예요.

미아는 늠름하게 고개를 들었다.

"서두르죠!"

모든 것은 등대까지 지켜내기 위해. 그 완벽한 승리를 위해 지금 해야 할 일을 하기로 미아는 마음을 바꿔 먹었다. 지금 해야 할 일은 무엇인가. 지금 해야 할 일은, 바로…….

——으음…… 딱히 할 일은 없어 보이네요…….

"패티 님과 오우라니아 왕녀 전하는 무사하실까요?"

문득 안느의 목소리가 들렸다. 시선을 돌리자 안느가 걱정하는 얼굴로 가슴 앞에서 주먹을 꼭 쥐고 있었다.

미아는 작게 고개를 끄덕였다.

"디온 씨가 갔으니까 아마 문제없을 겁니다."

애초에 패티에게 무슨 일이 생기면 자신의 존재가 사라져버린다. 그러니 아마도 패티는 괜찮을 것이다.

한편 오우라니아는 걱정되긴 하지만 무사한지 확인할 방법이 없었다.

“그래요. 지금은 그저 믿을 수밖에 없어요. 아무튼 저기까지 가지 않으면 아무런 수도 쓸 수 없으니……. 서둘러야 해요…….”

바로 그 순간이었다!

쿵, 쿠쿵! 별안간 배가 울리는 듯한 소리가 들렸다.

“무! 무슨 소리죠? 지금 그건!”

소리는 저 멀리 우뚝 서 있는 등대 쪽에서 들렸다.

자세히 보자 무언가 검은 연기가 뭉게뭉게 피어올라 등대를 휘감고 있었다…….

“저, 저저, 저게 뭐죠? 왜 저렇게 연기가 나는 거예요? 대체 무슨…… 응?”

문득 시야 구석에서 반짝반짝 무언가가 깜빡였다. 그쪽으로 시선을 주자 마침 바다에 떠 있는 인간의 모습이…….

“저건…….”

눈에 힘을 준 미아는 바로 알아차렸다. 자신들이 찾던 사람들이었다.

“오우라니아 양과 패티, 무사했군요. 게다가 가누도스 국왕 폐하, 디온 씨, 아벨과 벨…… 하네스 작은 할아버지도. 후후후, 아무래도 다들 모여계신 모양이네요.”

이쪽을 알아차린 건지 아벨이 크게 손을 흔들었다.

"서둘러 인양해."

뒤에서 에메랄다가 지시하는 목소리가 들렸다. 그에 따라 선원들이 신속히 작은 배를 띄우기 위해 달렸다. 미아는 크게 후우우 한숨을 쉬었다.

아무래도 어떻게든 무사히 끝날 것 같다…… 면서 안도하던 그때.

다시 등대에서 쿠우웅, 무언가 묵직한 소리가 들리더니…….

"앗…… 그래요. 등대가 불타고 있었죠. 빨리 불을 꺼야…… 아!"

다음 순간, 미아는 입을 떡 벌리고 굳어버렸다.

등대 아래쪽에서 붉은빛이 번쩍이더니…… 성대한 연기와 함께 등대 윗부분이 무너지는 것이 보였다…….

"아무래도 등대가 무너진 모양입니다……."

루드비히의 담담한, 냉정하기 짝이 없는 지적에 미아는 '아, 아아……' 하는 신음을 흘리며 그 자리에 무너졌다.

제37화 미아 황녀, 멀쩡한 선물을 골라버리다

가누도스의 왕궁. 그 객실 창가에 한 소녀가 앉아있었다.

수심에 잠긴 얼굴로 후우…… 하고 한숨을 쉬는 소녀는 우리들의 제국의 예지, 미아 루나 티어문이었다.

"아아……. 앞일을 생각하니 머리가 지끈거려요……."

몹시 우울해 보이는 미아. 그 앞 테이블에는 다과인 가누도스 명물 바다 갈매기알 쿠키가 놓인 접시와 따끈따끈한 홍차가 있었다.

즐거운 티타임. 미아에게는 극상의 시간이었지만, 그녀의 마음을 밝게 해주지는 못했다.

그 정도로 문제가 산더미였다.

에메랄드 스타 호로 구출한 사람들에게서 사건의 자초지종을 들은 미아는 한 번 더 커다란 탄식을 흘렸다.

가누도스 항만국에서 일어난 일련의 소동은 이렇게 막을 내렸다…… 하면서 순탄하게 넘어갈 리가 없었고.

미아의 싸움은 오히려 지금부터 시작이라고 해도 과언이 아니었다.

――바이더리언 쪽은 어떻게든 될 것 같아요. 의회에선 순조롭게 합의를 진행하고 있다고 하고, 다행히 국왕 폐하의 방해가 없으니까요. 착착 정할 수 있겠죠.

그런 사무적인 부분은 가누도스의 원로회에 통째로 떠넘겼다.

――문제는 오우라니아 양이예요. 선두에 서야 하는 이 시기에

저래서는……. 으음, 어떻게든 기운을 차리게 해야 하는데요.

무사히 구출된 오우라니아. 국왕 암살 혐의도 벗었고, 떳떳한 결백의 몸이 되었지만…….

"역시 충격이겠죠……."

유괴당한 뒤 무슨 일이 있었는지 패티에게서 들은 미아는 무심코 하늘을 올려다보았다.

아버지가 자신을 사랑하지 않았다고…… 자신에게 아무런 관심도 없었다고……. 그런 사실을 알게 되는 건 역시 충격적일 것이다.

미아처럼 살짝 무신경한 구석이 있어도 그런 말을 들으면 충격을 받을 터이다. 심지어 오우라니아는 미아가 보았을 때 제법 성실한 성격이었다.

——역시 충격일 거예요. 아뇨, 그 전에…….

상처받기만 하고 끝날까? 슬픔에 잠기기만 하고 끝날까?

"원망하거나 증오할 법도 하단 말이죠. 으으, 그렇게 되면 뱀이 걱정이에요."

가누도스 국왕에게 원한을 품은 남자, 카르테리아는 무사히 체포했다. 그건 다행이지만, 그 대신 이번에는 오우라니아가 정말로 아버지를 죽여버리는 일이 일어났다간 대참사이니…….

——으으, 마음이 무겁군요. 하지만 오우라니아 양은 앞으로 가누도스를 위해 앞장서주어야만 하는데요…….

미아나 미아의 신하에게 맡길 수는 없다. 미아의 공적을 칭송하는 황금 등대가 세워지는 걸 막기 위해서는 어떻게든 오우라니아를 전면에 내세워야 하는데…….

산더미 같은 문제에 미아의 배가 욱신거렸다.

이래서는 식욕도 날아가서 쿠키를 먹지도 못한다.

후우우…… 하고 한숨을 쉬며 미아는 턱을 괴었다. 그리고 무심하게 쿠키 접시로 손을 뻗어…… 뻗어서…… 그 손이 허공을 잡았다.

"어라……?"

의아해서 시선을 돌리자 접시 위의 쿠키는 이미 사라진 뒤였다!

"아니!"

미아는 경악한 나머지 굳어버렸다. 그러고는 조심조심 입 주변을 날름…… 달다!

"이건……!"

그렇게 미아는 깨달았다!

저도 모르는 사이에 쿠키를 다 먹어버렸다는 사실을……!

그랬다. 사라진 건 식욕이 아니라 쿠키였다!

덤으로 입가심이라는 양 홍차도 깨끗하게 비운 상태였다!

……즉 대충 평소처럼 잘 먹은 미아였다.

"아, 아무튼 생각만 해서 될 일이 아니죠. 일단 행동, 다음도 행동이에요. 가누도스 일을 처리하고, 제도로 돌아가서 탄신제를 즐겨야죠!"

미아는 뺨을 탁탁 두드린 뒤 일어났다.

"아, 그래요. 라피나 님께도 가누도스 일로 크게 신세 질 예정이니까 선물을 잘 사서 돌아가야죠……. 만에 하나 건어물이 마음에 안 드실 수도 있고…… 무언가…….”

소심한 전략가 미아는 음식이 안 통했을 때도 치밀하게 계산한다. 지금의 미아에겐 빈틈이 없다!

“액세서리가 어떨까요……. 하지만 라피나 님이시니까 너무 값이 나가는 건 그리 기뻐하지 않으실지도 모르죠. 가누도스의 특징적인 액세서리를 선물로 사 간다면…….”

그렇게 미아가 고른 건 조개로 만든 머리장식이었다.

아주 멀쩡한 선택이었다!

그렇다. 미아는 이래 봬도 일단 제국의 황녀 전하다.

그 센스는 일단 황녀에 걸맞게, 일단은 멀쩡하다. 일단은…….

훗날 그 머리장식을 선물 받은 라피나는 대단히 기뻐하며 항상 하고 다녔다고 한다. 그 결과…… 라피나의 초상화를 담당하는 화가들 사이에 인어 붐이 다시 타올랐지만.

그렇게 정열이 지나치게 샘솟은 괴작을 본 라피나가 저도 모르게 ‘허……?’ 하며 어딘가의 미아 같은 기묘한 소리를 흘리고 말았지만……. 비교적 중요하지 않은 비화였다.

제38화 해파리는 생각한다…… 최악은 무엇인가?

다과도 다 먹었으니 일단 무언가를 해야겠다며 방에서 나온 미아. 복도로 나온 직후 그녀는 이쪽을 향해 걸어오는 할머니, 패트리시아의 모습을 발견했다.

"어머나, 패티. 무슨 일인가요?"

패티는 이쪽을 보고 흠칫 놀란 얼굴이 되었다가 타다닷 달려왔다.

"미아…… 황녀님에게 부탁이 있어서 왔습니다."

"저에게 부탁이라니…… 뭐죠?"

"뱀…… 카르테리아와 대화하고 싶어요."

"그 남자와……?"

미아는 흐음 신음했다.

"그렇군요. 그의 사정 청취는 루드비히에게 맡겨두었지만……. 직접 이야기를 들어보는 게 좋을지도 모르죠……."

미아는 고개를 끄덕인 뒤 패티를 데리고 우선 루드비히에게 향했다.

이번 사건의 주모자들은 대부분 이미 잡힌 상태였다. 그 처우를 두고도 상당히 골치 아픈 머리싸움이 이어졌다.

일반적으로 그들은 가누도스 국왕을 해하고 국내를 혼란에 빠트리려고 한 대죄인이다. 처형당해도 항의할 수 없다. 하지만 국왕 네스토리의 한마디가 파문을 던졌다.

이 자를 처형하는 건 용서하지 않겠다고…….

놀랍게도 자신에게 검을 들이댄 남자를 살리라는 왕의 주장에 의회는 당연히 난색을 표했다.

하지만 그걸 좋은 기회로 본 루드비히가 옆에서 끼어들었다.

"사건의 주모자들은 바이더리언 족의 냉대를 보다 못해 일어선 자들입니다. 그런 그들을 처형하면 모처럼 만든 화합 분위기에 찬물을 뿌리게 되겠죠. 게다가 등대지기들을 숙청해버리면 가누도스 쪽도 난처하지 않겠습니까?"

반대로 한 번은 처형을 각오했는데 온정으로 용서받는다면 그들은 더 열심히 일하지 않을까?

또한 그들이 왜 음모에 가담했는지 차근차근 알아내서 원인을 배제하면 더 안전해질 수 있다고 루드비히는 역설했다.

설령 그들을 숙청한 뒤 새 인재를 육성한다고 해도 현재 상황을 유지하면 같은 일을 반복하게 된다. 언제 같은 불만을 파고들어서 이용당할지 알 수 없다.

루드비히의 냉정하고 침착한 발언에는 분명한 설득력이 있었고, 지금은 완전히 의회의 상담자 포지션을 획득해가고 있었다.

사실…… 미아는 자신의 가신인 루드비히의 활약이 그리 달갑지 않았다. 공적이 전부 미아에게 돌아오기 때문이다.

하지만…… 이쯤에서 미아는 방침 전환이 필요하기도 했다.

——등대가 무너져버린 이상…… 개수공사는 피할 수 없어요.

그러니 이렇게 되면 다소 이상한 모양으로 만들고 싶다고 해도 참아야겠죠. 황금으로 만든다고 해도 그건 가누도스 쪽의 재정낭비. 저는…… 알 바 아니에요!

그렇다. 미아는 타협점을 찾기 시작했다.

폭포로 떨어지기 직전, 그 강한 물살 앞에서 어차피 해파리는 무력하다. 그렇다면 하다못해 폭포에서 떨어져도 바로 밑 웅덩이에 빠지는 일만은 피하자며…….

미아는 낙하지점을 모색했다.

그렇다면 가장 피해야 하는 최악은 무엇일까……? 그건…….

――황금 등대가 신앙의 대상이 되는 건 반드시 피해야 해요.

그것이 결론이었다.

"저 황금 등대에 기도하면 제국의 예지가 와서 모든 문제를 해결해주신다."

이딴 소리가 나오는 건 완전 민폐 바가지다. 미아로서는 반드시 피해야 하는 일이었다.

――게다가 '신앙'의 대상이 되면 중앙 정교회에도 혼날 것 같으니까요……. 베이르가의 관계가 틀어지는 건 반길 수 없어요.

과거 지방 성녀로 불리던 것과는 이미 상황이 다르다.

본인은 결코 바라지 않았지만…… 미아에게는 이미 상당한 권력이 있었다.

제국 내부는 물론이고 선크랜드, 기마왕국, 페르쟝에도 미아의 지인이 많다. 미아넷이며 미아 학원의 존재도 있다.

지금 미아는 대륙의 중요 인물이라고 해도 과언이 아니었다.

하지만 여기에 추가로 신앙까지 형성되는 건…… 지극히 위험했다.

——모처럼 라피나 님과도 양호한 관계를 쌓아가고 있으니까요……. 가누도스가 쓸데없는 짓을 하는 건 곤란하죠.

따라서 미아는 가누도스가 혼란에 빠져서 '이웃 나라의 구세주에게 매달릴 수밖에 없어!'라는 상태가 되는 걸 피하고 싶었다.

국왕 네스토리…… 는 써먹지 못할지도 모르지만, 왕녀 오우라니아와 의회에는 제대로 국가 운영을 맡기고 싶다.

그러기 위한 조언이라면 허용할 수밖에 없다. 기울어가는 가누도스에 손을 내밀어서 다시 한번 제 발로 달릴 수 있도록 도와준다. 그 정도라면 어쩔 수 없지 않을까.

이번 소란의 기념비, 감사, 우호의 증표로 세운 황금 미아 등대 같은 건 이미 어쩔 수 없다고…….

그렇게 해탈의 경지에 도달해버린 미아였다.

지금이라면 '너무 화려한 초상화가 아니라면 괜찮지 않을까?'라는 경지에 오른 라피나와 맛있는 홍차를 마실 수 있을 것 같다.

그리하여 루드비히의 활약으로 이번 범인 일당은 일부를 제외하고 석방될 예정이다.

엄중한 훈계는 받을 테지만, 거의 무죄방면이라고 해도 되는 상황이다.

그리고 그 무죄방면에서 빠진 일부에 문제의 뱀의 암살자, 카르테리아가 있다.

——그나저나 패티, 대체 무슨 이야기를 하고 싶은 거죠?

작게 고개를 갸웃거리는 미아였다.

제39화 미아 황녀, 스리슬쩍 의문을 제시하다

"미아 님께서 직접 심문하신다는…… 그런 뜻입니까?"

뱀과 대화하고 싶다고 밝히자, 루드비히는 살짝 자세를 바로잡았다.

"네, 음……."

일단은 고개를 끄덕여두었다. 사실은 패티가 이야기하고 싶어 한 것뿐이라고 마음속으로 덧붙이면서.

"그렇군요. 알겠습니다. 저도 동행하겠습니다. 그리고 만약을 위해 디온 씨에게도 같이 가 달라고 하겠습니다."

루드비히는 자리에서 일어나 바로 필요한 곳에 연락하러 갔다.

"패티도 황후가 되었을 때는 이런 사람이 있으면 편리하답니다."

살짝 자랑하듯이 말하자, 패티는 작게 고개를 저었다.

"제 주변에는 믿을 수 있는 사람이 별로 없어서……. 직접 행동하는 게 더 안심할 수 있어요."

얼굴이 굳은 할머니를 보고 미아는 흐음 신음했다.

"루드비히만큼 유능하지도 편리하지도 않을 수 있지만, 지금 제국 재상은 어느 정도 신뢰할 수 있는 사람이라고 봐요."

아버지 밑에서 계속 정무를 돌보는 재상은 제국 혁명 때도 배신하지 않고 죽은 인물이었다. 뱀과 내통했을 가능성은 적다고 판단했다.

"한두 명이라도 신뢰할 수 있는 사람이 있다면 조금은 마음이 편해지겠죠.”

패티의 머리를 조용히 쓰다듬으며 미아는 루드비히를 기다렸다.

이윽고 돌아온 루드비히와 디온의 뒤를 따라 미아는 목적지로 서둘렀다.

뱀의 암살자, 카르테리아가 유폐된 곳은 왕궁의 한 방이었다.

감옥이라고 할 만큼 척박한 방이 아니었다. 타국의 요인을 재우기 위한 일반적인 객실이었다. 과거 미아가 유폐되었던 감옥 따위와는 천지 차이였기에 무심코 ‘치사해요!’라는 말이 튀어나올 뻔했다.

안으로 들어가자 두 팔이 묶인 카르테리아가 날카롭게 노려보았다.

“오, 놀라워라……. 제국의 예지 미아 루나 티어문이 직접 찾아오시다니.”

“처음 뵙는군요. 카르테리아 페를라 가누도스 왕자 전하.”

스커트 자락을 살짝 들어 올린 순간,

“내 이름에 쓸데없는 걸 추가하지 마. 역겨우니까!”

쏟아지는 적나라한 살기! 그 진한 살기에 옆에 있는 패티의 몸이 굳었다. 하지만…… 미아는 아무렇지도 않은 얼굴이었다.

오히려 입꼬리에 미소조차 머금고 있다. 그 여유, 어딘가 위에서 내려다보는 듯한 흔들림 없는 태도.

그랬다. 미아는 카르테리아에게 정신적 우위를 보였다.

어떻게? 이유는 아주 간단했다.

——이 녀석은 어차피 디온 씨에게 흠씬 당했으니까요…….

그렇다!

과거 디온 알라이아가 목숨을 노리고 추적한다는 경험이 있는 미아는 디온보다 격이 아래인 상대를 앞에 두고 업신여길 수 있는 배짱을 습득했다.

게다가 바로 뒤에는 디온이 있다.

솔직히 아무리 살기를 쏘아대도 코웃음 칠 수 있는 수준이었다.

"그리 무서운 표정 짓지 마세요. 아이가 무서워하잖아요? 저희는 그저 당신의 이야기를 들으러 온 것뿐이랍니다."

"이야기를 들으러? 내가 그렇게 쉽게 말할 줄 알았다면 참 우습게 봤나 본데……. 아, 그 거짓말을 하지 못하게 되는 약이라도 먹이려고?"

"그것도 방법이지만, 아쉽게도 가져오지 않았답니다."

슈트리나에게 물어보면 슬쩍 꺼내줄 것 같기는 하지만……. 아마도 패티가 하려는 건 그런 게 아닐 테니 자중한 미아였다.

미아는 살며시 패티의 어깨에 손을 올렸다. 패티는 고개를 작게 끄덕인 뒤 입을 열었다.

"물어보고 싶은 게 있어. 당신의 어머니는 혼돈의 뱀이야?"

그 말에 미아는 눈을 부릅떴다.

생각해 보지 못했기 때문이다. 영락없이 어머니를 버린 가누도스 국왕에게 원한을 품은 남자에게 뱀이 접근한 줄로만 알았는데…….

"그래. 맞아. 그게 왜?"

반면 카르테리아는 패티의 질문에 의아하다는 듯 고개를 옆으로 기울였다.

“당신은 그걸 알고도 아무 생각도 안 들었어? 처음부터 가누도스 국왕을 죽이기 위한 암살자로 당신을 키운 거라면…….”

“이해할 수 없네. 그 질문에 무슨 의미가 있지?”

“당신의 어머니가 가누도스 국왕을 죽이기 위해 접근해서 사랑에 빠진 척했다가, 당신을 임신하고, 버림받고……. 당신을 뱀의 암살자로 키워냈지. 그 모든 게 당신 어머니의 계획이었다면……. 당신을 살인 도구로 만들려고 했다면, 당신은 아무 생각도 안 들어?”

그 말에 미아는 다시 눈을 부릅떴다.

──그, 그건 생각해 보지 못했지만……. 그렇군요, 잘 생각해 보면 패티는 제국 황제를 타락시켜서 제국이 붕괴하도록 만든다는 역할을 받았다고 했죠. 가누도스에서도 같은 계획이 진행되었다고 해도 이상하지 않아요……. 만약 패티의 말이 맞는다면 이 자가 가누도스 국왕을 원망할 이유는 없어요. 어머니가 버림받은 게 어머니 본인의 계획이었다는 게 되니까요.

패티의 말에는 아무리 카르테리아라고 해도 순간 생각에 잠기는 듯했지만…….

“아무렇지도 않아. 어머니가 나에게 살 의미를 주었지. 나는 뱀의 암살자로서 가누도스 국왕을 죽인다. 그러기 위해 태어나고 자랐어. 검술을 단련하고 해상 전투법을 익히고, 뱀의 지식으로 그 기회를 계속 기다렸지. 모든 건 어머니가 원망한 그 남자를 죽이기 위해서야. 어머니가 언제부터 그걸 계획했는지는 사소한 문제지."

딱 잘라 말한 뒤 카르테리아는 웃었다.

"야, 내 어머니를 악당으로 만들어서 내 마음을 바꾸려고 했냐? 그래, 쉰랑의 말대로 너는 뱀의 기술을 가진 것 같지만…… 헛수고야."

패티의 말은 카르테리아에겐 닿지 않는다. 그걸 보고 미아는 눈치 챘다.

――그래요. 그 논리로는 안 된단 말이죠……. 아마도 패티는 자신과 이 남자의 어머니를 동일시하고 있어요. 그래서 자신을…… 그 어머니를 악당으로 설정하고 이 남자를 피해자로 두려는 거죠. 하지만 그래서는 받아들이게 할 수 없죠.

아마도 카르테리아에게 어머니의 말이 합리적이든 아니든 상관없다. 설령 어머니가 악의만으로 그를 키웠다는 걸 증명한다고 해도 그의 마음에는 영향을 주지 못한다.

이 남자라면 그래도 상관없다고 단언할 게 틀림없다.

따라서 오히려 여기서 해야 할 말은…….

"불쌍하네요……."

눈치 챈 순간에는 이미 말이 나온 뒤였다.

"흥. 너도 날 동정하는 거냐? 제국의 예지. 사악한 어머니가 만들어낸 불쌍한 아들이라고?"

비웃는 카르테리아를 향해 미아는 조용히 고개를 저었다.

"저는 당신을 불쌍해하는 게 아닙니다. 아니……."

한번 말을 끊고 숨을 들이마신 뒤…….

“저는 당신만 불쌍하다고 말한 게 아니에요.”

말을 정정했다.

“저는 당신의 어머니가 불쌍합니다. 자식을 ‘누군가를 죽이기 위한 존재’로 키워버린 사람을…… 제나이다 씨를.”

미아는 패티의 머리에 손을 올려놓고 말을 이었다.

“행복해지는 미래가 있었을지도 모르잖아요? 어머니와 아들이 평범하게, 하지만 행복하게 살 수 있는 길이 전혀 없었을까요……? 당신의 어머니는 그렇게 살면서 행복했을까요? 당신에게 복수라는 마음을 맡기고 행복했을까요?”

“나를 설득하기 위해 어머니의 감정을 날조하려고?”

뚝뚝 떨어지는 듯한 어두운 증오가 날아왔다. 하지만 미아는 두려워하지 않았다.

그저 담담하게 말을 이었다.

디온 알라이아보다 훨씬 약한 남자를 상대로 무서워할 필요는 없었다.

“물론 사람에게는 저마다 다른 행복이 있다는 건 잘 알죠. 그러니 제가 본래 당신 어머니의 마음을 이야기하는 건 오만한 일이라고 봐요. 하지만…….”

살며시 가슴에 손을 올리고 말했다.

“저는 단언합니다. 자식을 살인을 위한 도구로 키운 걸 행복이라고 여기는 부모는 없어요. 만약 진심으로 그런 생각을 하는 사람이 있다면, 그분은…… 뒤틀린 거죠. 뒤틀려버리고 만 거예요.

사람들 때문에, 문화 때문에, 나라 때문에, 세상 때문에……. 그래서 불쌍하죠."

미아는 선을 긋는 위치를 바꾸었다.

패티는…… 제나이다와 카르테리아 사이에 선을 그으려고 했다. 제나이다라는 악당 손에서 자란 카르테리아를 피해자로 보려고 했다.

하지만 미아는 그 어머니도 피해자로 넣고 선을 그었다.

카르테리아가 어머니의 피해자라고 말하면 안 된다.

그 어머니도 피해자이며, 당신들은 행복해질 수 있었다는…… 그런 미래를 보여주는 게 중요하다.

미아의 뇌는 이때 제법 날카로웠다.

조금 전 사라진 쿠키가 허공으로 날아간 게 아니라는 걸 증명하는 셈이었다. 그 쿠키는 분명한 에너지가 되어 미아의 뇌를 팽팽 돌려주고, 남은 열량은 착실히 토실함이 되어 축적되고 있었다.

……큰일이다!

뭐, 아무튼…….

"당신들은 행복해질 수 있었어요. 돈이 없는, 작은 집에서 사는 생활이라고 해도. 자식을 사랑하고, 자식에게 사랑받고, 자신의 미래를 꿈꾸는 것. 그건 인간으로서 당연하고 또한 보편적인 행복이죠."

미아는 인간으로서 보편적인 행복을 제시하고, 그 당연한 미래를 얻지 못했기에 카르테리아의 어머니를 동정했다. 그리고…….

"그렇다면…… 당신의 분노가 향하는 곳은 정말로 올바른가요?

당신의 어머니도 피해자라면……, 당신의 어머니를 그렇게 만든 건 누구죠? 그건 당신의 아버지가 아닙니다. 당신이 검을 들어야 하는 방향이 사실은 어디인지…… 당신은 생각할 필요가 있어요. 카르테리아 페를라 가누도스.”

미아는 물었다. 네 복수는 무엇에 기인하는가.

무엇이 어머니의 분노, 원통함을 만들었는가.

그 후 작게 중얼거리듯 달싹였다.

“당신의 어머니…… 제나이다 씨의 ‘진심’은 대체 무엇을 바랐을까요…….”

진심……. 그것은 지극히 위험한 단어다.

“폐하의 진심은 이게 아니다!”

이런 건 본인이 마음대로 상상한 모습을 군주에게 떠넘기고 가신이 폭주할 때 흔히 쓰이는 말이며, 미아 본인도 온갖 동상이 세워지려고 할 때마다 싸워야만 하는 골치 아픈 말이다.

상대의 마음을 마음대로 추측하고선, 그러니까 지금 모습은 가짜라고, 착각이라고, 일시적인 모습이라고 단정하는 오만이다.

하지만 미아는 일부러 그 말을 끌어왔다.

진심은 이렇다고 단정하는 게 아니라 ‘정말로 진심이 이랬을까?’라고 스리슬쩍 의문을 제시해서 ‘그건 진심이 아니었던 거 아닐까?’라는 뉘앙스를 풍기고…… 뒤흔든다.

추가로…….

“아들인 당신은 그걸 고민할 필요가 있어요. 그렇지 않으면 아무것도 알지 못한 채 그저 어영부영 아버지를 죽이게 되죠. 만난 적도 없는 누군가의 악의에 놀아나는 어리석은 짓을 범하게 됩니다. 그건 피해야 하지 않을까요?"

그 말을 끝으로 미아는 대답을 기다리지 않고 방을 떠났다.

제40화 복에 겨운 상심

뱀의 손아귀에서 구출된 오우라니아의 상처는 생각보다 깊었다. 육체적인 상처가 아니라 마음에 난 상처가…….

그녀는 그날 이후 계속 방에 틀어박혀 있었다.

넓은 방에서 홀로 침대에 누워 멍하니 천장을 바라본다. 아니, 엄밀히 말하자면 그녀는 천장을 보고 있지 않았다. 그 눈동자에 비치는 건 그날…… 등대의 기억이다.

"왕은 옵니다. 목숨을 걸고. 하지만 아쉽게도 그건 당신을 위해서가 아닙니다. 오우라니아 왕녀 전하."

사전에 들었던 말. 덕분에 아버지가 왔을 때 놀라진 않았다.

다만, 그때…….

"아, 정말 왔구나……. 내가 아니라 오라버니를 위해……."

그렇게 깨달은 순간…… 마음속 불꽃이 훅 꺼져버린 느낌이 들었다. 지금까지 아슬아슬하게 꺼지지 않고 남아있던 불꽃이…… 미아를 만나 다시 타오르려고 했던 작은 불꽃이…… 허망하게 꺼져버린 듯한…… 그런 느낌이었다.

"당신보다 아들을 더 아낍니다. 그러니 당신에게 관심이 없는 거죠."

그 말은 깊게, 차갑게 오우라니아의 가슴을 후벼팠다.

거듭 강조하던, 아버지가 자신을 위해 온 게 아니라는 사실. 아버지가 자신보다 오빠를 더 중시하고 진심으로 사랑한다는 사실이었다.

——그건 나쁜 인간의 말이니까……. 진지하게 받아들일 필요는 어디에도 없어…….

그 남자가 자신에게 상처 주려고 한다는 건 알고 있다. 일부러 듣기 싫은 말을, 상처받는 말을 했다는 건 잘 알고 있었다.

하지만 그렇다고 해서 무시할 수 없었다. 왜냐하면 그의 말이 사실이기 때문이다.

그 말이 머릿속에 자꾸만 메아리친다.

완전히 감염이었다.

모르면 생각하지 않을 수 있었다. 하지만 알아버린 이상 다시는 알기 전으로 돌아갈 수 없다. 머릿속에 박힌 말, 눈치채버린 사실로부터 도망칠 수 없다.

"아아……. 그래서 아바마마는, 나에게 노력하지 않아도 된다고 하셨던 거야……."

처음부터 기대하지 않았다. 관심도 없다. 그러니 노력할 필요가 없다.

『너는 가누도스 왕의 피를 이어받았으니까 같이 데려갈 수 없어.』

어머니는 그렇게 말했다.

서운하지 않았던 건 아니지만, 자신에게는 해야 할 역할이 있다는 생각에 자랑스러웠다.

그런데…….

『너는 아무것도 하지 않아도 된다.』

아버지에게 들은 말이 무겁게 울렸다.

그것이 정말로…… 진심에서 우러난 말이라는 걸 지금은 알 수 있다.

"그래……. 그래서 아바마마는 그런 말씀을 하셨구나……."

아버지는 자신은 아무것도 하지 않기로 했다는 말도 했다. 그것도 딱 이해가 갔다.

그렇게 오우라니아는…… 아버지의 허무에 사로잡혔다.

어쩐지, 전부 다…… 무의미해졌다.

더는 아무것도 하고 싶지 않았다. 하지만…….

"목, 말라……."

몸은 불편하다. 아무것도 하지 않아도 배가 고프고 목도 마른다.

움직이기도 귀찮지만 어쩔 수 없다.

꾸물꾸물 침대에서 일어난 그녀는 머리맡에 놓인 물로 손을 뻗었다. 전속 메이드가 아침에 가져다준 물이었다.

컵으로 입을 가져간 바로 그때…… 오우라니아는 눈썹을 찌푸렸다.

뭘까……? 무언가 소리가 들린 듯한……?

오우라니아는 문득 벽에 걸린 커다란 그림을 바라보았다.

그것은 그녀의 선조가 낚아 올렸다는 거대 물고기, 달복치 그림이었다. 과거 미아가 장렬한 격투 끝에 격퇴한 무시무시한 물고기였다.

그 그림이 덜컹, 덜컹덜컹 흔들리더니…… 옆으로 미끄러졌다. 그 뒷면 벽에는 작은 구멍이 뚫려 있었고…….

"어…… 어어……?"

얼이 빠져서 입을 벌리는 오우라니아. 그 눈앞에서 구멍에서 작은 인영이 기어 나왔다.

순간 '자객……? 비명을 질러야 하나……?'라며 고민한 오우라니아였지만 자세히 보니 그녀가 잘 아는 아이들이었다.

"야, 야나. 키릴도……. 어때서, 어떻게 여기에……?"

고개를 갸웃거리는 오우라니아에게 대답한 사람은 가장 먼저 방으로 들어온 벨이었다. 벨은 위풍당당한 얼굴로 허리에 손을 짚고 말했다.

"후후후, 어느 왕궁에도 비밀 통로 한두 개쯤은 있기 마련이니까요. 이 정도의 위장으로 제 눈을 속이려고 하다니 아직 멀었어요."

뭔가, 그, 아주 벨이었다!

하네스를 만나고, 소소한 도주극도 경험한 벨 안에서는 현재 모험 소울이 불타올랐다!

그리고 국왕과 오우라니아에게 큰일이 날 뻔한 지금 경비를 위해 빈틈을 찾는다는 적당한 이유를 대면 여기저기 자유롭게 돌아다닐 수 있다.

뭐, 아무튼…….

벨을 따라온 바이더리언 남매는 그런 벨을 무시하고 오우라니아에게 총총 다가왔다.

"오우라니아 왕녀 전하, 괜찮으세요?"

오우라니아의 얼굴을 보고 키릴이 걱정하며 미간을 구겼다.

학원에서, 그리고 이번 여행을 통해 완전히 친해진 바이더리언 남자아이. 그 누나인 야나도 염려하는 눈빛이었다.

"그게, 패티에게서…… 들었어요. 그…… 아주 큰 일이 있으셨다고……."

"아……, 둘 다 걱정해서 와준 거구나……."

방에 틀어박혀 나가려고 하지 않았으니 이렇게 억지로라도 만나러 온 건가…….

왕녀의 침실에 숨어들다니 참 무모하다고 생각했다.

방에서 나가지 않는다는 건 아무와도 만나고 싶지 않다는 뜻이라는 걸 눈치채란 생각도 했다.

하지만 굳이 지적하는 것도 화내는 것도 귀찮아서 모호하게 웃으며 적당히 대답했다.

"사실 별로 괜찮지 않은 것 같아……."

오우라니아는 침대로 걸어가 풀썩 누웠다.

"뭔가, 좀 지쳤어……. 미안하지만 지금은 별로 말하고 싶지 않아……."

힘없이 누운 그 모습은 미아가 침대 위에 널브러져 있을 때와 조금 비슷했지만…… 결정적으로 달랐다.

미아처럼 적극적으로 게으름을 피운다는 기개가 오우라니아에게는 없었다.

거기에는 아무것도 없었다…….

뱀이 뿌린 독은 확실하게…… 오우라니아를 쇠약하게 만들며 죽여가고 있었다.

하지만…….

"저, 저기, 미아 님이 사람들 앞에서 엿이나 먹으라고 외친 이야기…… 듣고 싶지 않으세요?"

야나의 말에 오우라니아가 천천히 고개를 돌렸다.

"미아 스승님이…… 뭐라고?"

"'엿이나 먹으라죠'요. 바이더리언 족 사람들 앞에서……."

"여……."

무심코 입 밖으로 내는 걸 망설이는 오우라니아. 낚시에 빠져 사는 나날을 보냈다지만 오우라니아는 일국의 왕녀다. 말해도 되는 말과 안 되는 말이 있다. 그렇기에…….

"미, 미아 스승님이 그런 말씀을 하셨어?"

그만 호기심이 솟았다.

자신보다 훨씬 고귀한 신분다운 미아가 무엇을 대상으로 그런 말을 한 건지……. 어떤 상황이었는지…….

몸을 일으킨 오우라니아를 향해 야나가 조용히 이야기했다.

섬에서 일어난 일……. 미아가 무슨 말을 했는지…….

전부 다 들은 오우라니아는 자기도 모르게 웃어버렸다.

"응, 그건 아주 미아 스승님답네……. 하지만…… 후후후, 굉장해라……. 미아 스승님. 여전하셔……."

바이더리언 격리 지구 문제를 훌륭히 해결했다고 듣기는 했지만, 설마 그런 말을 했을 줄은 몰랐다.

"아아, 그나저나, 후후. 재밌어라. 미아 스승님이 그런 말을…… 하하하."

한바탕 웃고 기분이 살짝 후련해진 오우라니아의 귀에 작은 목소리가 들렸다.

"저기, 오우라니아 왕녀 전하……."

문득 시선을 돌리자 야나가 이쪽을 똑바로 바라보고 있었다. 작은 주먹을 꼭 쥐고 아주아주 진지한 얼굴이었다.

"응~? 왜 불러……?"

야나는 순간 망설이듯 시선을 배회한 뒤…….

"아버님과 제대로 대화해보시는 게, 좋지 않을까요."

그 말에 숨을 삼켰다.

"왜 그런 말을 하는 거야……? 지금 모처럼 기분이 좋아졌는데……. 왜 상관없는 네가 그런 말을……."

"그야, 저희는…… 이젠, 못하지만……. 오우라니아 왕녀 전하는…… 할 수 있으니까요……."

"앗……."

그 말에 머리를 세게 얻어맞은 기분이 들었다.

——그래……. 야나도 키릴도, 이젠 대화하고 싶어도 못 해……. 아버지와도, 어머니와도…….

두 아이의 부모는 이미 죽었다. 아무리 간절히 바라도 대화할 수 없다.

그렇다면 자신은?

이젠 할 말이 없다고 생각했다. 말하고 싶지도 않았다. 하지만…… 말할 수 있다는 건, 그것만으로도 행복이 아닐까?

그렇게 그녀는 새삼스레 깨달았다.

자신은 역시 철부지 왕녀다. 좌절해서 침대에 누워있어도 물이 나오고, 배가 고프면 먹을 것도 있다.

이대로 죽어버리고 싶다고 해 봤자 말뿐. 야나와 키릴처럼 필사적으로 음식을 찾지 않으면 정말로 굶어 죽는 일도 없다…….

그 사실을 깨닫자…… 어쩐지 아이들 앞에서 주저앉아있는 게 몹시 부끄러워졌다.

——상처받았다고? 안 괜찮다고? 나는 이 아이들 앞에서 그런 말을 한 거야……?

스스로가 너무 한심했지만, 오우라니아는 조용히 일어났다.

——나는 아직 아바마마와 대화할 수 있고, 항의도 화풀이도 할 수 있어……. 그렇다면 하고 싶은 말을 해버리자.

다시금 야나를 바라보았다. 시선을 받은 야나가 움찔 겁먹은 듯 움츠러들었다.

그런 야나의 머리를 쓰다듬으며…… 오우라니아는 말했다.

"고마워. 야나, 키릴. 어쩐지 조금…… 아니, 많이 기운이 났어."

그 후 방 밖에서 대기하고 있을 메이드를 불렀다.

"아바마마를 뵈러 갈 거야. 준비하는 걸 도와줄래~?"

제41화 미아의 근심. 쉬면서 일하면 되잖아!

카르테리아가 유폐된 방에서 나온 미아는 작게 한숨을 쉬었다.

——잘 풀린다면 좋겠는데요…….

그 후 미아는 아무 말도 하지 않는 패티 쪽으로 시선을 돌렸다.

"하고 싶은 말은 했나요?"

패티는 고개를 숙인 채 작게 끄덕였다. 하지만 그 표정은 어두웠다. 아무래도 그리 만족스럽지 않은 모양이었다.

"흐음……."

"미아 황녀 전하, 잠시 괜찮으십니까?"

불쑥 들린 목소리에 미아는 그쪽으로 시선을 돌렸다. 그러자 디온이 흥미롭다는 얼굴로 이쪽을 보고 있었다.

"디온 씨, 무슨 일이죠?"

"조금 전에 하신 말씀 말인데, 미아 황녀 전하는 저 남자도 개심하기를 원하시는 건가요?"

"개심……. 아…… 뭐, 그게 말이 잘 통하게 되긴 하겠죠. 적에 대해서도 여러모로 캐낼 수 있을 법하고, 그렇게 된다면 좋기야 하지만…… 그건 꽤 어렵지 않을까요……?"

조금 전 카르테리아의 반응을 떠올리며 대답했다.

그 반응을 보아 아군이 되라고 해 봤자 수긍하지 않을 테고, 뱀의 정보를 털어놓으라고 해도 받아들이지 않을 것이다.

"그렇다면 왜 그런 말씀을……?"

의아한 듯 눈썹을 찡그리는 디온.

"저도 조금 궁금합니다. 그건 무언가의 포석이십니까?"

그 옆에서 루드비히가 고개를 끄덕이며 안경을 슥 올렸다. 완전히 경청의 자세다.

자세히 보자 디온도 여전히 흥미진진하다는 얼굴로 미아의 대답을 기다리고 있었다…….

솔직히 그냥 되는대로 한 말이라고 털어놓기 어려운 분위기를 민감하게 파악한 미아는 생각에 잠기며 입을 열었다.

"뭐, 그런 생각도 없었던 건 아니긴…… 한데요."

극상의 케이크를 꾸며주는 크림처럼 두루뭉술한 대답을 돌려주며 생각을 정리했다.

"조금 전 한 말로 그의 신념이 조금이라도 흔들린다면……, 그가 본인의 신념에 의문을 느낀다면 좋겠다고 생각했습니다. 굳은 신념을 지닌 암살자는 너무 무시무시하니까요……. 하지만."

일단 논리를 입에 담은 뒤.

"그냥, 조금 전 한 말에 그리 큰 의미는 없었어요. 그도 피해자라는 건 반은 되는대로, 반은 진심으로 한 말이죠. 그의 어머니가 피해자라는 것도 그저 충동적으로 한 말이에요."

미아는 바로 그 논리를 폐기했다.

정말 즉흥적으로 떠올린 논리였으니, 어디에 구멍이 있을지 알 수 없기 때문이다.

따라서 일단 조금은 생각하고 한 말이지만 거의 되는대로 한 말이라는 걸 표명해두었다.

처음부터 되는대로, 생각 없이 저질렀다고 말하는 것보다는 낫다는 판단이었다.

그 후 미아는 패티의 머리에 톡 손을 올렸다.

"패티, 일단 말해두는 건데. 당신과 그 남자의 어머니는 다른 사람이에요."

조금 전 카르테리아에게 한 말은 반은 충동, 반은 진심이라 계산은 거의 없었다는 미아의 대답에 거짓은 없었다.

다만 미아가 유일하게 신경 쓴 건 패티였다.

카르테리아의 어머니, 제나이다를 가해자라고 칭한 패티. 그건 악에 물든 미래의 자신을 제나이다라는 사람과 겹쳐본 패티의 자학적인 사고방식이라고 할 수 있다.

패티는 카르테리아에게서 '자신이 저지른 죄에 희생된 아들'이라는 모습을 보고 동정했다.

그것 자체는 나쁜 일이 아닐지도 모른다. 패티가 뱀을 싫어하고 경계하는 건 미아에게도 바람직했다. 하지만 문제는 과거로 돌아간 패티가 뱀을 너무 싫어하는 바람에 지나치게 무모한 짓을 하는 것이었다.

뱀과 대놓고 적대한 결과 패티가 죽어버렸다간 미아의 존재 자체가 소멸된다. 그건 큰일이다. 너무 큰일이다.

항상 마이 퍼스트이자 패티 퍼스트인 미아였다.

그런 관계로 미아는 확실하게 말했다.

"당신은 제나이다 씨처럼 되진 않아요. 그러니 무모한 짓은 금물이에요. 무리하지 말고 때로는 쉬면서, 아니, 아예 쉬는 걸 메인으로 삼고 가끔 일하는 정도가 딱…….”

“……괜찮아요. 하네스를 위해서도 절대 무모한 짓은 안 할 거니까…….”

패티는 작게 고개를 저은 뒤 미아를 똑바로 올려다보았다.

“저는 제가 해야 할 일을 할게요…….”

“그런, 가요? 뭐, 당신이 그렇게 말한다면…….”

이 이상 걱정해봤자 소용없다고 생각을 전환하려던 미아였지만…… 문득 그 눈이 복도를 걸어오는 인물을 포착했다.

“어머……? 오우라니아 양?”

미아는 깜짝 놀랐다.

왕궁에 돌아온 뒤로 계속 방에 틀어박혀 있던 오우라니아가 걸어오고 있으니 당연히 놀랄 만했다.

“아…… 미아 스승님. 오랜만입니다…….”

스커트 자락을 잡고 살짝 들어 올리는 오우라니아. 그녀가 입은 드레스는 제대로 손질되어 있었고, 머리카락도 꼼꼼히 빗어서 정돈한 모양이었다.

――아아, 다행이에요. 회복한 모양이군요…….

무심코 안도하는 미아였지만…….

“어디에 가시나요?”

“으음, 지금부터 잠깐…… 아바마마를 두들겨 패러 가려고요…….”

그 대답을 듣고 미아는 눈을 부릅떴다.

“잠깐, 오, 오우라니아 양? 그런 표현을 쓰면 안 되죠.”

팬다는 험악한 말은 쓰면 안 된다고.

왕녀는 품위를 유지해야 한다고.

그렇게 주장하는, 며칠 전 '엿이나 먹으라죠!'를 외친 제국의 황녀 미아 루나 티어문 여사였다.

뭐, 아무튼……. 미아는 재빨리 오우라니아의 손을 보았다. 다행히 둔기 같은 건 들고 있지 않은 모양이었다.

——그렇다면 머리를 한 대 확……! 하는 느낌은 아닌 것 같네요. 그건 다행이지만…….

그래도 역시 걱정되는 미아였다.

"저기, 오우라니아 양. 괜찮다면 저도 같이 가도 될까요……?"

조심조심 물어보았다.

——만에 하나 오우라니아 양이 국왕 폐하를 시해하기라도 한다면 아주 골치 아파져요……. 어떻게든 막을 필요가 있어요!

지금 가누도스에서 왕족이 없어지면 확실하게 미아에게 매달리게 된다.

그런 귀찮은 일은 딱 질색인 미아였다.

"알겠습니다……. 미아 스승님도 들어주신다면 좋겠어요……."

무언가 단단히 각오한 얼굴로 고개를 끄덕이는 오우라니아를 보며 막연하게 불안해지는 미아였다.

제42화 할머니와 손녀의 아이콘택트

가누도스 국왕 네스토리 페를라 가누도스는 본인의 방에 틀어박혀 있었다.

대외적으로는 딸을 구하기 위해 암살자를 찾아간 용감한 왕으로 발표되었다. 굳이 따지라면 동정받고, 존경받는 포지션이긴 하지만……. 지금 주변 사람들은 그를 어딘가 위험물질을 다루는 듯한 태도로 대하고 있었다.

그건 왕이 범인인 카르테리아의 구명과 사면을 선언했기 때문이다.

――그야 보통 그렇게 행동하면 반응하기 난감할 테죠……. 주변 사람들이 이렇게 대하는 건 당연해요.

게다가 왕은 카르테리아에 관한 입장만 밝힌 뒤 그대로 방에 틀어박혀 의회에 참석하지 않았다. 바이더리언 수용이나 미아가 가져온 미아 학원 · 세인트 노엘 학원 공동연구소 프로젝트에 대해서도 일절 간섭하려고 하지 않았다.

――저야 괜한 참견을 하지 않아서 편하지만요. 게다가 범인을 처형하지 않는 것도 이쪽의 방침과 일치해요. 하지만…….

미아는 오우라니아 쪽을 힐끗 살핀 뒤 작게 한숨을 쉬었다.

――오우라니아 양은 어떻게 생각할까요……? 부왕의 이 반응을…….

어느 정도는 기운을 되찾은 것처럼 보이는 오우라니아였지만,

아버지의 반응에 따라서는 또 상처받고 방에 틀어박힐지도 모른다. 아니, 그걸 넘어서 증오로 뒤틀려 뱀에게 이용당할 위험도 있다. 그건 어떻게든 막고 싶은데…….

미아가 끙끙 앓는 사이에 오우라니아는 바로 문을 노크했다.

참고로 동행한 사람은 미아와 패티다. 차마 루드비히와 디온을 데리고 일국의 왕을 찾아갈 수는 없었기 때문이다.

──뭐, 카르테리아 씨와 다르게 갑자기 이쪽을 공격할 일도 없을 테니까요……. 어? 하지만 반대로 오우라니아 양이 국왕을 갑자기 공격하면 그걸 제가 막아야 하는 셈이 되나요?

미아는 자신보다 머리 하나는 더 키가 큰 오우라니아를 보았다가, 자신보다 훨씬 작은 패티 쪽을 보았다. 패티는 미아의 아이콘텍트를 알아차린 건지 오우라니아 쪽으로 시선을 보내더니 살짝 생각에 잠긴 듯 고개를 옆으로 기울였다가,

『나는 못 하겠는데…….』

라는 듯 난처한 표정이 되었다.

어린 할머니를 의지할 생각이었던 미아는 반사적으로 끙 앓는 소리를 냈다.

그러는 사이에도 오우라니아는 방 안으로 들어가 버렸다. 어쩔 수 없이 미아도 뒤를 따라갔다. 그러자 바로 창가에 서 있는 왕의 모습이 보였다.

네스토리 왕은 미아에게 고개를 돌리더니 냉소적으로 웃었다.

"놀랍군, 제국의 예지 미아 황녀 전하가 친히 찾아오시다니. 배려에 감사하네."

"평안하셨나요, 네스토리 폐하. 건강해 보이셔서 다행입니다. 거듭된 암살 시도에 필시 불안해하실 줄 알았는데요……."

사실 미아는 그를 조금 동정했다.

누군가가 자신의 목숨을 노린다는 게 그리 기분 좋은 경험이 아니라는 걸 미아는 뼈저리게 겪어보았기 때문이다.

"기분은 어떠신지……?"

"썩 좋지는 않네. 솔직히 괜한 짓을 해주었다는 생각도 했다네. 왜 사랑하는 자식의 손에 죽고 싶다는 사람의 목숨을 구한 건지……. 어리석고 헛된 노력이 아닌가."

네스토리 왕의 대답에 미아는 떨떠름한 얼굴이 되었다.

"아바마마."

그때였다. 오우라니아가 조용히 입을 열었다.

"오우라니아냐……."

그는 그제야 눈치챘다는 듯 딸을 바라본 뒤 스윽 시선을 돌렸다.

불편해서 돌렸다는 느낌은 아니었다. 그저 '아, 거기에 있었구나' 하고 확인하고는 바로 관심을 잃어버린 눈치였다.

"너와 할 말은 딱히 없…… 아니, 내 암살 혐의를 짊어지게 했었지. 그건 미안하구나."

그렇게 말한 뒤 왕은 머리를 숙였다.

얼핏 그것은 성의가 담긴 공인의 태도였다. 그렇기에 아버지가 딸에게 하는 태도와는 거리가 멀어 보였다.

──네스토리 폐하에게서는 딸에 대한 정이 일절 보이지 않네요. 타인을 상대하는 예절은 갖췄지만, 피가 이어진 가족을 대하

는 온기가 전혀 느껴지지 않는군요.

하지만 오우라니아는 딱히 개의치 않는다는 듯 그저 아버지를 바라보았다.

그걸 본 왕은 난처하다는 듯 눈썹을 찌푸렸다.

"무언가…… 아버지다운 말을 건네면 좋으련만……. 아쉽게도 짐은 네게 아무런 감정이 없다. 남길 수 있는 것도 없다. 왕위는 네게 넘어갈 테지만…… 그건 그저 네가 국왕의 딸로 태어났기에 이어받는 것이지, 짐이 의도적으로 남겨주는 것이 아닐 테고……."

"어째서…… 저를 낳게 하셨죠?"

떨리는 듯한 오우라니아의 목소리……. 그 대답은 그 등대 위에서 들었던 때와 같았다.

"짐은 이 세계에 아무것도 하고 싶지 않았다. 아무런 영향도 주고 싶지 않았다. 그렇기에 후계자를 남길 필요가 있었지. '후계자를 남겼다'는 사실이 필요했다. 티어문의 선대 황후께서 그리 설득하셨으니. 그래서 네 어머니와 혼인하고 너를 낳게 했을 뿐. 너 개인에게 바라는 건 아무것도 없다."

그는 그저 담담하게 대답했다.

오우라니아를 미워하지도 싫어하지도 않고, 사랑하지도 아끼지도 않는다.

오우라니아에게 원하는 건 그저 후계자라는 존재.

그저 평범하게 후계자를 남겼다는 사실.

그렇게 하면 네스토리는 가누도스 항만국 왕가의 핏줄을 끊는다는 막대한 영향을 세상에 미치지 않을 수 있다.

그는 세상을 미워하진 않았다. 딱히 부숴버리고 싶지도 않았다.

하지만 세상을 사랑하지도 않았다. 무언가를 이루고 싶지도 않았다.

딱히 미워하지 않았기에 오우라니아의 어머니와 이혼했다. 아니, 오히려 '사랑을 원하는 아내'에게 자신은 사랑을 줄 수 없다는 걸 알기에 성의를 다하고자 이혼을 제시했을 것이다.

사랑할 수 없지만…… 미워하지도 않았기에…… 그렇게 했다.

그가 감정을 보이는 방향은 오직 과거에 사랑했던 여성과 그 아들뿐이다.

——이, 이건, 상당히 충격적이지 않나요?

미아는 슬그머니 오우라니아에게 시선을 돌렸다. 오우라니아는 깜빡, 깜빡, 눈을 깜빡인 뒤…….

"아바마마……."

조용히 입을 열었다.

제43화 그리고 그녀는 걸어간다

"아바마마……."

굳게 결심한 듯 오우라니아가 입을 열었다. 하지만 그다음으로 이어질 말이 나오지 않았다. 해야 할 말을 찾는 것처럼 오우라니아는 시선을 배회했다.

"오우라니아, 짐을 원망하느냐……?"

그런 딸에게 네스토리 왕은 조용히 물었다.

"원망해도 상관없고, 네게는 그럴 자격이 있다. 하지만 아쉽게도 너에게 죽어줄 마음도 없다. 네 목숨을 네게 줄 수도 없어. 이 목숨은 그저 그 아이, 카르테리아의 것이다."

"아드님에게 아주 집착하시는데, 만약 그가 이 나라를 원한다고 한다면 왕위를 넘겨주실 건가요?"

그렇게 되면 귀찮아진다고 순간 우려가 든 미아였지만, 네스토리 왕은 그 질문에 코웃음을 쳤다.

"원한다면 물론 줄 테지만…… 이런 나라를 원하진 않을 걸세."

"그렇군요……. 그럴지도 모르겠네요."

확실히 바이더리언을 받아들인 이 나라는 앞으로 많이 고생할 것이다. 가시밭길이라는 걸 알면서도 왕권을 원하는 사람은 미아의 시각에선 상상 밖의 존재, 짧게 말하자면 광인이다.

──하지만 뱀의 시점에서 본다면 가누도스 항만국의 왕 자리를 노려볼 만한 느낌이 드는데 말이죠…….

그렇게 미아가 대화하던 때였다.

오우라니아가 불쑥 '아' 하고 작은 목소리를 흘렸다.

"아, 그래……. 나는 결국 이 말을 하려고 했던 거야……."

짝 손뼉을 치더니 참으로 후련해진 얼굴로 아버지의 얼굴을 바라보더니…….

"아바마마……. 저는 아바마마를 용서하겠습니다……."

뜻밖의 말을 꺼냈다.

조용한, 온화한 목소리로 미소마저 머금고 말했다.

용서한다고.

예상치 못한 말에 미아는 오우라니아의 옆얼굴을 빤히 바라보고 말았다.

"용서……? 짐을?"

미아와 마찬가지로 놀란 듯한 네스토리 왕. 그런 그에게 오우라니아는 신기하다는 듯 고개를 옆으로 기울였다.

"으응? 제가 원망하길 바라셨나요……?"

"딱히 원망하든 원망하지 않든 상관없지만…… 의외이긴 하구나."

그 말에 미아도 동의했다.

가누도스 국왕의 발언은 일반적으로 너무한 내용이었다. 딸보다 아들을 중요시하고, 딸에게는 아무런 감정도 없는 아버지란…… 딸에게 원한을 사도 당연한 존재라고 할 수 있다. 용서받을 요소는 하나도 없는 듯한 느낌이 드는데…….

——혹시 용서한다고 일부러 온정을 보여줘서 부왕의 관심을

끌려고 한다거나……? 하지만 그런 걸로 일일이 마음이 움직일 사람으로는 보이지 않는데요…….

그런 미아의 예상은 다음 순간 배신당했다.

오우라니아는 더없이 평온한 얼굴로,

"원망하지 않을 거예요. 당신을 원망하는 감정에 사로잡히는 건~ 시간이 아깝잖아요……."

단언했다.

오우라니아는 당당히 말했다.

너에게 쓸 시간은…… 복수를 위해서라고 해도 낭비라고.

"아바마마에게 화를 내고 원망할 시간은 없어요……. 저에게는 해야 할 일이 바닷가의 모래알처럼 가득하니까~ 그런 일에 쓰는 건 아깝죠……."

복수에 쓸 시간이 아까우니까 용서한다는 명목으로 방치하겠다고, 오우라니아는 그렇게 말했다.

아버지에게 느끼는 감정에 심력을 쓰는 건 낭비고, 그런 걸 할 여유가 없으니까…… 오우라니아는 아버지를 용서한다고 말한 것이다.

"하지만~ 으음……. 지금만, 아주 조금 심술을 부리기로 할까……."

그렇게 중얼거린 오우라니아는 머리로 손을 가져갔다.

"이거 기억하세요~? 아바마마……."

오우라니아가 내민 그것── 물고기 뼈 모양의 머리핀을 보고 네스토리 왕은 고개를 갸웃거렸다.

"이건 아바마마가…… 유일하게 저에게 준 장신구예요……. 아직 제가 어릴 때 직접 낚은 물고기의 뼈를 깎아서 만들어주었죠……."

하지만 네스토리 왕은 기억나지 않는 모양이었다.

"그래……. 흠, 사소한 변덕으로 만든 것이겠지. 아쉽게도 기억조차 나지 않는구나……."

하찮다는 듯 고개를 젓거나 말거나 오우라니아는 미소 지었다.

"아바마마가 잊어버렸어도 저는 기억해요……. 전부 다. 당신은 저에게 아무것도 주지 않았다고 했지만, 그런 건 불가능해요……. 아바마마."

"……뭐?"

"마찬가지로 당신은 세상에 아무런 영향도 주고 싶지 않다고……. 자기는 아무것도 하기 싫다고 웅크리고 있는데, 그것도 불가능해요……. 왜냐하면 당신은 저를 낳았으니까."

부드럽게, 더없이 온화하게 말하는 오우라니아.

그것은 선언.

세상에 아무런 책임을 지고 싶지 않다는 아버지에게.

자신은 왕족으로서 살며 세상에 책임을 지겠다고……. 그것이 네 딸의 모습이라고…… 후려치는 듯한 선언.

"당신은 아무것도 하지 말고 그저 얌전히 지켜보세요. 당신의 피를 이어받은 딸을 통해 세상에 영향이 퍼져나가는 걸……. 당신이 바라든 바라지 않든, 당신이라는 인간은 세상에 영향을 주는 거예요. 이! 저를 통해서……."

가슴에 손을 올리고 힘차게 선언했다.

"무슨, 헛소리를……. 그런 말은……."

"방해 못 하시죠~? 아바마마는 아무것도 하지 않으니까. 제가 하는 일을 적극적으로 방해하지도 못하죠?"

도발하듯, 화를 자극하듯이 말한 뒤, 오우라니아는 한 번 더 그 물고기 뼈 모양 머리핀을 머리에 달았다.

한때 그것은 오우라니아의 버팀목이었다.

쌀쌀맞은 아버지이지만, 사실은 자신을 위한다는 증거라고—— 매달리려고 했었다.

하지만 앞으로는 다르다. 의도치 않게 그것은 어느 의미로는 복수의 증표가 되었다.

아버지가 하려고 한 일은 절대 불가능하다는 걸 그의 눈앞에 들이미는 증표이기 때문이다.

하지만 동시에 그것은 한 줄기 구원이기도 했다.

세상에 아무것도 하지 않겠다고 결심한 남자가…… 만약 죽기 직전에 인생을 후회하게 된다면…… 그건 한 줄기 빛이 되어 내려올 테니까.

자신의 인생은 허무하지 않았다고…… 딸이 세상을 책임졌다고…… 그렇게 생각할 수 있기 때문이다.

그리고 설령 그렇게 되지 않았다고 해도 오우라니아에게는 상관없었다.

그녀는 이미 용서했으니까.

"당신을 원망한다면 이런 건 버리는 게 좋을지도 모르죠……. 복수한다면 바닥에 내동댕이쳐서 짓밟는 게 좋을지도 모르죠. 카르테리아 오라버니는 아버지에게서 이름도 왕위도 탈출 기회도 받아들이지 않았다고 들었는데…… 저는 감사히 잘 받아두겠어요. 왕위를 받아서 유용하게 써먹고, 이 머리핀도…….”

오우라니아는 머리핀을 단 모습을 보여주며…….

“보세요, 아주 귀엽죠~? 아바마마 때문에 버리는 건 아깝잖아요…….”

야나와 키릴, 바이더리언 아이들을 위해…… 가누도스 항만국이라는 나라를 위해, 그리고 미아의 제자로서 자신을 연마하기 위해서도 시간은 많이 필요하다. 그래서 그녀는 복수 따위에는 1초도 사용하지 않겠다고, 그렇게 결심했다.

지금 오우라니아의 마음에는 뱀이 비집고 들어갈 수 있을 법한 어둠은 조금도 없었다.

왜냐하면 그녀는 이미 용서했으니까.

아버지 쪽에서 다가온다면 그녀는 거절하지 않는다. 사과도 받아들이고, 부성애를 보인다면 딸로서 사랑을 돌려줄 수도 있다.

왜냐하면 그녀는 이미 용서했으니까.

아버지가 어떻게 나오든 상관없었다.

이미 선택을 끝냈다. 그녀는 당당히 가슴을 펴고 용서했다.

그것은 오우라니아 페를라 가누도스라는 한 소녀가 왕족으로서 내디딘 첫걸음이었다.

“그러면 아바마마. 편히 쉬시길.”

우아하게 스커트 자락을 잡고 인사한 오우라니아가 방에서 나갔다.

제44화 불과 물, 바람과 흙, 지혜와 생명

"……어떻게 생각해? 루드비히 씨."

미아 일행을 배웅하고 바로 디온이 입을 열었다.

"어떻게 생각하냐니?"

"에이, 조금 전 우리 황녀님이 하신 말씀 말이야. 뱀의 암살자와 대면해서 나눈 말에 별 의미는 없다고 하셨는데……."

"글쎄……. 미아 님의 생각은 다방면으로 뻗어계시지. 그 모든 걸 파악하는 건 당연히 불가능하지만……. 몇 가지 짐작 가는 부분은 있어."

"들려줄래?"

그 말에 즉답하는 대신 루드비히는 주변을 살폈다. 엿듣는 듯한 사람은 없었지만…… 만약을 위해 목소리 톤을 살짝 죽였다.

"하나는 가누도스 항만국을 위한 대비. 그 남자를 동료로 포섭할 수 있다면 네스토리 폐하를 견제하게 되지. 오우라니아 왕녀 전하를 배려하는 부분도 있을 거다."

"그래. 실제로 오우라니아 왕녀 전하의 심정은 읽을 수 없으니 저 남자를 회유할 수 있다면 그렇게 해 두는 게 좋을 거야."

"게다가 저 남자는 바이더리언이지."

만약 왕이 구명을 호소하지 않았다고 해도 저 남자를 처형할 수는 없었다. 만약 그랬다간 가누도스와 바이더리언 사이에 다시 앙금이 생길 것이다.

"그런 의미에서도 아군으로 끌어들이는 게 좋긴 하겠지. 하지만…… 그건 어디까지나 부차적인 거라고 보는 거 아니야? 루드비히 씨."

떠보는 듯한 디온의 시선에 루드비히는 무심코 쓰게 웃었다.

"역시 디온 씨. 다 꿰뚫어 보았나. 그래…… 맞아. 나에게……."

루드비히는 안경 위치를 올리며 말을 이었다.

"그건…… 한 가지 시도로 보였다."

"시도?"

"그래. 뱀과 인간을 떼어놓기 위해, 혹은 뱀이 건 저주를 풀기 위한 언령이라고 해야 할까……."

"카르테리아의 어머니까지 뱀의 희생자라고 해서 녀석을 뱀이라는 감염적 사상으로부터 갈라놓으려고 했다……?"

"현재 뱀의 관계자는 대부분 베이르가 내에 유폐되어 있지. 그리고 그들을 개심시키기 위해 라피나 님 혼자서 노력하고 계시지만……. 미아 님께서는 그걸 도우려고 하시는 게 아닐까?"

루드비히는 미아가 라피나에게 줄 선물로 무엇이 괜찮을지 물어보았던 걸 밝혔다.

"액세서리는 그렇다고 치고, 건어물이나 그 외 몇몇 음식들은…… 아마 라피나 님께 기운을 북돋워드리려는 의도로 고르신 거겠지."

"그렇군. 영락없이 황녀님의 입맛이 특이한 것뿐인 줄 알았는데, 자양강장을 위해서라고 생각하면 이해가 가."

"그렇다고 해도 바다뱀주에 절인 종류는 내가 제지하긴 했지만. 후후후, 미아 님께서도 설마 어떤 것인지는 모르셨겠지."

이렇게 아슬아슬…… 정말로 아슬아슬하게 라피나에게 주는 선물은 라피나가 먹을 수 있는 것(먹을 수…… 있는?)으로 선정되었다.

그런 식으로 대화에 열중한 두 사람에게 누군가가 말을 걸었다.

"아, 두 분. 누니…… 패티 양과 같이 있는 건 아니었군?"

우아한 동작으로 머리를 숙인 그는 하네스 클라우지우스였다.

50대 중반일 테지만 그 외모는 청년이었고, 보기에 따라서는 루드비히보다 어려 보이기까지 했다.

——그 초상화와 똑같군…….

그런 생각을 하며 루드비히는 하네스를 바라보았다.

"마침 잘 됐습니다. 클라우지우스 후작님. 괜찮으시다면 조금 이야기를 듣고 싶습니다만……."

그 말에 하네스는 살짝 고개를 옆으로 기울이고는,

"그래, 나도 같은 생각이었어……."

사교적으로 씩 웃었다.

"클라우지우스 후작은 이미 죽었지. 나는 오랫동안 제국을 떠나 있던 일반시민. 그러니 딱딱한 말투는 됐어. 나도 편하게 할게."

그 후 그는 주변을 두리번두리번 둘러보았다.

"하지만 허심탄회하게 이야기하려면 왕궁은 좀, 장소가 안 좋은데. 괜찮다면 잠시 따라와 줄 수 있을까?"

그렇게 그가 향한 곳은 빈민가의 교회였다.

"여기는 기도하는 장소. 약한 아이들을 지키는 신의 집인데……."

그들을 맞은 요르고스는 아주아주 떨떠름한 얼굴로 하네스에게 말했다.

아무래도 교회 건물이 파괴되는 바람에 다소 껄끄러움이 있는 모양이었다.

"자자, 건물 수리비는 가누도스나 제국에서 내도록 잘 처리할 테니까."

가벼운 어조로 요르고스를 설득한 하네스는 재빨리 방으로 들어갔다. 제집이라도 되는 양 교회당 안쪽, 작은 방으로 들어가더니 당당히 의자에 앉았다.

"여기라면 다른 사람에게 새어나가지 않겠지."

자연스럽고 친숙한 태도에서 그가 요르고스와 오래 알고 지냈다는 게 보였다.

살짝 조심스럽게 하네스의 정면에 앉은 루드비히는 입을 열었다.

"그나저나 등대를 무너트리다니, 대단한 위력이군요."

그 말에 디온도 떫은 얼굴로 끄덕였다.

"그래, 솔직히 저런 게 있다고 생각하면 머리가 아파. 저건 전쟁의 형국을 크게 바꿔놓는 물건이야."

"뭐, 나쁘게만 생각할 것도 없어. 그런 게 있다면 광산 채굴 효율이 올라가겠지. 제국은 미아 황녀 전하 밑에서 더 발전할 거야……."

"말씀은 그렇게 하면서도 썩 편치 않아 보이는데요……."

하네스는 작게 웃으며 루드비히의 얼굴을 바라보았다. 그 모습에 루드비히는 어깨를 살짝 으쓱했다.

"인간에게는 과분한 지식……. 아마도 세상엔 그런 게 있는 거겠죠. 등대를 날려버릴 정도의 약. 그런 게 넘쳐나는 미래는 그리 즐거운 세상으로 보이지 않습니다."

턱을 문지르며 하네스는 흥미롭다는 듯 루드비히 쪽을 보았다.

"그렇군……. 그게 미아 황녀 전하의 중신의 생각인가……. 이걸 안심하라고 해야 하나……? 혹은 제국의 발전을 생각한다면 유감이라고 해야 할지도 모르지만……. 저걸 전쟁이나 채굴에 쓸 수 있을 만큼 대량으로 입수하는 건 솔직히 어려울 거라고 봐."

"어렵다고요……? 그건 제조법이 어렵다는 뜻입니까?"

"그보다는 재료 입수가 문제지……."

하네스는 잠깐 생각에 잠긴 듯했다가 설명했다.

"그 약은 불바람 약이라고 해. 불과 바람을 만들어내는 약이라는 의미에서 붙은 이름이기도 하지만……. 여기서 잠깐, 루드비히 경은 불이란 뭐라고 생각해?"

"불…… 말입니까?"

갑작스러운 질문의 의미를 음미하듯 중얼거린 뒤 루드비히는 대답했다.

"불이란 신의 힘. 혹은 인간과 동물을 가르는 존재……. 문명에 필수 불가결한 것. 그런 인식입니다."

"그래. 대충 그 인상대로야. 나도 비슷하게 인식하지. 하지만 지금은 과감하게 이렇게 정의할까. 불이란 인간의 지혜의 근원이라고…….”

하네스는 검지를 세워 관자놀이를 톡톡 두드렸다.

“그래, 지혜야. 그리고 뱀의 교전 ‘땅을 기어가는 자의 서’의 이본(異本)에는 이런 기록이 있지. 《지혜의 나무의 열매》의 과즙을 짜서 끓이고 몇 가지 약과 조합하면 무시무시한 불과 바람을 만들어내는 약이 된다고…….”

“지혜의 나무의 열매라면 그 창세신화에 나오는 나무 열매 말입니까? 먹으면 반드시 죽는다고 했는데도 인간이 부추김에 넘어가서 먹어버렸다는…….”

눈썹을 찌푸리는 루드비히. 디온도 어딘가 멍한 얼굴이 되었다.

“그것참, 아주 엉뚱한 게 튀어나왔는데.”

“물론 정말 있는지까지는 모르지. 하지만 적어도 내가 아는 불바람 약의 제조법은 그런 식이야. 따라서 만약 그 기록이 정확하다면…… 그건 대량으로 만들어내서 무언가에 쓸 수 있는 종류는 아니지 않을까.”

“그건 그렇겠죠. 신성전에 의하면 인간은 지혜의 열매가 자라는 화원에 들어가지 못하게 되었다고 하니, 적어도 쉽게 만들지 못할 테지만…… 그건 어디까지나 우화적인 내용 아닙니까……?”

루드비히의 물음에 하네스는 쓴웃음을 돌려주었다.

“글쎄……. 하지만 패트리시아 누님이 나에게 찾으라고 말씀하신 약 또한 같은 창세신화에서 유래를 찾을 수 있는 이상 가볍게 볼 수 없다고 봐.”

“창세신화에서 유래한 약……?”

무심코 서로 얼굴을 쳐다보는 루드비히와 디온을 향해 하네스가 말했다.

"그래. 신성전에는 이렇게 적혀있지. 신께서 대지의 흙을 담아 물을 부어 빚은 반죽에 생명의 숨을 불어넣으시니 인간이 되었도다. 말하자면 인간은 물과 흙으로 만든 그릇에 신의 숨결을 넣은 존재라고."

낭송하듯 하네스는 말을 이었다.

"그리고 최초의 인간은 생명의 나무에서 열매를 거둬 자유롭게 먹을 수 있었다고 해. 생명의 나무, 즉 인간을 형성하고 길러내는 '물과 흙'의 나무 열매야. 그 열매를 재료로 만든 약은 인간에게 활력을 주고 수명을 늘려주는 '물흙 약'이라고 불리지."

"'불'과 '바람'의 약, 그리고 '물'과 '흙'의 약……. 세계를 구성하는 네 개의 원소. 흠, 사대 원소 이론이군요. 참고로 하네스 경은 그걸 얼마나 믿으시는 겁니까?"

그 질문에 하네스는 한바탕 웃음을 터트렸다.

"뱀의 교전으로 얻은 지식에 신빙성이고 뭐고 없지. 다만 그게 창세신화에 나오는 나무 열매 자체라고 해도, 우화적으로 거기서 이름을 따왔을 뿐이라고 해도, 어쨌거나 그리 많은 양을 확보하진 못할 거야. 그런 게 아니라면 지금까지 역사 속에서 그 비슷한 게 등장했어도 이상하지 않으니까."

"하지만 그런 것치고 이번에는 함부로 쓴 것 같은 느낌이 드는데. 고작 그 등대를 무너트리기 위해 사용한다고?"

디온의 의문을 표했다.

한 번 쓰면 사라지는 소모품을 그런 등대를 파괴하는 용도로 사용할까? 그건 완전히 낭비가 아닐까?

"좋은 질문이야. 디온 경. 하지만 거기에 대답하는 건 그리 어렵지 않아."

하네스는 생글거리며 말을 이었다.

"포인트는 '누구에게 낭비인가'라는 점이지. 혼돈의 뱀, 즉 질서를 파괴하고 혼돈의 도래를 갈망하는 자에게 확실히 그건 낭비였어. 하지만…… 그걸 사용한 바이더리언 족 기준에서는 어떨까?"

그 질문에 루드비히는 퍼뜩 깨달은 얼굴이 되었다.

"그렇구나……. 뱀의 사상은 감염되어 비틀어놓는 것. 하지만 그 숙주의 사상을 완전히 뱀으로 바꿔쓸 수는 없죠. 왜냐하면 뱀의 사상 자체가 거의 존재하지 않으니까."

그래서 바이더리언의 복수를 우선했다. 설령 세상을 혼돈에 빠트리기 위해 가장 유효한 방법이 제국의 예지를 폭살시키는 것이라고 해도, 바이더리언 족 뱀들은 그 등대를 파괴하는 것을 더 우선했다.

바이더리언 족이 선조에게 품는 애틋함은 '세상을 혼돈에 빠트린다'는 모호하고 무색투명한 뱀의 사상을 능가하기 때문이다.

"바이더리언 족이 선조의 원한을 풀었다고 소리높여 선언하는 방법이었다고 생각하면, 거기서 그렇게 사용해도 별로 이상하진 않지?"

"불바람 약의 제조법을 기록한 사람도 지혜의 열매를 후세에 남기려고 한 사람도 그런 방식으로 쓰는 건 본의가 아니었을 테지만,

네. 바이더리언에게는 확실히 나쁘지 않은 사용처였겠군요. 게다가 그 약을 쓰지 않고 등대를 무너트리는 건 쉽지 않았을 터……. 직접 부수려면 시간이 오래 걸리죠. 화려한 연출로 우리 바이더리언이 여기에 있다, 선조들의 원통함을 풀었다고 선언한다면 나쁘지 않은 방식이다……, 그런 말씀입니까?"

하네스는 만족스럽다는 듯 고개를 끄덕이고는,

"물론 어디까지나 추측에 불과해. 그 약의 예비분이 없다는 보장도 없는 이상 경계해서 나쁜 건 없지……."

그렇게 지적했다.

제45화 때가 오면 책략이 되리

네스토리 왕의 방에서 나오자마자 미아는 오우라니아에게 말을 걸었다.

"그걸로 괜찮았던 건가요?"

그 등을 향해 물었다. 그런 해결로 정말 괜찮은 건지, 만족한 건지……. 그 질문에 오우라니아는 어딘가 후련한 얼굴로 돌아보았다.

"으음…… 조금 더 따끔한 맛을 보여드리는 게 좋았을까요~?"

"아뇨, 그런 뜻은 아니지만요……. 그, 괜찮으세요? 오우라니아 양은……."

"아쉽지만…… 제가 할 수 있는 일은 아무것도 없으니까요……."

오우라니아는 살짝 쓸쓸하게 웃었다. 하지만 바로 부루퉁한 얼굴이 되어 말했다.

"하지만 계속해서…… 옛날 실연을 질질 끌면서 정치하는 건 민폐니까요……. 아무것도 하고 싶지 않다면 얌전히 옥좌에 앉아 있으라는 거죠……."

미아는 오우라니아의 얼굴을 빤히 살펴보고는 저도 모르게 웃음을 터트렸다.

"제법 신랄하네요. 오우라니아 양."

"네? 그런가요~? 하지만 바이더리언 아이들을 생각하면…… 그런 식으로 머뭇거릴 수는 없으니까요……. 어라~?"

그때였다. 오우라니아가 작게 고개를 기울였다. 그 시선을 따라가자 그곳에는,

"오우라니아 왕녀 전하, 미아 황녀 전하. 이런 곳에 계셨군요."

머리를 깊이 숙이는 그린문 공작의 모습이 있었다.

"어머? 묘한 곳에서 만나는군요……. 아, 혹시 국왕 폐하와 꿍꿍이라도 꾸미려고 오셨나요?"

"하하하. 국왕 폐하의 모습을 보아하니 꿍꿍이라면 오우라니아 왕녀 전하와 꾸미는 게 유익할 듯한 느낌이 듭니다."

힐끗 오우라니아에게 시선을 던지는 그린문 공작. 오우라니아는 웃는 얼굴로 흘려넘긴 뒤,

"그러면 미아 스승님. 저는 이만……."

냉큼 퇴장했다.

——귀찮아질 듯한 기색을 느끼고 도망쳤군요. 오우라니아 양. 뭐, 그린문 공작은 제국의 귀족이니까요. 딱히 제게 떠넘겼단 느낌은 아니지만요.

작게 한숨을 쉬었다가 문득 떠올렸다.

——이 사람은 제국 혁명 때 외국으로 탈출했지만…… 뱀과 관련은 있었을까요……? 에메랄다 양은 뱀도 초대 황제도 몰랐던 모양이지만요…….

미아는 살짝 헛기침했다.

"이번 바이더리언 족 문제가 잘 풀려서 참 다행이에요. 당신에게는 좋은 결과가 아니었겠지만, 라피나 님 눈 밖에 나지 않은 것만으로도 행운이라고 생각해주시죠."

"그렇군요. 확실히 그 말씀대로입니다. 본래대로라면 저는 아쉽게도 눈앞의 현실을 받아들여야 했겠지만…… 후후후."

그린문 공작이 희미하게 웃었다. 어딘가 기뻐하는 기색마저 느껴지는 미소에 미아는 당황했다.

"어머? 무언가 재미있는 일이 있었나요?"

"아뇨. 그저 감명 받은 겁니다. 그분의 책략이…… 긴 시간을 거쳐 이런 열매를 맺다니……."

"책략……? 으음……?"

고개를 갸웃거리는 미아에게 그린문 공작이 대답했다.

"바이더리언 족을 잡아서 섬에 격리하는 정책……. 그 정책을 제안하신 분은 다름 아닌 미아 황녀 전하의 조모이신 선대 황후 패트리시아 님이었습니다."

"흐어…………?"

미아는…… 무심코 괴성을 흘렸다.

──네? 무슨, 잠깐, 패, 패티가……?

반사적으로 패티 쪽을 보자 패티 역시 어안이 벙벙해서 입을 벌리고 있었다.

──대, 대체 이건 어떻게 된 거죠? 왜 패티는 그런 지독한 짓을……?

갸우뚱거리는 미아를 눈치채지 못한 건지, 그린문 공작은 평온한 목소리로 해설을 이어갔다.

"해적 행위에 대한 분노, 원한. 그것이 직접적으로 바이더리언 민족 전체에 미칠 위험이 있었습니다. 따라서 본토에서 받아들이지 않고 섬에 격리한 뒤, 저희 그린문가를 통해 섬의 시스템을 유지하도록 가누도스에 압력을 가했죠.”

그 설명을 듣고 미아는 퍼즐 조각이 딱 들어맞는 느낌을 받았다.

——아아, 그렇군요. 그건 확실히 필요한 조치인지도 모르겠어요.

확실히 섬에 격리하는 건 비인도적인 행위다. 아마도 비난받을 정책이라 할 수 있다. 하지만 그렇게 하지 않았다면 어떻게 되었을까……?

야나와 키릴이 처한 고난. 왜 미아 학원 · 세인트 노엘의 공동 시설을 만들어서 성 베이르가 공국이 가누도스를 감시하게 만들어야 했는가…….

백성의 행동을 통치자가 제어하는 건 어렵다. 눈에 보이지 않는 그늘에서 바이더리언 약자가 지독한 일을 당했으리라는 건 상상하기 어렵지 않다.

격리 지구는 바이더리언 족에 대한 증오가 흐릿해진 지금은 부적절한 정책이 되었지만, 그 증오를 희석할 시간을 벌기 위해서는 필요했다.

바이더리언 족에 육체노동을 부여해서 백성들의 분노를 누그러트리고, 또한 바이더리언에게 지나친 폭력이 가해지지 않도록 시스템을 구축했다. 게다가…….

“당신이 할마마마께서 돌아가신 뒤에도 그 상황을 유지한 건 나름대로 이득이 있었기 때문이 아닌가요?”

미아는 눈을 가늘게 뜨고 흘겨보았다. 그러자 그린문 공작이

즐겁다는 듯 웃었다.

"설마, 당치도 않습니다. 그건 추측이 지나치시군요……."

말은 그렇게 하지만…….

무상으로 배를 만들 수 있다는 건 일종의 노예를 부리는 것과 마찬가지다. 당연히 이득이 있었고, 이익이 발생하는 구조라면 유지하려는 사람들도 많았을 터.

설령 해적 행위의 피해자가 바이더리언 족을 몰살하라고 주장한다고 해도 의회는 그 요구를 거부할 것이다.

그린문 공작도 거기서 나온 이득을 얻어갔다면 구조를 유지하도록 계속 압박했을 게 틀림없다.

——패트리시아 할머니는…… 그린문 공작의 이 성격도 간파했던 건가요……?

순간적으로 그런 생각이 들었지만, 미아는 바로 도리질한 뒤 말했다.

"어쨌거나 지금까지 바이더리언 덕분에 이득을 보았다면 당연히 그만큼 환원해주셔야겠어요. 그린문 공작. 앞으로 오우라니아 왕녀 전하께선 어려운 항해를 해 나가셔야 합니다. 국왕 폐하는 저런 상태이시고, 의회를 제어하는 것도 힘들 테죠. 따라서 당신이 제 친구, 제 제자 오우라니아 양에게 협력해주셨으면 좋겠어요."

단호하게 못을 박아두었다.

오우라니아가 제대로 나라를 다스린다는 건, 미아에게도 이득이 크다. 게다가 바이더리언 족을 설득한 건 다름 아닌 미아다. 그들이 무사히 가누도스 국민에게 받아들여지지 않으면 꿈자리가 뒤숭숭하다.

더욱이 그린문 공작 본인은 황제가 될 자격을 지닌 아이들의 아버지이기도 하다.

에메랄다의 견제가 통하고 있는 동안은 괜찮지만, 장래에 화근을 남길 수도 있는 요소이긴 했고……. 그래서…….

"저는 특히 그린문가의 지식과 인맥에 특히 기대하고 있답니다. 연구소 설립에는 그런 인맥이 꼭 필요하니까요."

"세인트 노엘과 공동연구 시설 설립에 협력하라는 말씀입니까……?"

"그리고 바이더리언 족을 교육해야죠."

세인트 노엘, 성 베이르가 공국과의 연결고리가 늘어나면 나쁜 짓은 못할 거라며 미아는 내심 씩 웃었다. 본인의 아들을 차기 황제로 세운다는 비밀공작에 힘을 쏟을 여력도 없어질 테고…….

그런 미아에게 그린문 공작은 다소 퉁명스러운 얼굴로 물었다.

"그건 바이더리언 격리를 묵인했던 저에게 속죄의 기회를 주신다는 겁니까? 베이르가에 그 부분을 호소할 기회를 주신다고?"

"당신이 패트리시아 할마마마의 말씀을 지켜 바이더리언 족을 지키기 위해 하신 일이었다면 속죄는 필요하지 않겠죠. 이 기회에 선행을 쌓는 게 어떨까요? 하지만 만약 섬에 격리한다는 상황에 이득을 취하고 악덕한 짓을 했다는 자각이 있다면 속죄하기 위해 노력하시면 됩니다. 그뿐이요."

미아는 뺨에 손가락을 대며 말했다.

"다만 과거에 사로잡혀 발을 멈추는 건 통치자로서 어리석은 짓이라는 걸 조금 전 오우라니아 양에게 배웠답니다. 그러니 당신도 과거가 아니라 더 좋은 미래를 위해 손을 잡는 게 좋다고 생각해요."

천연덕스러운 얼굴로 말하자 그린문 공작은…….

"그렇군요……. 그렇게 하는 게 좋아 보입니다."

피식 힘을 뺀 미소를 지었다.

제46화 그 의미를 생각하며……

미아 일행이 제국으로 돌아가는 날.

빈민가의 교회에 두 명의 어린아이가 방문했다. 야나와 키릴 남매였다.

"요르고스 신부님……."

"너희냐……."

일과인 교회당 앞 청소를 하던 요르고스가 평소와 다름없이 퉁명스러운 얼굴로 남매를 맞았다.

"오늘 제국으로 떠날 예정이라 인사하러 왔습니다."

살짝 깍듯한 어조인 야나. 희미하게 긴장한 그녀를 조용히 바라본 뒤 요르고스가 말했다.

"어때?"

"네……?"

"여기로…… 가누도스 항만국으로 돌아오고 싶어?"

그 질문에 야나는 눈을 깜빡였다.

"다행히 미아 황녀 전하의 조치로 가누도스 내에서 바이더리언족의 처우는 개선되겠지. 어쩌면 이 고아원에서 살 수 있을지도 몰라. 태어난 고향에 있고 싶다면 여기서 돌봐줄 수도 있는데……."

그 말에 야나는 순간 생각에 잠긴 듯했지만, 바로 고개를 저었다.

"배려해주셔서 감사합니다. 하지만……."

머뭇거리는 야나를 보고 요르고스가 흥 코웃음을 쳤다.

"뭐 그렇겠지. 세인트 노엘에 있으면 먹을 게 나오잖아. 오히려 호화로운 식사를 마련해주겠지. 아름다운 건물, 푹신한 침대, 예의 바른 아이들. 그렇게 살기 좋은 곳과 비교하면 고향에 향수 같은 건 별거 아닐 거야. 이런 나라에는 아무 매력도 없으니 이제와서 이 나라에 돌아오는 건 바보나 하는 짓으로 보일걸."

거칠게 쏟아내는 요르고스의 말에 야나의 몸이 딱딱해졌다. 무심코 고개 숙인 그녀의 귀에…….

"……같은 말을 하는 놈들이 있어도 신경 쓰지 마."

"……네?"

고개를 들자 그곳에는 익숙한, 요르고스의 퉁명스러운 얼굴이 있었다.

"그런 건 질투야. 귀를 기울일 필요는 전혀 없어."

그러더니 그는 똑바로 야나를, 그리고 키릴을 보았다.

"명심해. 세인트 노엘에서 배운다는 건 아주 귀한 특권이야. 의식주도 탄탄하고, 그저 공부에 몰두할 수 있지. 그건 신의 은총이나 마찬가지다. 그러니까 오해하는 사람이 많지. 자기는 특별한, 선택받은 사람이라고……. 무언가 위대한 존재인 거라고 오해하고 그 특권을 당연하게 여기면서 자만에 빠져. 이렇게 되는 걸 피해야 한다는 건 두말하면 잔소리지. 하지만……."

요르고스가 뭐라 말할 수 없는 표정이 되었다. 어딘가 내키지 않는 듯 입을 달싹거리는 그 모습이 그의 웃는 얼굴이라는 걸 야나는 깨달았다.

"그렇다고 해서 자기를 부끄러워하거나 죄책감을 느낄 필요도 없어. 그걸 사양하고 받아들이지 않는 건 미덕이 아니야. 금화를 받아놓고 자길 위해 쓰는 건 미안하다면서 땅에 파묻어버리는 꼴이지. 그걸 낭비하는 건 죄지만 쓰지 않고 묻어버리는 것도 죄야. 바라든 바라지 않든 금화를 받은 사람은 그걸 어떻게 사용할지 스스로 생각해야 해."

"그 금화는, 다른 곤경에 처한 사람을 위해 써야 한다…… 는 건가요?"

"아니, 동생에게 맛있는 거 먹여줄 때 써. 아니면 오락을 위해 쓰면 안 될 것도 없지. 눈앞에 배고파서 쓰러진 사람이 있다면 별개지만. 오락을 위해 써서 인연을 쌓고, 마음을 배 불린 다음 선행을 한다…… 뭐 그런 식으로 쓸 수도 있어. 하지만…… 아무튼 기회를 받았으면 그걸 활용해서 무엇을 할지 잘 생각할 필요가 있다는 거야."

"……미아 님은, 씨를 뿌린다고…… 말씀하셨어요."

"응?"

"좋은 씨든 나쁜 씨든 자신이 직접 거두게 된다고. 그러니까 좋은 씨를 뿌리라고."

"아…… 그래. 역시 제국의 예지라고 칭송받는 미아 황녀 전하구나. 하네스 님이 자랑할 만도 해."

요르고스는 깊이 머리를 끄덕인 뒤…….

"그 비유를 쓰자면, 누가 준 씨는 잘 뿌려. 네 마음의 밭에 뿌려서 아낌없이 물을 주고 잘 키우는 거야. 좋은 씨를 많이 받았다고, 많이 수확할 수 있다고 주눅들 필요는 없어."

마치 노래하듯 말하는 요르고스. 그 낮고 맑은 목소리가 야나에게는 무척 아름답게 들렸다.

"그리고 좋은 열매를 수확해서 많은 사람에게 새 씨를 나눠주는, 그런 사람이 되도록 해."

그는 한 번 교회 안으로 들어갔다. 더러워진 손을 씻고 수건으로 닦으며 나온 그는 야나와 키릴의 머리에 손을 올렸다. 두 사람의 앞머리를 가볍게 건드리더니,

"어린 바이더리언, 야나와 키릴. 너희가 태어난 것에는 의미가 있어. 바이더리언 족으로서 태어난 것에도, 만난 사람들에도, 너희가 받은 것에도, 그 발이 밟는 땅에도. 우리 인간에게는 각자 살아갈 의미가 있지. 그걸 잊지 마."

다정하게 두 아이의 머리를 쓰다듬은 뒤 그는 말을 이었다.

"그리고 만약 그게 구원이 된다면, 이 교회를 집이라고, 고향이라고 생각해. 너희가 여기에서 하룻밤이라도 머물렀던 것에도, 여기에 돌아올 수 있게 된 것에도 분명 의미가 있으니까."

그 후 요르고스는 야나와 키릴의 뒤쪽을 향해 머리를 숙였다.

"이 아이들을 잘 부탁드립니다. 미아 황녀 전하."

언제부터 와 있었던 건지……. 아이들 뒤에는 미아 일행의 모습이 있었다.

요르고스 신부의 말을 들은 미아는 어째서인지…… 조금 힘이 없는 얼굴로 한쪽 손을 들어 대답했다.

……이야기는 하루 전. 원로회 회의로 거슬러 올라간다.

제47화 빛나라! 바다와 달의 황금 등대!

오우라니아 페를라 가누도스.

가누도스 항만국의 가장 위대한 여왕으로 불리는 그녀가 제국의 예지, 미아 루나 티어문의 제자였다는 사실은 널리 알려져 있다.

그런 그녀가 왕족으로서 처음 의회에 등단한 것은 국왕 암살 미수, 그리고 본인이 유괴당한 사건에서 며칠 지나지 않았을 때였다.

그날 미아는 원로회를 슬쩍 찾아갔다.

제국으로 돌아가기 전에 인사한다는 건 대외적인 이유였고, 그 뒤에는 노림수가 하나 더 있었다.

국왕 암살 미수에서 시작하여 바이더리언 쿠데타 미수로 끝난 이 일련의 사건을 수습하느라 의원들은 눈코 뜰 새 없이 바빴다.

그리고…… 혼란스럽기도 했다.

이렇게 바쁜 때에, 그렇지 않아도 민심이 어지러운 때에 국왕이 방에 틀어박혀서 아무것도 하지 않기 때문이었다.

"역시 국왕 폐하께서 등단하시도록 말씀드려야 하는 게 아닐까?"

이런 사람이 있는 반면.

"아니, 그 전에 그 암살 미수범 처우의 시비를 가려야지. 선크랜드 국왕만큼은 아니어도 왕이 공정하지 않으면 백성들은 수긍하지 못 해."

이런 사람도 있었기에 의회는 아수라장이었다.

그렇게 혼란스러운 의회에 제국의 예지 미아가 등장했다. 그날 바이더리언 족의 대우를 시정해달라고 호소한 미아의 강렬한 인상, 혹은 그녀의 가신인 유능한 문관 루드비히의 날카로운 지혜가 아직 머리에 생생히 남아있었다.

과연 그녀가 무슨 말을 할까……. 의원들만이 아니라 사람들의 기대가 높아지며 회의장은 청중으로 넘쳐흘렀다.

미아는 그런 회의장을 바라보며…….

——이건 천재일우의 기회일지도 몰라요.

일말의 희망을 품었다.

한 번은 포기했던 미아였지만…… 솔직히 제 모습을 한 등대 같은 건 보고 싶지 않았다. 작은 원한이라도 샀다간 끌려 나가는 게 권력자 동상의 운명. 그렇게 되면 슬프지 않은가.

하물며 황금 등대라면 표면의 황금을 벗겨내고 박살 낼 게 뻔하다. 등대를 폭파한다는 무모한 생각을 하는 건 아무리 그래도 뱀 정도일 것이겠지만…….

그런 관계로 미아는 마지막 발버둥을 위해 이 회의장에 왔다.

제자, 오우라니아 왕녀를 끌고!

"오우라니아 양, 마음의 준비는 되셨나요?"

미아가 확인하자 오우라니아는 느긋한 미소를 지었다.

"역시 좀 긴장되는 것 같아요……. 미아 스승님."

"괜찮습니다. 제가 잘 도와드릴 테니까 가슴을 펴고 나서면 돼요."

주먹을 꽉 쥐고 응원하는 미아.

미아가 찾아낸 실낱같은 희망……. 그것은 아버지 앞에서 당당하게 선언하는 오우라니아의 모습이었다.

그 늠름한 모습, 눈부신 미소를 본 미아는 반사적으로 이렇게 생각했다.

——오우라니아 양이 카리스마를 발휘하면 제 존재가 흐릿해지는 거 아닌가요……?

더욱이…….

——제 존재감이 흐릿해지면 아름다운 미아 황금 등대 같은 것도 안 세우지 않을까요……?

괜한 형용사가 추가된 듯한 느낌이 들긴 하지만…… 아무튼.

"그러면 티어문 제국의 미아 황녀 전하께서 도착하셨으니 입장하시겠습니다."

의장의 목소리와 함께 미아는 가슴을 펴고 조용히 회의장으로 들어갔다.

발언자가 서는 단상에 올라가더니 스커트 자락을 잡고 살짝 들어 올리며 살포시 머리를 숙였다.

"가누도스 항만국 원로원 여러분. 또한 청중 여러분. 반갑습니다. 미아 루나 티어문입니다."

그 후 조용히 눈을 뜨고 주위를 둘러보았다.

"지난번에는 배려가 부족한 발언을 많이 해버렸는데도 불구하고 여러분께서 제 제안을 받아들여 주셔서 안도했습니다. 여러분의 결정이, 선택이 이 나라를 한층 발전시키고 풍요롭게 만들어갈 것을 확신합니다."

"하지만 불안합니다. 미아 황녀 전하. 황녀 전하께서 돌아가신 뒤 이 나라가 어떻게 될지……. 부디 그 지혜로 이 나라도 다스려 주세요!"

그런 목소리가 날아왔지만, 미아는 산뜻하게 웃으며 흘려넘겼다.

"걱정하실 필요 없습니다. 이 나라를 이끌어가는 사람이 여기에 어엿하게 준비되어있으니까요. 마치 등대처럼 여러분을 이끌어주실 분이……."

그렇게 미아는 회의장의 입구로 시선을 주었다.

그곳에 서 있던 오우라니아를 불렀다.

"여러분의 왕녀, 제 친구이자 제자인 오우라니아 페를라 가누도스가."

회의장에 나타난 오우라니아의 모습을 보고 사람들 사이에 동요가 퍼졌다.

그녀는 무능한…… 낚시에만 관심이 있는 왕녀로 알려져 있었기 때문이다.

그런데도.

"사실 오우라니아 양은 저를 스승으로 두고 있습니다."

미아는 그렇게 보증했다.

'여러분이 신뢰하는 제국의 예지의 제자입니다!'라는 품질 보증

도장을 찍었다. 그리고…….

"물론 아직 오래되지 않은 사이이니 아직 무언가를 가르쳐주었다고 할 수는 없지만요……."

오우라니아가 실패했을 때를 대비해 안전망도 착실하게 깔아두었다. 스승이라고 해도 시간이 없었으니까 별로 가르쳐주지 못했다고 변명할 수 있도록.

그리고…….

"여기서 꺼낼 이야기가 아닐지도 모르지만, 굳이 말씀드리자면 오우라니아 양에게는 이미 가르칠 것이 아무것도 없다고 생각합니다! 오우라니아 양에게 맡겨두면 어지간한 일은 괜찮다고 믿으니까요."

아무튼 오우라니아를 띄워주는 미아. 그 부담스러운 칭찬에 오우라니아는 난처하다는 듯 웃었다.

"현안인 등대에 대해서 말씀드리고 싶습니다. 당연히 수리해야 하지만…… 단순히 수리만 하는 건 다소 부족하다고 느끼지 않으십니까?"

오우라니아의 등장으로 인한 소란이 진정된 타이밍에 한 의원이 차분히 입을 열었다. 조선 길드장 비가스였다.

"무슨 말씀인가요? 비가스 님. 저는 본래의 모습으로 수복하면 된다고 생각했는데……."

그 의문에 비가스는 무겁게 고개를 끄덕였다.

"어부를 위한 등불이라면 그것만으로도 충분합니다. 하지만 저는 이렇게 주장하고 싶군요. 이번 사태는 미아 황녀 전하께서 힘을 써주신 덕분에 해결할 수 있었다고. 그 사실은 오우라니아 왕녀 전하도 인정하지 않으십니까?"

오우라니아는 무겁게 고개를 끄덕였다.

"미아 스승님이 안 계셨다면 해결하지 못했겠죠."

"그렇다면! 우리나라에 등대는 지극히 소중한 상징이니, 그 등대를 은인인 미아 황녀 전하의 모습으로 세워서 감사의 마음을 잊지 않도록 남기는 건 어떻습니까? 재질도 황금 같은 걸 사용해서 화려하게……."

"화, 황금? 등대를 황금으로 세우자고요?"

놀라서 외친 의원이 한 명. 하지만 몇몇 의원은 좋은 생각이라며 찬성했다.

——끙, 이건…….

미아는 그 광경을 보고 위화감을 느꼈고…… 곧바로 눈치챘다.

미리 계획해둔 것임을…….

——그렇군요. 즉 비가스 님은…… 제게 막아달라는 거군요? 저에게 현명하고 건실한 판단을 내리게 하고, 역시 이 나라를 이끌어달라고 몰아갈 생각인 거 아닌가요?

일부러 본인이 어리석은 속물을 연기해서라도 미아와의 관계를 탄탄하게 유지하려는 의도가 아닐까……. 아니, 그런 의도도 없이 그냥 황금 등대를 세우겠다는 거라면 좀 위험한 사람이 되기도 하고, 비가스라는 남자는 그렇게까지 어리석지 않다고 미아는 고찰했다.

——앞으로 자꾸 의지하려고 들면 큰일이고, 속령은 말할 것도 없죠. 가능하면 자기들끼리 해결했으면 좋겠어요. 여기서는 일부러…….

미아는 짝 손뼉을 치고,

"어머, 멋진 생각이군요. 황금으로…… 그, 제 모양인……? 등대? 좋아요, 꼭 그렇게 해주세요! 완공이 기대됩니다!"

본인도 어리석은 황녀인 척 연기했다.

할 수 있으면 해보라는 자세였다. 자신은 절대 대단한 사람이 아니고 오히려 철부지 황녀라는 것도 착실히 어필해야만 한다.

그렇게 미아가 승낙하자.

"오오. 미아 황녀 전하께서도 이렇게 말씀하셨으니, 의원 여러분. 이번 의견에 이견이 있는 분은……."

비가스는 딱히 당황하는 기색 없이 평온한 미소까지 지으면서 그렇게 말했다!

——어, 어라……? 이분, 설마 진심으로 아무런 꿍꿍이도 없이 황금 등대를 세우자고 한 거예요?

'아니, 잠깐! 좀!' 하며 당황하는 미아. 하지만 입을 열기 전에…….

"후후후…… 잠깐만 기다려줄래~?"

미아의 든든한 제자, 오우라니아가 입을 열었다. 거듭되는 고난을 극복한 지금의 그녀는 뭔가 다를 것이 틀림없다. 미아는 제자의 성장에 뿌듯함을 느끼며 상황을 지켜보기로 했다.

"만약 세인트 노엘 학원과 성 미아 학원의 연구시설을 국내에 세운다면…… 돈이 꽤 들어가겠지~? 등대에 그렇게 많은 돈을 들일 수는 없어……."

다행히 그녀는 지극히 상식적인 말을 해주었다!

──그래요. 등대에 괜한 돈을 쓰고 있을 때가 아니라고요. 아아, 다행이다. 오우라니아 양이 멀쩡한 사람이라서…….

"게다가…… 예전부터 써 오던 형태가 아니면 등대지기가 일하기 불편하지 않을까? 등대로서 제대로 기능하지 못하면 어부들도 곤란하겠지~?"

오우라니아의 말에 어부 길드장이 당황하며 고개를 끄덕였다.

"네, 오우라니아 왕녀 전하의 말씀대로입니다."

그 대답에 정신을 차린 듯 다른 의원들도 동조했다. 그 광경을 만족스럽게 바라본 다음 오우라니아는 미아 쪽으로 시선을 돌렸다.

"미아 스승님의 말씀은 겉으로만 파악하면 절대 이해하지 못하는 심오한 구조거든……. 그러니까 다들 곰곰이 생각해야 해……. 등대란 무엇인지……."

마치 미아어 해석 제1인자 같은 얼굴로 오우라니아가 말했다.

"스승님은…… 나를 등대처럼 나라를 이끄는 왕녀라고 말씀하셨지……. 그 말씀대로 스승님도 나를 여기까지 이끌어주셨어. 등대란 이정표. 그리고 위대한 미아 스승님을 모습을 본뜬 등대라면…… 그건 배만을 이끌어주는 등대가 아니야."

문득…… 미아는 깨달았다.

어라? 뭔가 흐름이 달라진 것 같은데……?

"미아 스승님을 본뜬 등대는 나라를, 백성들을 이끄는 빛이야……. 그건 나라의 중심에 세워야 하지 않을까~?"

노래하듯이 경쾌하게, 즐겁게 생글거리며 오우라니아는 말했다.

"그렇다면, 오우라니아 왕녀 전하의 말씀은……."

"그래……. 이 원로회 회의장 앞에 황금 등대를 세우는 게 좋지 않을까?"

터무니없는 소리였다!

"지금 원로회는 바이더리언에게 적일 뿐이지. 저 무너진 등대와 마찬가지로 자신들을 괴롭힌 권위로밖에 보이지 않을 거야……. 하지만 미아 스승님 모습의 등대상을 세우면 어떻게 될까~? 격리 지구에서 자신들을 꺼내기 위해 노력한 미아 스승님을 떠올려 주지 않을까……?"

오우라니아는 살며시 눈을 감았다.

"나는 바이더리언에게 사과하고 싶어. 하지만 사과하고 사과받는 것으로 끝내지 않고, 함께 미래를 만들어 가고 싶지……. 그러기 위해 미아 스승님의 힘을 빌리고 싶은데……."

아주…… 아~~주 정상적인 소리였다.

바이더리언 족과 화합하기 위해 제국의 예지의 권위를 쓰고 싶다는 요청은 미아도 거절하기 힘들긴 했다. 하지만.

——아아, 이, 이건, 두려워했던 사태예요.

미아는 대화 흐름에서 위험을 느꼈다.

이건 황금으로 만든 미아 동상이 회의장에 세워진다는 악몽이다.

사람들은 분명 그 동상을 의사진행을 지켜주는 지혜의 여신입

네 하면서 대할 테고, 까딱 잘못하면 숭배할 게 틀림없다. 황금 동상이란 그것만으로도 사람들이 넙죽 엎드려서 기도하고 싶어지는 마성의 매력을 가졌다.

그런, 중앙 정교회에 싸움을 거는 사태는 어떻게서든 저지해야만 했고……. 결국 미아는 바로 궤도 수정에 들어갔다. 들어갔…… 다?

미아는 입을 열려고 했다가 직전에 멈추고 생각했다.

──오우라니아 양의 의견을 대놓고 부정했다간, 그러면 저한테 맡기겠다고 할지도 몰라요.

게다가 하필 오우라니아가 상식적이고 합리적인 이유를 들었기 때문에 정면으로 부정하는 건 위험했다. 이보다 더 좋은 의견이 있다면 꼭 듣고 싶다고 할 것이기 때문이다.

──끄으윽……. 이, 이건, 어떻게 하죠…….

미아는 잠시 머리를 굴린 끝에…… 궤도를 살짝만 수정하기로 했다. 그건…….

"오우라니아 양의 생각은 무척 훌륭합니다. 하지만 제 쪽에서도 조금 말씀드리고 싶은 의견이 있는데요."

"네~? 그게 뭐죠……?"

갸우뚱 귀엽게 고개를 갸웃거리는 오우라니아. 그런 제자를 보고 미아는 고개를 한 번 끄덕인 뒤 입을 열었다.

"먼저 등대는 이 나라, 가누도스의 권위를 상징합니다. 이 원로회 또한 마찬가지죠. 그 상징으로서 제가 너무 전면에 나와버린다면 가누도스 항만국이 제국의 속국처럼 보일 거예요."

"저는 그래도 괜찮다고 보는데요……."

그렇게 중얼거리는 오우라니아와 고개를 끄덕끄덕 동의하는 몇몇 의원들.

……하도 무서워서 미아는 일부러 그들을 무시하고 말을 이었다.

"저는 속국을 원하지 않습니다. 따라서 회의장에 등대를 세운다면, 저와 오우라니아 왕녀 전하가…… 이렇게, 손을 잡고 주변을 비추는……? 그런 느낌의 모습이 좋지 않을까요?"

자기만 우상화되는 걸 피하고자 적극적으로 오우라니아를 끌어들이는 미아였다.

"즉…… 미아 황녀 전하께서 오우라니아 왕녀 전하를 전면적으로 지지한다는 걸 황금 동상의 모습으로 만들어서 눈에 보이도록 만들자는 말씀이시군요."

다 파악했다는 얼굴로 해설하는 비가스의 말에 미아는 어색하게 웃으며 대답했다.

"네, 뭐, 그런 느낌이죠……. 그리고 하나 더 정정을 요구합니다. 제가 처음에 황금이라고 말하긴 했지만, 그건 어디까지나 비유……. 진짜 황금을 말하는 게 아니에요."

미아는 한층 수정했다. 황금 동상은 역시 위험하다. 신격화되기 쉬울 것 같다…….

"제가 황금이라고 말한 건 오우라니아 양의 말과 마찬가지로, 바이더리언과 가누도스 백성들이 향할…… 황금빛 미래라는 의미입니다. 황금빛 미래로 가는 길을 비추는 등대. 따라서 지금은 아직 황금이 아닌 거죠. 앞으로 손에 넣을 것, 언젠가 반드시 손에 넣는 것. 우리는 그곳을 향해 걸어간다……. 그런 걸 표현하는 등대가 되면 좋겠습니다."

미아의 설명을 듣고 의원들은 저마다 감탄하며 고개를 끄덕였다.

"아하. 황금 등대는 무모하다고 생각했는데 그런 의미였군요."

"저희를 이끌어주는 권위의 상징이라면 확실히 등대 같은 거죠."

"그렇다면 미아 황녀 전하와 오우라니아 왕녀 전하가 손을 잡고 백성들을 이끌어간다는 의미를 담은 동상을 만드는 걸로……."

"잠깐, 등대라는 부분을 잊으면 안 돼. 두 손을 머리 위로 높이 들어 올려서 그 손 부분이 빛나게 하면……."

"전체에 그 빛을 반사하도록……."

"아니, 아예 눈이 빛나는 게……."

왕성하게 의논하기 시작하는 의원들을 보고 미아는 '후우……' 하며 피로에 젖은 한숨을 쉬었다.

"뭐…… 네. 결국 이 정도가 타협점…… 이겠죠, 아마도. 이러면 된 거예요…… 네."

이리하여 가누도스 항만국의 원로회 회의장 앞에는 커다란 등대가 세워지게 되었다.

그것은 두 소녀가 두 팔을 하늘 높이 들어 올리고, 그 손에는 등불을 든 모습이었다.

그리고 무언가 큰 행사가 있을 때면 밤새 거리를 비추는 것이 가누도스의 새로운 전통이 되었다.

그 등대에는 이러한 이름이 붙었다.
『황금빛 미래를 비추는 바다(오우라니아)와 달(미아)의 등대』

제7부 빛나라! 황금 해파리(海月) 등대 Fin

티어문 제국
이야기

그 등불은 아직도 꺼지지 않고

~케이크 등대와 영원한 수수께끼~

The Lighthouse
Cake and a Mystery Forever Unsolvable

그날 가누도스 항만국의 왕성에 있는 오우라니아의 방에서 소소한 파티가 열렸다.

며칠 늦은 성야제 파티였다.

"이번에 저를 위해 가누도스까지 와 주셔서 감사합니다……."

깊이 머리를 숙이는 오우라니아.

"본래대로라면 세인트 노엘에서 성대한 파티를 할 예정이었는데, 참석하지 못해서 죄송합니다……. 오늘은 그 대신이라기에는 소소하지만~ 성야제 파티를 열었으니 즐겨주시기 바랍니다."

그렇게 말한 뒤 오우라니아는 잔을 들었다. 그걸 보고 방에 초대받은 손님들이 저마다 음료가 담긴 잔을 들었다. 그러자 오우라니아가 무언가 떠올렸다는 얼굴로 말했다.

"아, 그 전에…… 야나, 키릴, 패티. 이리 와줄래~?"

부름을 받은 아이들은 의아해하면서도 오우라니아에게 걸어갔다.

"저기, 오우라니아 왕녀 전하. 무슨……?"

당황한 야나에게 오우라니아는 생긋 웃었다.

"사실은~ 너희에게 고맙다고 인사하려고."

"네……?"

입을 멍하니 벌린 야나. 키릴도 어리둥절해서 고개를 갸우뚱 기울였다.

유일하게 패티만은 놀란 기색이 없었다. 오히려 '아, 그런 거였구나.'라는 듯 태연히 고개를 끄덕였다.

그런 세 사람에게 오우라니아가 머리를 깊이 숙였다.

"정말 고마워……. 내가 이렇게 무사히 여기에 서 있을 수 있는 건 너희 덕분이야……."

"네? 아니, 저희는 아무것도……. 아니지, 패티는 여러모로 도움을 드렸을지도 모르지만, 저와 키릴은……."

횡설수설하는 야나의 반응에 오우라니아는 싱긋 웃었다.

"그렇지 않아~! 세 사람은 무척 큰 힘이 되어줬으니까~ 꼭 인사해야겠다고 생각했지……. 성야제는 평소 사람들에게 고마움을 전하기 위한 행사잖아. 정말 고마워……."

밝게 인사하는 오우라니아를 미아는 조금 떨어진 곳에서 지켜보았다.

"후후후, 서프라이즈 성공이에요!"

며칠 전, 오우라니아에게 상담 받은 미아는 이번 서프라이즈 파티를 제안했다.

"새삼스럽게 인사하는 건 타이밍을 잡기 꽤 어려우니까, 성야제에 맞추길 잘했죠. 하지만……."

미아는 주위를 두리번두리번 둘러보고는…….

"그나저나 오우라니아 양, 성야제 파티인데 음료만 나오는 건 조금 아쉽지 않나요……?"

미심쩍은 얼굴로 눈썹을 찡그렸다.

점심시간을 한참 지난 시각.

점심을 먹었으니 배부르게 먹을 필요는 없지만, 그래도 음료만 있는 건 허전하지 않을까. 달콤한 과자나 케이크 같은 게 있을 법도 한데? 아니, 오히려 이런 자리에서는 필수 아닌가?! 등등 불만이 솟은 미아였지만…… 그런 의문에 대답하듯이 오우라니아가 선언했다.

"사실 오늘은…… 다 함께 케이크를 만들 거예요."

"세상에, 다 함께 케이크를?!"

파티에서 뭘 할 생각인지 구체적으로는 몰랐던 미아였기 때문에 깜짝 놀랐다.

"하지만 오우라니아 양, 케이크는 어렵답니다."

무심코 참견하고 말았다.

"저는 전에 빵을 구워본 적이 있는데요, 케이크는 빵과 비교도 안 될 만큼 섬세함이 필요하거든요……. 그 부드러운 스펀지에 포근한 크림과 색색의 과일……. 만드는 건 쉽지 않아요!"

마치 숙련된 케이크 장인 같은 얼굴로 거들먹거리는 미아였다.

잘난 척하는 얼굴로 팔짱을 끼고 미간에 주름을 만들었다. 참으로 거만하다! 참으로 건방지다!!

그런 미아를 향해 오우라니아는 자신만만하게 가슴을 폈다.

"우후후……, 당연히 처음부터 만들 수는 없지만……."

이어서 오우라니아가 짝짝 손뼉을 쳤다.

그 직후, 기다리고 있었던 건지 오우라니아의 전속 메이드를 필두로 메이드들이 우르르 들어와 테이블 위에 접시를 내려놓았다.

중앙에는 커다란 케이크가 떡하니 놓여 있었는데……. 하지만 그 케이크는 크림을 발라놓았을 뿐인 하얀 케이크였다.

"이 케이크에 데코레이션을 할 거예요. 아주 재미있겠죠……."

"오호! 그렇군요, 제법 재미있는 기획이에요."

스슥 재빠르게 테이블 위를 훑은 미아는 감탄을 흘렸다.

"우후후, 어떤 케이크로 만드는 게 좋을지…… 상상만으로도 즐겁겠군요."

두근두근, 콩닥콩닥. 몸이 자연스럽게 들썩거렸다.

준비된 재료는 색색의 과일과 쿠키, 그리고 보석 같은 설탕과자였다.

"어머? 저 탱글탱글하고 투명한 건 뭐죠……? 처음 보는 과자도 있군요. 케이크 위에 올린다면 취사선택이 중요해지죠. 전부 올리는 건…… 아무래도 어려울 테고요."

"저는 이걸 추천해요~ 여기, 물고기 모양 쿠키가……."

그런 식으로 아이들과 함께 신이 난 오우라니아.

"흐음, 케이크에 물고기라고요? 그렇다면 저는 버섯을…… 어머? 버섯은 없나요? 이런 자리에서는 필수나 마찬가지인데……."

그렇게 떠들썩하게 재료를 올려 나갔고…… 완성된 케이크에 오우라니아가 촛불을 세웠다.

그 케이크는 마치 가누도스 항만국을 상징하는 등대를 보는 것 같았다.

메이드들이 일제히 창문에 커튼을 쳤다.

방이 어둑해지자 문이 열리고 커다란 촛불을 든 메이드가 나타났다.

“미아 스승님, 모처럼이니까…….”

오우라니아의 부름에 순간 어떻게 할지 고민한 미아였지만, 바로 고개를 끄덕였다.

“흠, 이것도 아이들에게 맡겨도 될 것 같긴 하지만, 불이니까 위험하겠죠.”

그렇게 중얼거리며 미아는 오우라니아 옆에 섰다.

두 소녀는 커다란 촛불을 들었다. 천천히 케이크로 걸어가 케이크 위에 세워진 촛불에 불을 붙였다.

어두운 방 안, 중앙에 놓인 케이크는 마치 달빛처럼 주변의 어둠을 비추었다. 흐릿하게 보이는 모두의 얼굴에는 온화한 미소가 번져 있었다.

“후후후, 가누도스 항만국에 맞춰서 말하자면 케이크 등대라고 해야 할까요……?”

함께 꾸민 케이크가 어스레한 실내에서 빛을 받아 모습을 드러낸 광경이 무척 환상적이었다.

찰나의 침묵── 방에 있던 사람이 다들 그 광경을 보며 넋을 놓고 있던 도중, 불현듯…….

꼬르륵…….

누군가의 배에서 소리가 났다.

“……오우라니아 양, 슬슬 어떤가요? 그…… 아이들을 너무 기다리게 하면 안 되니까요. 배가 고픈 모양이고요. 케이크는 구경하는 게 아니라 먹어야죠.”

참으로 자애로운 미아의 목소리가 들렸지만…….

그것이 과연 자애로운 성녀로서 보인 배려심인 건지, 아니면 자애(自愛)로운 성녀로서 비밀을 숨기기 위해서인지…….

꼬르륵 소리의 주인이 누구였냐는 것과 함께, 그것은 영원한 수수께끼가 되었다.

티어문 제국 이야기

그 등불은 아직도 꺼지지 않고
~환상의 등대를 올려다보며~

The Lighthouse
Cake and a Mystery Forever Unsolvable

제국의 황후, 패트리시아 루나 티어문의 가누도스 항만국 방문 기록은 공식적으로는 세 번. 여기에 비공식적 방문을 합치면 열 번이 넘어간다. 이것은 타국과 비교해도 압도적으로 많다.

당시 황제 및 제국 정부가 이웃 나라이자 바다로 난 나라이기도 한 가누도스 항만국과의 관계를 중시했기 때문이라는 게 일반적으로 널리 알려진 사정이다.

황후 패트리시아와 가까운 사람들은 여기에 작은 뒷사정을 덧붙였다. 황후 패트리시아는 낚시가 취미였으니…… 그 취미가 잦은 방문에 영향을 준 것이 아니냐는……. 그런, 살짝 인간미가 있는 에피소드가 추가되기도 한다.

그리고 절대 공개적으로 드러나지 않는, 혼돈의 뱀의 이유가 있다.

티어문 제국은 초대 황제가 만들어낸 '비옥한 현월 지대에 저주를 흩뿌리기 위한 장치'다. 그 일부를 담당하는 가누도스 국왕 또한 뱀의 영향 아래에 있는 자. 비밀리에 연계하는 건 당연하다고…….

그렇다면…… 실제 이유는 무엇일까?

황후 패트리시아는 대체 무슨 생각으로 이렇게 자주 가누도스 항만국을 찾아간 건지…….

이것은 그런 그녀와 얽힌 이야기이다.

그날…… 통산 열 번째로 가누도스 항만국을 방문한 날.

당시 가누도스 국왕, 교스티 페를라 가누도스와 회담을 마친 패트리시아는 바쁜 일정 사이에 짬을 내어 갈레리아 바다로 향했다.

종자에게 맡긴 짐 안에서 낚싯대가 불쑥 튀어나와 있다. 지금부터 잠시, 종자조차 없이 비밀리에 홀로 조각배를 타고 낚시하러 갈 생각이었다.

그런 그녀의 눈이 갈레리아 바다를 멍하니 바라보는 청년의 모습을 포착했다.

희미하게 눈꼬리를 접은 패트리시아는 그 청년에게 말을 걸었다.

"……낚시하기 좋은 날이로군요, 왕태자 전하."

청년, 네스토리 페를라 가누도스는 딱히 놀란 기색 없이 예를 갖추었다.

"황후 전하를 뵙습니다……. 낚시하러 오셨습니까……?"

"네, 기분전환으로. 이 가난한 나라에는 그 외엔 시간을 보낼 장소도 없으니까요."

오만함이 뚝뚝 묻어나는 말이었다.

그건 대제국의 황후에게 걸맞은 말투…… 지극히 자연스러운 발언이었다.

따라서 네스토리는 딱히 신경 쓰는 기색 없이 고개를 끄덕일 뿐이었다. 아니, 더 무례한 말을 들었다고 해도 그는 신경 쓰지 않았을지도 모르지만…….

그 눈에는 생기가 없고, 그 얼굴에도 패기가 없다. 젊은 왕태자

라기보다는 지친 노인 같은…… 혹은 세상을 버린 사람 같은…… 그런 퇴폐적인 분위기가 있었다.

"……왕태자 전하도 낚시하러 오셨습니까?"

"아뇨, 그저 바다를 바라보고 있었습니다."

그 대답에 패트리시아는 쓰게 웃었다.

"젊은 나이인데도 패기가 없군요. 그래서야 혼례를 올릴 아가씨가 퍽 불안하겠습니다."

그 말에 네스토리는 딱딱한 얼굴로 대답했다.

"아쉽게도 저는 누구와도 혼례를 올릴 마음이 없습니다. 아이를 낳을 생각도 없습니다."

그러고는 도발하는 듯한 눈으로 패트리시아를 바라보았다.

"아이나 아내는 필요 없지 않습니까. 뱀이니까요……."

마지막 한 마디, 낮게 누른 목소리로 네스토리가 말했다.

순간 패트리시아의 등이 희미하게 떨렸다.

아아, 드디어…… 드디어 이 순간이 왔구나.

그녀는 환희했다.

패트리시아가 거듭 가누도스를 방문한 건 딱히 바다낚시가 취미이기 때문이 아니다. 제국 내에 있으면 뱀들이 자꾸 참견해서 그 답답함을 해소하기 위해 갈레리아 바다로 쉬러 온다…… 같은 것도 완전히 오해다!

…………저, 정말이다!

그게 아니라, 그녀는 그저 이 순간…… 오직 네스토리에게서 이 말을 듣기 위해 가누도스 항만국을 계속 찾아왔다.

그 눈부신 미래로 이어지는 길.

제 손녀, 미아 루나 티어문을 스승으로 모시며 낚시를 사랑하는 왕녀. 오우라니아 페를라 가누도스의 탄생으로 이어지는, 이 대화가 나오는 순간을 패트리시아는 기다려왔다.

작게 숨을 들이마셔 희미한 긴장을 삼키고……. 패트리시아…… 아니, 패티는 네스토리를 바라보았다.

"확실히…… 혼돈을 위해 아이를 가질 필요는 없을지도 모르지. 하지만……."

살짝 목소리를 죽이고는 싱긋 입꼬리만 올려 웃었다. 그것은 뱀의 앞잡이처럼 보이는 미소…… 악녀의 미소다.

어린 시절의 패티는 짓지 못했던 표정, 과거로 돌아온 그녀가 온갖 경험을 거치고 터득한 노회한 황후의 얼굴이다.

"……과연 아이를 낳지 않는 것이 범상한 왕이 된다는 당신의 목적과 일치할지……."

순간 네스토리의 눈에 작은 놀라움이 퍼졌다.

"네스토리 왕태자 전하……. 나는 당신이 순수한 뱀일 필요는 없다고 봐. 당신이 어떤 사람이든, 내 목적을 방해하지만 않는다면 딱히 참견하지도 않지."

"……그건 즉, 가누도스 항만국이 받은 역할은 '움직이지 않는 것'이니까…… 아무것도 하지 않는다면 불만이 없다는 뜻입니까……?"

"그래. 설령 뱀으로서 행동하는 걸 거부한다고 해도 상관없지. 설령 당신이 이 세상에 아무런 영향도 주고 싶지 않다고 생각해도……."

네스토리 페를라 가누도스는 가누도스 항만국의 왕으로서 나라를 발전시키는 걸 거부했다. 그는 나라로 인해 사랑하는 여성을 빼앗겼기 때문이다.

하지만 뱀의 앞잡이로서 행동하여 가누도스 항만국을 해치는 것도 바라지 않는다. 왜냐하면 사랑하는 사람을 잃게 된 근본적 원인은 뱀이기 때문이다.

그런 마음속 생각을 간파한 것처럼…… 마치 사람의 마음을 읽는 마녀처럼 웃으며 패티는 말을 이었다.

"당신은 아쉽게도 왕족으로서 태어났지. 그래서 스스로 목숨을 끊으면 세상에 영향을 주게 돼. 그럴 수는 없지. 그러니 당신은 범상한 왕으로서 살며 역사에 아무런 영향도 주지 않는 걸 목표로 삼은 거야……. 그렇지?"

속삭임이 살며시 이어진다.

"하지만 범상한 왕이라면 평범하게 혼례를 올리고 아이를 낳지 않을까……."

"그건…… 확실히, 그렇군요."

속내를 완벽히 간파당해서 넋이 나간 채로 네스토리는 대답했다.

"그렇다면 아이를 낳아야지. 범상한 왕으로서, 특이한 점은 아무것도 없이. 당신의 아버지와 할아버지가 그러했듯이, 혹은 당신의 아이와 마찬가지로 아무런 업적도 없는 범상한 왕으로서 살다 죽으면 돼. 아무런 업적도 없는 범상한 왕으로서 가누도스의 역대 왕 목록에 이름을 올리는 거야. 그게 가장, 이 세상에 영향을 주지 않고 사는 길. 그렇지?"

네스토리는 작게 입을 벌렸다. 하지만 거기서 반론의 말이 나오지는 않았고…….

그저 고개를 끄덕일 뿐이었다.

그 반응을 본 패티는 아주 조금 입꼬리를 올렸다.

이 시대의 누가 보았어도 눈치 채지 못할 표정이다. 하지만 패티의 손녀인 미아가 보았다면 분명 알아차렸을 것이다.

이때 패티는 살짝 득의양양한 얼굴이었다. 거의 아무도 눈치 채지 못할 얼굴로 우쭐대고 있었다.

네스토리와 해후를 마친 뒤, 낚시를 즐긴 패트리시아는 다음날 새로 세워진 가누도스 원로회 회의장을 견학하러 왔다.

가누도스 국왕 교스티의 안내를 받아 그 건물 앞으로 온 패트리시아는 불현듯 발을 멈췄다.

"음? 패트리시아 전하, 무슨 일이십니까?"

교스티 왕의 의문도 전혀 들리지 않는다는 듯, 패트리시아…… 패티는 그저 가만히 바라보고 있었다.

회의장 앞에서 아이들이 씩씩하게 뛰어다니고 있었다.

떠들썩하게, 즐겁게, 환하게 웃는 아이들을 본 패티는…… 추억에 젖은 듯, 눈이 부신다는 듯 눈을 가늘게 떴다.

——미아 언니…….

그것은 마치 먼 미래에 그곳에 세워질, 아직 보지 못하는 환상의 등대를 보려는 것처럼…….

과거에 보았던, 그 달콤하고 따뜻한 행복의 등불을 떠올리면서…….

그 등불은 아직도 꺼지지 않고

~미아 황녀, 오파츠와 맞닥뜨리다!~

THE LIGHTHOUSE CAKE AND A MYSTERY FOREVER UNSOLVABLE

티어문 제국의 황제, 미아 루나 티어문은 그날 마차를 타고 있었다. 턱을 괴고 나른하게 창밖을 바라보았다.

"후우……."

크나큰 한숨을 한 번. 그 후 미아는 가누도스 항만국에 가게 된 경위를 떠올렸다.

미아 앞으로 가누도스의 여왕 오우라니아 및 가누도스 원로회 의장의 이름으로 초대장이 도착한 것이 지금으로부터 며칠 전.

초대장—— 즉, 회의장에 세워질 예정이었던 '황금 등대' 완공식 초대장이다.

그랬다. 기어이 그 황당무계한 조형물이 완성되고 말았다……!

——으으윽……. 솔직히 전혀 내키지 않지만요…….

어쨌거나 초대받은 이상 가지 않을 수는 없다. 그 등대의 모델이 미아와 오우라니아이기 때문이다.

——그때 찬성해버리는 바람에 귀찮아졌어요……. 저도 참 경솔했다니까요.

"미아 님……. 왜 그러십니까? 아, 혹시 마차 멀미세요?"

문득 시선을 들자 걱정하며 이쪽을 바라보는 안느의 얼굴이 보였다. 미아는 쓰게 웃은 뒤 작게 도리질했다.

"아뇨, 아니에요. 안느. 그저 조금……. 제국이 걱정된 것뿐입니다. 아벨과 루드비히에게 맡기고 왔는데, 괜찮을까요……."

"괜찮을 겁니다. 성 미아 학원 졸업생들도 각 월청에서 활약하고 있다고 들었으니까요. 그리고 갈브 님의 제자분들도 계시죠."

안느의 말에 미아는 말없이 고개를 끄덕였다.

확실히 지금 제국은 미아와 우호 관계를 맺은 사대공작가가 귀족들을 잘 견제해주고 있다. 어지간한 일은 일어나지 않을 테지만…….

"뭐, 그건 그렇지만요……."

그래도 불안한 건 이번 같은 일을 어디서 저질렀는지 모르기 때문이다. 세상 여기저기를 돌아다니며 적당한 소리를 나불거린 적도 있다.

그 씨가 언제 싹을 틔울지 살짝 불안한 미아였다.

얼마 후 마차는 가누도스 회의장 근처에 멈췄다.

"미아 스승님~!"

미아의 마차를 재빠르게 발견한 건지 신이 난 목소리가 멀리서 울려 퍼졌다.

그쪽으로 시선을 주자 키가 큰 여성이 이쪽을 향해 달려오는 모습이 보였다.

얼마 전 가누도스 항만국 최초의 여왕이 된 오우라니아 페를라 가누도스는 학생 때와 똑같이 친근한 태도로 미아에게 달려왔다.

"오랜만입니다, 미아 스승님."

"네. 오랜만이에요, 오우라니아 여왕 폐하. 오늘은 초대해주셔서 감사합니다."

스커트 자락을 살짝 들어 올려 인사한 다음,

"하지만…… 그 스승님은 조금 그렇지 않나요……?"

완곡하게 충고하자, 오우라니아는 어리둥절해서 고개를 갸웃거렸다.

"무슨 말씀이세요, 스승님. 앞으로도 스승님에게 배울 일이 많이 있는걸요. 미아 스승님 밑에서 왕녀도…… 아니, 여제도(女帝道)를 걸어갈 생각이거든요~!"

모르는 사이에 여제도라는 이념의 개파조사로 추앙된 미아였다. 왕녀도라면 모를까 여제도는 조금 부담스럽다며 위가 뻐근해지는 걸 느끼는 미아였다.

여제도가 부담스러워서 위가 뻐근해진 거지, 딱히 오는 도중에 들른 항구에서 즐긴 해산물 투어 때문이 아니다. 혹시나.

뭐, 아무튼…….

오우라니아와 합류한 미아는 그녀의 안내를 받으며 회의장 앞 광장으로 향했다.

"오는 길에 거리를 조금 구경했는데, 여전히 활기가 넘치는군요."

"후후후~ 바이더리언의 기술을 도입한 덕분에 어업의 질도 향상되었다고 해요……. 게다가 지금까지는 먹지 않았던 해산물도 먹을 수 있게 되었으니 나중에 드셔보세요……."

"오! 흥미로운 소식이군요! 아, 그러고 보면 전에 바다의 버섯이라는 게 있다고 들었는데, 그것도 먹어보고 싶어요. 맛있다면 다음에 사대공작가 분들이나 시온도 불러서 대접하는 것도 검토를……."

그런 불길한 소리를 하며 미아는 회의장 앞 광장으로 향했다.

최근 재공사를 마친 회의장은 이전과 변함없이 지나친 장식은 배제한, 기능적인 디자인이었다.

여러 상공업 조합장으로 구성된 가누도스 원로회는 기본적으로 검소하고 성실하다. 호화로운 사치를 즐기는 귀족적 사고방식을 지닌 사람도 없지는 않지만, 따지자면 가성비를 신경 쓰는 사람이 많았다.

그런 검소한 회의장 앞에 두두둥, 강렬하게 눈길을 끄는 것이 있었다…….

있었다고 해야 할지, 우뚝 서 있었다고 해야 할지…….

그것을 본 순간, 미아는 저도 모르게…….

"어…… 어으."

괴상한 소리가 나왔다. 각오는 했었지만…… 막상 실물을 보니 괴성이 나올 수밖에 없었다.

——이, 이건, 제법 장관? 이라고 하면 되나요……?

남의 일처럼 회피하며 올려다보았다.

그것은 미아의 상상보다 더 컸다.

손을 머리 위로 높이 올리고 나란히 서 있는 두 명의 소녀를 조각한 동상. 그 손에는 커다란 술잔 같은 것이 들려 있었다. 아마도 저 부분에 횃불 같은 걸 꽂아서 불을 비출 것이다.

"이것이 황금 등대……."

꿀꺽 침을 삼키는 미아였지만…… 살짝 안도하기도 했다.

——흠, 확실히 거대하고 저와 오우라니아 양을 모델로 한 조

형도 제법 박력이 있지만…… 역시 황금으로 만드는 걸 저지한 게 컸던 모양이군요.

조각상 자체가 빛나는 건 아니니 그렇게까지 정신 나갈 것 같은 느낌은 아니었다.

우선 안도의 한숨을 쉰 미아는 그 후 새 회의장과 이 '바다와 달의 황금 등대' 완공을 축하하는 인사를 늘어놓고 흡족하게 웃었다.

그런 미아에게 등대의 설계자가 슬그머니 다가오더니…….

"미아 폐하, 오우라니아 폐하, 이쪽으로 오십시오."

무언가…… 쟁반 같은 것을 내밀었다.

"음……?"

미아의 눈앞에서 쟁반 위에 놓여 있던 천이 벗겨졌다. 그곳으로 시선을 준 미아는……,

"……흐어?"

괴상한 소리를 냈다.

남자가 든 쟁반 위에 있는 것. 그것은 투명한 수정으로 만든…… 미아의 머리였다!

참고로 그 옆에는 오우라니아의 머리를 조각한 수정도 놓여 있었다. 그 정교한 만듦새에 미아는 무심코 입을 떡하니 벌리고는…….

"이…… 이건 대체……?"

"네! 저희 가누도스 항만국의 세공 기술을 집대성해서 만든 크리스털 미아입니다!"

"크, 크리스털…… 미아?!"

갑자기 나타난 크리스털 미아라는 오파츠를 앞에 두고 미아는 굳어버렸다.

"옆에 놓인 건 크리스털 오우라니아입니다. 미아 폐하가 오셨던 당시 두 분의 모습을 모델로 만들었습니다."

뿌듯하게 가슴을 펴는 남자. 그럴 만도 한 것이, 그 수정 조각상의 완성도는 대단히 빼어났다. 미아가 거울 속에서 보는 얼굴이 그대로 수정으로 표현되어 있었다.

붉은 천 위에 놓여 있어서 피를 흘리는 수급처럼 보이는 바람에 그게, 좀, 속은 안 좋아졌지만…….

"어, 으음, 그래서, 이 크리스털 미아는 대체……?"

"네, 크리스털 미아와 크리스털 오우라니아를 저쪽 구멍에 꽂으면 등대가 빛나게 되어있습니다. 가시죠."

재촉받은 미아는 오우라니아와 함께 등대의 발치로 갔다. 그곳에 뻥 뚫린 구멍에 수정을 꽂았다.

다음 순간 덜컹, 덜컹, 하며 어디선가 소리가 났다.

동시에 크리스털 미아가 순식간에 위로 올라갔다. 도중에 햇빛을 반사해서 크리스털 미아가 반짝반짝 빛났다.

그 아름다운 광경에 미아는 무심코 '오오……' 하며 탄성을 흘렸다.

크리스털 미아는 등대의 손을 향해 쭉쭉 올라갔고…… 여기에저 꼭대기에서 햇빛이 쏟아졌다!

직후 황금 등대가 파아아앗 빛나기 시작했다.

심지어 손에 쥔 술잔만이 아니었다. 전체가 파아아아아아앗!

하고 빛났다!

“이…… 이건 무슨 원리…… 인 거죠?”

찬란하게 빛나는 동상을 바라보며 미아는 신음하듯 말했다.

“네, 실은 이 내부에 여러 개의 반사경을 설치했습니다. 표면에 사용된 재료는 빛을 통고하는 성질이 있는데, 그것이…….”

설명을 들어도 자세한 건 모르겠지만…… 아무튼, 뭔가, 여러모로 굉장한 기술을 사용한 모양이었다!

그것도 잘 모르겠지만 손만이 아니라 전신이 빛나는 구조로 만들어버렸다. 참고로 밤에도 빛난다고 한다.

반짝반짝 빛나는 두 소녀의 동상을 보고 미아는 심각하게 고민할 수밖에 없었다.

——이게…… 등대인가요?

이런 철학적인 고민을…….

그리고 황금으로 만든 등대와, 햇빛을 반사해서 반짝반짝 번쩍번쩍 빛나는 이 등대…… 둘 중 어느 게 그나마 나은지를…….

고민할 수밖에 없었다.

“어떠십니까? 미아 폐하. 의회를 이끌어주는 이 등대의 모습이…….”

두근두근, 기대와 두려움이 반반 섞인 얼굴로 물어보는 설계자. 미아는 말문이 턱 막혔지만…….

“음, 네, 그래요……. 그, 대단해 보이네요…….”

억지로 웃으면서 얼버무렸다!

——여기서 섣불리 트집 잡으려고 하면 한층 요란하고 터무니

없는 걸 만들어버릴 것 같으니까요……. 지금은…… 이걸로 참는 게 좋을 것 같아요.

미아의 '좋아요!'를 받자 의원들 사이에서 환호성이 터졌다.

신이 난 그들을 배경으로 미아는,

——뭐, 하지만 황금이라면 매일 닦기만 해도 빛이 유지될 테지만 저런 복잡한 구조물은 의외로 관리가 힘들 테니까요. 귀찮아져서 나중에는 빛나지 않게 될지도 모르죠. 어쩌면…… 아마…… 분명!

마음속으로 살포시 기도를 올렸다.

티어문 제국
이야기

그 등불은 아직도 꺼지지 않고

~영광의 출항은 예지의 인도와 함께~

THE LIGHTHOUSE
CAKE AND A MYSTERY FOREVER UNSOLVABLE

후세에 모험 황녀로 알려지는 인물, 제국의 황녀 미아벨 루나 티어문의 첫 모험의 땅이 어디였냐는 주제는 종종 역사가들의 논쟁에 오르곤 한다.

어떤 이는 해적의 보물을 발견한 여행을 꼽는다.

그 모험 황녀는 첫 모험에 바로 해적의 보물을 발견하는 보기 드문 인물이었다고.

다른 이는 세인트 노엘에서 겪은 소소한 모험담을 꼽는다.

그 모험 황녀라고 해도 최초의 모험은 나이에 걸맞은 어린아이와 마찬가지였다고.

수많은 모험담을 남긴 그녀였기 때문에, 그 모험을 보는 견해는 역사가마다 제각기 다르다. 최대의 모험은 어떤 것인지. 그녀가 발견한 것 중에서 가장 인류에게 의의가 있는 건 무엇인지. 논쟁의 주제는 끊이지 않는다.

하지만 딱 하나 확실한 것이 있다.

『그녀의 첫 항해의 목적지는 어디였는가?』라는 점이다.

그것은…….

그날 벨은 가누도스 항만국을 방문했다.

18살. 세인트 노엘을 졸업한 그녀는 졸업 여행이라는 이름으로 갈레리아 바다로 배 여행을 계획. 바로 모험 여행을 떠나고 말았다.

할머니인 미아 황제에게 빌린 '엠프리스 미아Ⅱ 호'. 가누도스 항만국의 항구에 정박한 아름다운 배를 타고 향하는 곳은 초대 황제의 비석이 있는 시작의 섬이었다.

그것은 벨에게는 성지 순례 여행이었다.

성지……. 즉, '존경하는 초대 황제 폐하와 관련 있는 장소'로서……, ……같은 이유는 아니고…… 전혀 아니고!

'여제 미아전'에 등장하는 장소라는 뜻의 성지다!

"어린 시절의 시온 폐하와 아벨 할아버지가 활약했던 장소……. 우후후, 기대돼요."

대작가 에리스의 팬인 벨에게 '여제 미아전'은 가장 좋아하는 애독서다.

문장 자체는 물론이고 존경하는 할머니의 활약을 즐길 수 있어서 일석이조인 책이었다.

그런 책에 등장하는 무인도는 여제전 마니아에게는 일종의 성지라고 할 수 있었다.

과거로 돌아갔을 때도 결국 갈 기회가 없었던 무인도……. 할머니와 할아버지, 그리고 천칭왕 시온이 대활약한 그 성지에 갈 수 있다고 생각하기만 해도 벨의 가슴은 두근두근 뛰었다.

항만국 수도에 도착한 벨은 마차에서 내렸다. 폴짝 지면으로 뛰어내린 뒤 끄으응 기지개를 한 번. 바닷바람 냄새를 온몸으로 느끼면서 싱긋 웃었다.

"으음, 가누도스 항만국. 오랜만이야."

철썩, 철썩 파도치는 소리. 저 멀리 보이는, 부서지는 파도와 그 위로 흔들리는 수많은 배, 배, 배!

"아아, 역시 바다는 모험이란 느낌이 들어서 좋아."

흐뭇해하며 올려다보자 새파란 하늘이 높이 펼쳐져 있었다. 반짝반짝 빛나는 여름의 태양은 마치 이제부터 시작하는 대모험을 축복해주는 것 같았다.

그때였다.

"벨 황녀 전하~ 오랜만만이야."

멀리서 크게 손을 흔드는 키가 큰 여성의 모습이 보였다.

머리에 아담한 왕관을 올린 그녀, 오우라니아 페를라 가누도스가 부드럽게 웃으면서 벨을 맞아주었다.

"오랜만에 뵙습니다, 오우라니아 폐하."

바로 앞으로 다가가 스커트 자락을 잡고 살짝 들어 올렸다. 그러자 오우라니아도 마찬가지로 스커트 자락을 들어 올린 뒤 느릿한 목소리로 인사했다.

"으음! 오랜만이구나. 벨 황녀 전하는 여전해 보이네……. 미아 스승님은 잘 지내시구~?"

"네. 할머니도 덕분에 건강히 잘 지내십니다. 조금 케이크를 너무 드셔서 안느 님과 타티아나 님에게 혼자셨지만요……. 여전히 슬슬 은퇴하고 싶다고 말씀하세요."

벨의 대답에 오우라니아는 눈을 동그랗게 떴다가, 곧바로 둘 다 작게 웃음을 터트렸다.

마치 어설픈 농담을 들었다는 듯이.

"어휴…… 미아 스승님은 농담도 참 잘하신다니까. 미아 스승님이 은퇴라니, 제국만이 아니라 대륙 전체의 손실인걸…….”

“후후후, 네. 하지만 가신 중에는 할머니의 농담을 진심으로 받아들이고 당황하는 사람도 있더라고요. 물론 루드비히 선생님은 전혀 믿지 않으시지만요.”

두 사람은 가누도스 의회 회의장으로 향했다.

이웃 나라의 황녀로서 일단은 인사하고 갈 생각이었다.

“그런데…… 벨 황녀 전하, 낚시 솜씨는 늘어났어~?”

“어어, 아뇨. 사실 별로 자신은 없는데요…….”

“저런~ 그건 안 되지. 배 여행을 떠나는데 낚시를 못 한다니 큰 문제야…….”

눈썹을 찡그리는 오우라니아를 향해 벨은 생긋 웃었다.

“맞아요. 모험에는 낚시 기술도 필수라고 생각하는데요. 전에 오우라니아 폐하께 배운 대로 하고는 있는데…….”

과거 세계, 오우라니아에게 직접 낚시 요령을 배운 적이 있었는데 아직도 월척을 낚은 적은 없었다. 큰 물고기라면 그만큼 한 마리만 잡아도 많이 먹을 수 있어 좋다면서 아쉬워하는 벨이었다.

“후후후~ 그렇구나. 그러면~ 그런 내 제자 벨 황녀 전하에게 비장의 낚싯대를 나중에 선물해줄게.”

“네? 진짜요?”

“세인트 노엘 졸업 기념이야……. 제국의 황녀 전하에게 뭘 드려야 하는지 고민하던 참이었는데…… 선물하기 딱 좋은 게 있어서 다행이네.”

즐겁게 이야기하며 두 사람은 회의장에 도착했다.

잠시 후 회의가 소집되고 여기서 인사한다.

——으음, 할 말은 대부분 정해놨고 나머지는 그 자리에서 즉흥적으로…….

그렇게 살짝 요령을 부리려던 벨이었지만, 그런 그녀의 눈에 눈 부신 빛이 들어왔다.

회의장 앞 광장에서 여름 태양에도 지지 않는 빛을 뿌리는 그것을 앞에 두고 벨은 반사적으로 눈을 가늘게 떴다.

"황금의 미래를 비추는 바다와 달의 등대……. 오늘도 빛나고 있네요."

가누도스 의회의 명물인 그 장식을 앞에 두고 벨은 감탄했다.

"이게 완성된 지도 벌써 20년 넘게 지났는데. 굉장해라."

"우후후~ 당연하지. 미아 스승님의 예지는 항상 눈부시게 빛나잖아~? 나두 스승님의 이름에 먹칠하지 않으려고…… 노력하고 있으니까. 그러니까 저 등대는 계속 밝은 거야."

자랑스럽다는 듯 가슴을 펴는 오우라니아였다.

저 황금 등대는 실제 황금으로 만들어진 건 아니다.

내부에 배치된 수정 렌즈들을 미세하게 조정해서 반들반들하게 닦인 그 표면에 반사시켜 황금처럼 빛나게 한 구조물이다.

렌즈의 복잡한 각도 조정이며 표면 청소 등을 생각하면 평범한 황금 구조물보다 훨씬 손이 많이 간다.

그것은 관리하는 인간이 필요한…… 나라의 상황을 보여주는 등대였다.

그 등불은 사람들에게 여유가 있고, 그 이상으로 통치자를 신뢰하지 않으면 빛나지 않는다.

예를 들어 오우라니아가 폭군이 되어 압정을 펼치거나, 제국이 오만하게 행동해서 가누도스의 백성들이 반감을 느끼게 된다면 저 빛은 흐려지고 만다.

말 그대로 양국의 평화와 우정을 증명하며 이끌어주는 등대였다.

“저건 매일 의회의 의원이 직접 조정해. 의원이 된 날에 반드시 조정법을 배우게 되어있지……. 백성의 대표인 의원들에게 불만이 있는지 없는지, 의사가 공정히 집행되고 있는지…… 이 등대를 대하는 태도로 알 수 있거든.”

“아하, 그런 원리였군요.”

고개를 끄덕이며 벨은 그 등대를 바라보았다. 할머니와 그 제자 오우라니아의 우정과 유대로 유지되는 빛……. 그 빛이 자기 세대에서 끊어지는 일이 없도록 해야 한다고 새삼스럽게 결심하며…….

——아, 배 여행 기대된다!

그 마음은 눈앞에 닥친 미지의 세계로 떠나는 모험으로 흘러갔다.

해파리 여제 미아의 피를 진하게 이어 받아버린 모험 황녀 미아벨이었다.

그런 그녀가 첫 배 여행에서 깜빡 크리스털 미아보다 더한 오파츠를 발견했다나 발견하지 못했다나…….

……아무튼, 그 등대의 등불은 아직도 꺼지지 않고 오늘도 계속 빛나고 있다.

그날 케이크 위에 세운 부드러운 빛은 시간이 지난 뒤에도 그 광채를 잃지 않았고…….

두 나라, 그리고 대륙의 미래를 이끌어주며 빛나고 있었다.

미아의 가누도스 항만국, 복기 일기

~가누도스 디저트 셀렉션 겨울호~

MIA'S FOODIE
DIARY
in GANUDOS PORT COUNTRY
~ GANUDOS SWEETS SELECTION FALL EDITION ~

TEARMOON
EMPIRE STORY

가누도스 항만국 소동도 드디어 일단락되었지만, 잘 생각해 보니 이번에는 여러모로 위험했던 느낌이 든다.
이 경험을 나중에 살리기 위해서도 이번 일을 돌아보며 개선할 점을 검토하려고 한다. 루드비히가 즐기는 체스 게임의 복기와 비슷한 느낌일까.

북그물 의식에서 발생한 가누도스 국왕 네스토리 폐하 암살 미수 사건

오우라니아 양의 안내를 받아 가누도스 항만국의 북그물 의식 견학. 의식 도중 네스토리 폐하를 시해하려는 암살 미수 사건이 발생.
뱀의 암살자를 저지하기 위해 최강전력인 디온 알라이이아 출전. 멋지게 성공한다.
디온 씨의 활약은 좋았지만, 그 후 패티까지 잡혀버린 건 심각한 문제. 야나와 키릴이 바이더리언이었다는 점이 문제를 키웠다. 하지만 오우라니아 양만 잡혔던 경우 등대 공방이 어떻게 흘러갔을지 예상할 수 없으니, 야나와 키릴을 막는 게 꼭 개선점이라고 하기는 어렵다.
참고로 북그물 의식 도중에 노점에서 구움과자를 발견. 어디

에서든 상인이란 굳세게 장사하는 사람들이라고 감탄했다. 물고기 모양의 구움과자로, 안에 달콤한 페이스트 형태의 잼 같은 것이 들어 있었다. 맛있음.

☆☆☆☆

암살 관계자로 지목당한 오우라니아 왕녀 전하 변호를 위해 연금 상태

어째서인지 오우라니아 양을 용의자로 대하는 네스토리 왕. 그 꿍꿍이는 알 수 없었지만, 오우라니아 양을 변호하기 위해 왕궁에서 연금 상태가 되었다.

그 자리에서 나서지 않는 것도 고려할 수 있지만, 패티와 아이들이 위험해질 가능성을 생각하면 그것이 최선이었다고 본다. 그 후 전속 메이드 투카를 아군으로 포섭한 안느와 리나 양의 수완의 훌륭했음.

참고로 그때 나온 과자인 가누도스 젤리는 제법 재미있었다. 부드럽고 달콤한 소스를 뿌렸는데, 탱글탱글하고 투명해서 마치 해파리 같은 감촉이었다. 해조류로 만들었다는데, 시원해서 목넘김도 최고. 더운 여름에는 얼음과자만큼이나 먹고 싶어지는 과자였다. 제국에서도 만들 수 없는지 주방장과 상담 필요.

☆☆☆☆

회의에서 세인트 노엘·성 미아 학원 공동 프로젝트 발표

조선 길드 길드장 비가스에게 말해놓았던 '공동 프로젝트' 건을 아무튼 추진해보기 위해 의회에 쳐들어가서 발표. 이 부분은 잘 풀렸으니까 현재 개선점은 떠오르지 않는다.

끝나고 바닷새알 푸딩이라는 걸 먹었다.

한마디로 표현하자면 최고. 굉장했다.

노릇노릇한 표면은 설탕을 졸인 달콤한 냄새로 덮여있었다. 단단한 표면 아래엔 부드럽고 사르르 녹는 식감. 새알의 고소한 냄새와 적절한 단맛. 게다가 그 안쪽에는 은은한 쌉쌀함이 느껴지는 소스가 들어있어서, 입안에서 어우러지며 뭐라 말할 수 없는 훌륭한 맛이 펼쳐진다.

제국 최고봉인 주방장이 만든 디저트와도 어깨를 나란히 할 수 있는 메뉴라고 할 수 있다.

흠잡을 곳이 없다. ☆☆☆☆☆

이런저런 일을 거쳐 등대 붕괴

가장 위험한 순간이었다. 패티도 휘말린 시점에서 위험도는 아주 높았다고 할 수 있다. 하지만 사전에 무언가 손을 쓸 수 있었냐면 그것도 어려웠다. 디온 알라이아를 파견한 것이 효과가 좋았다. 역시 무슨 일이 있으면 디온 씨에게 부탁하는 게 최선인가.

그 후 바다에서 꽁꽁 얼어버린 사람들의 몸을 따뜻하게 해주기 위해 항구에 도착한 다음 바로 핫밀크를 준비.

바닷바람을 맞아 차가워지고 피곤했던 몸에 꿀을 듬뿍 넣은 핫밀크가 들어가자 살 것 같았다.

진한 우유와 꿀의 조합은 역시 베스트 매치. 기마왕국에서든 가누도스에서든 다를 바가 없다는 걸 확인했다는 점은 좋은 소식이라고 볼 수 있을까.

상황 보정 포함해서 ☆☆☆☆☆

이렇게 돌아보니 가누도스 젤리와 바닷새알 푸딩은 특히 검토할 가치가 있어 보이는군요. 제국에 돌아가면 바로 주방장에게 상담해봐야겠어요.

후기

오랜만입니다. 작년 건강검진 결과가 아주 좋아서 16권에 이어 열심히 러닝하고 있는 모치츠키 노조무입니다. 목표로 잡았던 호수에도 도달했습니다. 광활한 호수면을 바라보며 '아, 그러고 보니 바다에 안 갔구나' 같은 생각을 하기도 하고…….

뭐 그래서 이번에는 계속해서 바다와 인접한 나라, 가누도스 항만국 사건. 그 완결편이었습니다.

여러분, 재미있으셨나요?

일부 독자분들에게 은근히 연설 능력이 좋은 거 아니냐는 감상이 들어오는지 마는지 하는 미아인데요, 이번에도 가누도스 항만국에서 열심히 연설하게 만들었습니다.

그런 미아 연설의 원점과 관련된 에피소드가 사실 만화판 9권 번외편에서 밝혀지니, 관심 있으신 분은 부디 그쪽을 읽어봐 주세요! 앞광고 끝!

미아 : 아, 아. 저, 는, 미아 루나 티어문이에요. 큼, 크흠. 역시 루나가 발음하기 불편하군요. 루드비히도 그렇고 에메랄다 양도 그렇고, 조금 혀가 꼬일 것 같은 이름이 많은 걸 어떻게든 해주세요!

루드비히 : 흠. 저도 때때로 어려운 표현을 사용할 때가 있는

데, 그럴 때 발음이 헛나갈 뻔한 적이 있습니다. 그래도 제 이름까지 헛나오지는 않지만요…….

미아 : 오우라니아 양도 잘 생각해 보면 부르기 불편하니까요. 역시 무언가 별명이 필요한 거 아닐까요? 루드비히는 뭐, 망할 안경이면 되고. 에메랄다 양은…… 어머? 에메랄다 양에 오우라니아 양, 게다가…… 라피나 님까지? 왜 제 앞에 줄을 서고 계시죠……? 응? 야나와 키릴도……? 당신들은 딱히 어려운 이름이 아니니까 별명도 필요 없지 않나요? 잠깐, 패티는 왜 묘하게 자랑하는 듯한 얼굴인 거죠?

이렇게 오늘도 미아와 친구들은 잘 지냅니다.

여기서부터는 감사 인사입니다.

Gilse님, 이번에도 근사한 일러스트였습니다, 감사합니다. 크리스마스 분위기에 두근두근하네요!

담당자 F님, 늘 정말 신세 많이 지고 있습니다. 앞으로도 잘 부탁드립니다.

가족과 친척 여러분에게. 뜨겁게 응원해주셔서 감사합니다.

독자 여러분. 17권을 읽어주셔서 감사합니다. 다음은 가누도스 항만국을 떠나 새 이야기가 시작될 예정입니다. 계속해서 재미있게 읽어주시면 좋겠습니다.

미아 스승님처럼 되기 위해
스승님의 하루를 배우겠습니다~
오우라니아
아침
흐음. 잠은 푹 잔다…….
메모
메모…
점심
점심도 든든하게 먹는다…….
냠
냠
흠…
오후 3시
그중에서도 …… 간식은 '필수'!!
Sweets!!
으음~
역시 이것만큼은 건너뛸 수 없죠~!
이렇게 뉴 토실 프린세스가 태어났다나 안 태어났다나…….
티어문 제국이야기 17권
구매해주셔서 감사합니다!
もりのみず

권말 보너스

만화판 제41화 미리보기

Comics trial reading

Tearmoon

Empire Story

반란군에게선
아직 아무
연락도 없나?
렘노 왕국
대응군,
제2기사단
단장.
베르나르도
바질.
아벨 전하.
……….
네,
그것이
아직…….
으음
…….
어떻게
하시겠
습니까?

이 이상 시간을 줄 필요는 없다고 봅니다…….
다행히 세니아는 성벽도 낮고 반란분자들이 쌓은 바리케이드도 빈약합니다.
돌파하기 어렵지 않을 겁니다.
…….
힐끔…
베르나르도…….
이명《강철창》.
수많은 도적단을 괴멸시키고
이웃 나라와의 전투에서도 모조리 승리하며, 그때마다 무훈을 올린 숙련된 기사…….

......
......
하지만 나약한
제2왕자라며 나를
무시하는 사람이
많은 가운데
그는 꼬박꼬박
내 의견을 존중해
주고 있지…….
그건
감사한
일이지만…….
이번에 실질적인
지휘는 베르나르도가
담당하고, 부대를
따라온 내 첫 출진을
띄워주려고 하는 줄
알았어.
나에게는……
무겁구나.
내 판단으로
백성을 탄압해야만
하니까…….

지시해 주십시오. 전하.
왕자의 의무……
중얼…
라.
척
내버려 두기에는 성가신 장소지.
병사들의 사기를 올리기 위해서도 단숨에……
보고!
마을에서 움직임 포착!

뭐지?
사자라도 보낸 건가?
아뇨, 그것이…….
어린아이 둘이 와서……
아벨 왕자 전하와 면회를 요구했습니다.
!
어리석군.
반란분자 주제에 아벨 전하를 만나 뵐 수 있다고 생각하다니.
그, 그게 평범한 어린아이가 아니라
아벨 전하의 학우라고 합니다…….
학우……?
실례하지.

시온 솔
선크랜드……?!
네가
어째서
여기에?
아니,
잠깐…….
그렇다면
설마…….

미아 황녀…….
오랜만이에요.
아벨 왕자님.
반짝
반짝
아아, 드디어 만났군요.
지금 입으신 옷도 늠름하고 멋있어요…….
반짝

황녀…….
날 만나러 온 거라면 기쁘지만…….
어머나?
그것 말고는 이유가 없지 않나요?
그러니까 마음껏 끌어안으셔도 괜찮답니다.
목욕도 꼼꼼히 했으니까요.
아니…….
제국의 예지, 미아 황녀가 오직 나만을 위해 왔을 리는 없어.
분명 그녀는
이 어리석은 싸움을 막으려고 온 거다.
아마 미아 황녀는 내 편을 들어주진 않겠지…….

시온 왕자.
쓱
?!
너는 어떻지?
꽈악
그래도 나는…….
설마 너도 나를 만나러 왔다는 건 아니겠지?
그래, 그렇지.
이번에 나는 미아 황녀의 호위 노릇만 할 생각이었는데…
이쯤 되니 가만히 있지 못하겠다.

예상했던 것보다 조금 이르지만……
검술 대회에서 재대결하기로 했던 약속을 들어줘야겠어.
……!
네가 이대로 왕도로 돌아간다면 겨울 검술 대회까지 기다릴 수도 있고.
후
그건 즉……
나에게 결투를 신청한다는 거야?
들으실 필요 없습니다, 아벨 전하!

일군을 이끄는 왕자께서 직접 일대일 결투라니…….
대국의 제1왕자가 자신이 믿는 정의를 위해 목숨을 건 결투를 신청했다.
거절하면 병사들의 사기가 추락할 테지.
물러나라, 베르나르도.
……
전하…….
게다가
힐끔…
미아 황녀…….

그녀 앞에서는 물러날 수 없으니까…….
나도 참…….
스윽
알았어.
시온 왕자.
그 결투 신청을 받겠다.

어, 어라?
이상하네요…….
저, 저 분명히 말했는데요?
아벨 왕자님을 만나러 왔다고…….
에리스의 소설에선 이럴 때는 그……
꼭 껴안고 분위기가 로맨틱 해지면서
미아 황녀, 보고 싶었어.
아벨 왕자님, 저를 봐서라도 전쟁은 멈춰주세요.
알았어.
와락
잘 해결되지 않던가요……?

티어문 제국
이야기

새로운 성황제 출현과
벨 소멸 위기!

위험한 건가요!?

제8부 개막!!

2차 성황제 선거

~여신 초상화의 수수께끼를 풀어라~

티어문 제국 이야기 XVIII

TEARMOON EMPIRE STORY

기대해주세요.

TEARMOON EMPIRE STORY

모치츠키 노조무 지음

Gilse 일러스트

라피나 님이 졸업…
쓸쓸해지겠군요—아니 이거

Tearmoon Teikoku Monogatari 17~Dantoudai kara hazimaru hime no gyakuten story~
by Nozomu Mochitsuki

Copyright © 2025 by Nozomu Mochitsuki
Original Japanese edition published by TO Books, Inc.
Korean translation rights arranged with TO Books, Inc.
Korean translation rights © 2025 by Somy Media, Inc.

티어문 제국 이야기 17 ~단두대에서 시작하는 황녀님의 전생 역전 스토리~

2025년 11월 15일 1판 1쇄 발행

저 자 모치츠키 노조무
일러스트 Gilse
옮 긴 이 현노을
발 행 인 유재옥
담당편집 정영길

이 사 조병권
편 집 팀 정영길 조찬희 박치우 이소의 정지원 최유정 김혜주
디자인랩팀 김보라 전세연
디지털사업팀 김지연 윤희진 장혜원
라이츠사업팀 김정미 이지현 유아현
영업마케팅팀 최원석 윤아림
물 류 팀 백철기
경영지원팀 최정연
인쇄제작처 ㈜코리아피엔피
발 행 처 ㈜소미미디어
등 록 제2015-000008호
주 소 서울시 마포구 토정로222, 502호 (신수동, 한국출판콘텐츠센터)
판매 및 마케팅 (070) 8822-2301

ISBN 979-11-384-4189-6 04830
ISBN 979-11-6507-670-2 (세트)

티어문 제국 이야기

단두대에서 시작하는 황녀님의 전생 역전 스토리

Tearmoon Empire Story

Written by Nozomu Mochitsuki

17권 초판 한정 쇼트스토리 소책자

모치츠키 노조무 지음
Gilse 일러스트

번외편
비아냥꾼 요르고스의 회고

Tearmoon
Empire Story

"다들 미아 루나 티어문처럼 행동할 수 있는 게 아니야."

그것은 백성들이 자국 귀족의 부족함을 한탄하는 단골 멘트로 사용하는 말이다.

가장 먼저 그 말을 한 사람은 중앙정교회의 성인 '비아냥꾼 요르고스'라는 것도 널리 알려져 있다.

하지만 요르고스 신부가 키운 고아원 출신의 사람들은, 사실 이 말의 정확한 의미는 전해지지 않았다고 말한다.

이 말에는 알려지지 않은 뒤 문장이 있다고 한다. 그것은…….

"우선 교구에 부임하면 가장 먼저 그 나라의 왕족에게 인사할 것. 그리고 항상 왕후 · 귀족과 우호적인 관계를 구축하도록 해."

과거 가누도스 항만국 파견이 정해졌을 때 스승은 말했다.

젊은 시절의 요르고스는 그 말에 큰 반감을 느꼈다.

"실례지만, 세상의 권력과는 어느 정도 거리를 두지 않으면 교회가 부패해버리는 것 아닙니까?"

세상의 재화는 죄와 아주 깊은 관계에 있는 법. 권력은 신의 신성을 손쉽게 더럽히고 부패시킨다. 부자는 재화를 신으로 숭상하고 타락한다.

그렇기에 자신들은, 신을 섬기는 자는 세상의 권력자와 거리를 두어야 한다.

"어떤 권력이든 재화든 사용하기에 달린 법. 좋은 일을 위해 쓰면 된다."

그런 정론을 내걸고 권력에 영합한 성직자가 얼마나 많았는지. 역사를 돌아보면 셀 수 없이 나온다. 그리고 타락한 성직자는 부패한 권력자와 손을 잡고 사악한 존재로 전락한다.

그러니 그런 유혹에 빠지지 않도록 권력자와도 대상인과도 일정한 거리를 두고, 그들의 힘을 빌리지 않는 대신 아첨하지도 두려워하지도 않고 선행을 해야 하는 게 아닐까.

젊은 시절의 요르고스는 그렇게 생각했다.

"그래. 정말 그렇게 살 수 있다면 훌륭히 선행을 실천할 수 있겠지."

제자의 반론에도 스승은 자상하게 웃으며 엄숙하게 말했다.

"그렇다면 네가 생각하는 대로, 그렇게 살아보아라."

지금은 죽은 스승의 말을 떠올릴 때마다 요르고스는 항상 뼈저리게 느끼게 된다.

당시 자신이 얼마나 미숙했는지…….

신성전의 가르침을 따라, 한 구절도 어기지 않는 삶이 얼마나 어려운 일인지.

아무 고민도 갈등도 없이 순수하게 선행을 실천하는 건 누구라도 불가능한 일이다.

영주의 도움도 상인의 도움도 받지 않고, 초인적인 힘으로 눈앞의 약자들을 모두 구하는 것……. 그런 건 몽상에 불과하다.

그는 이 가누도스 항만국에서 그 사실을 뼈저리게 배웠다.

갑작스럽게 울리는 고함.

교회 바로 앞에서 들리는 거친 목소리에 요르고스는 조용히 자리에서 일어났다.

문을 열고 보인 광경에 그는 깊은 한숨을 쉬었다.

가장 먼저 보인 것은 체격이 좋은 남자, 그리고 그 굵은 팔에 붙들린 두 명의 어린아이. 당장에라도 주먹을 휘두르려고 하는 남자를 향해 요르고스는 조용히 물었다.

"우리의 신은 아이를 사랑하고 아끼는 신. 그 신의 집 앞에서 아이를 때린다니, 하늘 무서운 줄 모르는 행위가 아닐까?"

그 순간 남자가 비위를 맞추듯이 웃었다.

"이거 실례했습니다, 신부님. 설마 이런 쓰레기장 같은 뒷골목에 교회가 있을 줄은 몰라서……."

"나처럼 성격이 꼬인 인간은 귀족이 좋게 보질 않거든. 게다가 도덕심이 필요한 건 굳이 따지라면 쓰레기장 쪽이지. 뭐, 그 점에선 고귀하신 분 중에 마음이 쓰레기장인 사람도 많은 모양이지만……."

이 마을에는 배를 굶주린 어린아이들이 많이 있다. 그 아이들을 때리려는 남자와 그런 상황을 방치하는 귀족. 둘 다 마음이 쓰레기장이라고 해도 과언이 아닐 것이다.

요르고스는 한숨을 쉬며 아이들에게 시선을 주었다.

"그래서, 이 아이들은 무슨 짓을 했지?"

"이 녀석의 얼굴을 보고도 모르는 거야?"

남자는 붙잡은 소녀의 앞머리를 우악스럽게 올렸다. 그렇게 드러난, 이마에 새겨진 눈 모양의 문신.

"이 녀석은 도둑의 자식이라고."

해적의 후손, 바이더리언. 이 나라에서 가장 비천하고 멸시받는 자들.

이 아이들이 이대로 끌려가면 어떤 일을 겪을지…… 쉽게 상상이 갔다.

——내 손이 닿는 범위에서 일이 일어난 걸 고마워해야겠군…….

요르고스는 깊은 한숨을 내쉰 뒤 아이들이 훔친 생선을 사기로 했다.

"골치아프구만. 신을 모시는 것도."

황당해하는 남자를 향해 요르고스는 입꼬리만 당겨서 씩 웃었다.

"뭐 대단한 건 아니야. 나는 생선을 좋아하거든."

사러 갈 수고를 덜었다는 뒷말은 생략하고…….

"이제 그 아이들을 놔 줄 거지?"

조용히 남자를 노려보았다.

그렇게 구출한 바이더리언 남매를 앞에 두고 요르고스는 눈썹을 찡그렸다.

——바이더리언 고아라……. 여기에서 돌봐주는 건 불가능하겠지…….

왕에게 아첨하지 않고 권력자와 일정한 거리를 두는 요르고스이기에 권력에 굴복하지 않고 바이더리언 아이들을 구할 수 있었다. 만약 영주의 지원을 받는 고아원이었다면 이럴 수는 없었을 것이다.

하지만…… 이 아이들을 계속 이 교회 고아원에서 돌봐줄 수 있냐면, 그렇지는 않다.

이 아이들을 교회에서 하룻밤 재워주는 정도는 괜찮다.

배부르게 먹일 수도 있을 것이다.

“어휴, 신부님도 참. 사람이 너무 좋다니까. 그런 해적의 후손들에게.”

그런 식으로 쓴웃음을 짓기야 할 테지만, 거기서 끝날 것이다.

하지만…… 이 아이들을 고아원에 거두고 키운다면?

――아마 용서하지 않겠지.

이곳의 고아원은 베이르가 중앙 정교회 본부에서 보내는 자금과 이 지구의 신도들이 내는 헌금으로 운영되고 있다.

운영 자금은 절대 윤택하지 않다. 지역 신도들의 도움이 꼭 필요하다.

――바이더리언 아이들을 키운다면 떠나는 신도가 많이 있을 거야. 그러면 이미 고아원에서 맡은 아이들이 길거리에 나앉게 되겠지.

가누도스 왕가와도 원로회와도 거리를 두고 있으니 바이더리언 아이들을 하룻밤 재우고 먹일 수는 있다. 하지만 주어진 자유라고는 그 정도다.

아주 미미한 수준에 불과하다.

『왕후 · 귀족과 가까이 지냈다면 더 많은 헌금이 들어와서 더 많은 아이를 구할 수 있지 않을까?』

그런 말을 들은 적이 있다.

가누도스의 아이들을 많이 구할 수 있다. 최하층인 바이더리언 아이들을 못 본 체한다면 더 많은 아이를 구할 수 있다.

가누도스 같은 항구 도시에는 고아가 많다. 해난사고로 죽어버린 어부의 자식들은 항상 일정 수 존재하며, 배를 곯고 있다. 그런 아이들을 한 명이라도 많이 구하는 것……. 그것이야말로 자신이 이곳에 파견된 이유가 아닐까?

그런 속살거림에 요르고스는 비아냥이 섞인 미소를 돌려주었다.

"……그건 눈앞의 생명을 구하지 않는 이유가 되진 않아. 절대로……."

갈등은 찰나였다. 저녁을 먹고 아이들을 재운 뒤 그는 편지를 썼다.

다행히 이번만큼은 이 남매를 구할 방법이 있었다.

"세인트 노엘 학원 특별 초등부라……."

베이르가 공국에서 갑자기 도착한 한 통의 편지. 그 편지를 읽었을 때는 많이 놀랐지만…….

"각국의 고아원에서 학생을 모집하고 세인트 노엘 학원에서 교육이라……. 졸업한 뒤에도 세인트 노엘 출신이라면 살아가기에 어렵지 않겠지. 게다가 차세대 왕후 · 귀족에게 고아들의 실상을 보여주는 것도 의미가 있을 테고."

정말 딱 베이르가가 해야 할 일이었다. 중앙 정교회가 해야 하는 일이었다.

"하지만 바이더리언 아이들이 온 이 타이밍에 이런 편지가 오다니……."

도움의 손이 내려온 곳은 바이더리언 남매인지, 아니면 자신인지…….

편지를 다 쓴 그는 조용히 신에게 감사의 기도를 바쳤다.

그렇게 시간은 흐르고…….

요르고스에게 또다시 충격이 찾아왔다.

고아원에서 떠난 아이들이 이곳에 찾아오는 일은 드물지 않다. 훌륭한 어른으로 성장한 그들이 이곳을 고향이라고 여기며 가깝게 여기는 건 기쁜 일이었다.

하지만 이날 찾아온 사람들은 아무리 요르고스라고 해도 놀랄 수밖에 없는 사람들이었다.

"너희들, 대체……."

다시는 만날 일이 없다고 생각했던 바이더리언 아이들, 야나와 키릴이 문 앞에 서 있었다. 숨을 헐떡이는 두 사람 옆에는 또래로 보이는 다른 아이도 있었고…….

그리고 그 뒤에는…….

——오우라니아 왕녀 전하……. 왜 이런 곳에…….

이 나라에 부임했을 때 한 번 인사하러 간 뒤로 다시는 얼굴을 본 적이 없었던 이 나라의 왕녀가 있었다.

"부탁드려요, 신부님. 제발 저희를 숨겨주세요."

머리를 숙이는 야나를 보고 요르고스 신부의 얼굴이 떨떠름해졌다.

골치 아픈 일에 휘말릴 예감이 들었다. 자칫 잘못했다간 지금 고아원에 있는 아이들이 위험해질지도 모른다.

머리에 떠오른 그런 불안을 요르고스는 한숨과 함께 뱉어냈다.

"우선은 안으로 들어와……."

돕지 않는다는 선택지는 없다. 그게 올바른 일이란 생각이 들지 않기 때문이다.

——아무리 걱정해봤자 전부 신의 손바닥 위에서 일어나는 일. 그렇다면 내가 해야 할 일은 무엇이 옳은 일인지 생각하고 그 판단에 따르는 것뿐…….

이렇게 그는 교회 안으로 일행을 들여보냈다.

그 후 요르고스의 불안은 적중하여 교회 안에 무법자가 침입해 몇몇 기물이 파손되기도 했지만, 다행히 아이들은 다치지 않았다.

요르고스 본인도 딱히 피해가 없었으니 아주 감사해야 할 일이긴 했지만…….

"설마 그 바이더리언 아이들 일이 이런 만남으로 이어질 줄이야……."

그날 요르고스는 교회에서 한 손님과 마주하고 있었다.

대국 티어문 제국의 황녀이자 제국의 예지로 이름 높은 인물, 미아 루나 티어문은 조금도 거들먹거리는 모습 없이 완벽한 예를 갖추며 교회에 발을 들여놓았다.

"이번에는 제 친구 오우라니아 왕녀, 그리고 제가 보호하는 아이들이 크게 신세 졌습니다. 진심으로 감사드려요."

깊이 머리를 숙이는 고귀한 왕녀를 앞에 두고 요르고스 또한 깊이 머리를 숙였다.

그녀가 바로 세인트 노엘에 특별 초등부를 만든 공로자이자, 제국의 빈민가를 구하고 나라에 개혁의 바람을 불러온 자애로운 통치자.

신성전에 적힌 통치자의 규범을 완벽하게 실천하는 사상 최고의 황녀가 지금 그의 눈앞에 있다.

"특별 초등부 계획, 정말 훌륭하십니다. 그건 고아원의 아이들에게 희망이 될 겁니다."

여느 때의 비아냥은 자취를 감추고 진심에서 우러난 말이었다. 요르고스 본인이 덕분에 큰 도움을 받았으니 특히나 더 고마웠다.

반면 미아는 웃으며 고개를 저었다.

"어머, 세인트 노엘만이 아닌걸요. 우리 제국의 성 미아 학원도 우수한 아이들을 원하고 있으니, 이 고아원에 우수한 아이가 있다면 꼭 보내주세요. 희망은 하나라도 더 많은 게 좋잖아요. 그리고 무언가 힘든 일이 있다면 사양하지 말고 말씀해주세요."

요르고스는 조용히 미아를 바라보았다.

――이분이 해온 업적이 전부 사실이라고 생각하진 않았지만…… 야나와 키릴을 보면 알겠어. 이분은 틀림없이 자애로운 사람인 거야.

바이더리언 남매의 발그레한 얼굴을 떠올렸다.

누더기 같은 옷을 입고 바싹 야위었던 그 남매가 안색도 건강하고 단정한 옷을 입고 있었다. 심지어 용기를 내서 다른 사람을 위해 노력했다.

그것만 봐도 두 사람이 어떤 대우를 받는지 알 수 있다.

살며시 눈을 감고 생각했다.

――지금까지는 완강하게 권력자와 거리를 두어야 한다고 생각했지만……. 이분이라면, 어쩌면…….

작게 숨을 뱉은 뒤 요르고스는 입을 열었다.

"미아 황녀 전하……. 제 눈에는 당신이 최선의 통치자로 보입니다. 따라서 만약, 선행을 위해 권력자의 비위를 맞출 필요가 있다면 당신에게 부탁하는 게 맞겠다고 생각합니다."

그런 요르고스의 말에 미아는 눈을 크게 떴다가 이내 눈썹을 살짝 찡그렸다.

"그건 아니에요. 요르고스 신부님……."

고개를 저은 뒤, 제국의 예지 미아 루나 티어문은 말했다.

"만약 여러분이 좋은 일을…… 예를 들어 고아를 구하거나, 가난한 사람을 돕거나, 병든 사람에게 손을 내밀거나…… 그런 식으로 약한 백성을 구하기 위해 무언가를 하려고 한다면, 저희가 당연히 지원해드려야죠. 협력을 구하기 위해 비위를 맞출 필요는 전혀 없어요."

단호하게 말한 미아는 요르고스의 눈을 똑바로 바라보았다.

"교회는 항상 백성을 구하고, 선행을 실천해야 하는 법. 통치자가 악행에 기운다면 비위를 맞추는 게 아니라 잘못을 지적하고 간언하세요. 망설일 필요는 전혀 없습니다."

그러더니 가슴에 손을 올리고 은은하게 미소 지었다.

"다만…… 그래요. 한 가지 바람이 있다면…… 저희도 사람이라는 걸 기억해주세요."

"왕도 사람이다……."

그 대답에 요르고스는 눈을 부릅떴다.

자신을 신과 동일시하려는 통치자는 과거에 많이 있었다. 하지만 눈앞에 있는 제국의 예지는 완전히 반대되는 말을 했다.

자신들도 사람이라고……. 그렇기에 잘못을 저지르기도 하니까, 충고를 망설이지 말라고…….

——그래. 이게…… 이것이야말로 제국의 예지라고 불리는 이유인가…….

그는 생각했다.

——모든 왕후 · 귀족이 이분 같았다면 우리는 갈등하지 않을 텐데…….

사실…….

요르고스 신부의 말을 듣고 미아는 내심 당황했다. 성대하게 당황했다!

——무무무슨 끔찍한 말씀을 하시는 건가요! 제 비위를 맞춘다니……!

미아는 중앙 정교회와 친하게 지내고 싶긴 해도, 그쪽에서 비위를 맞춰주는 건 사양이었다.

왜냐하면 만약 그렇게 진득한 관계를 구축해버린 경우, 혁명이 터졌을 때 도망칠 때 써먹을 수 없기 때문이다. 분명 미아도 교회도 함께 불바다가 될 것이다.

중앙 정교회는 국경을 초월한 거대한 조직. 외국으로 탈출할 때 가장 기대고 싶은 존재다. 부디 일정한 거리를 유지하면서 자립적인 위치를 소중히 여겨줬으면 좋겠다.

――게다가 만약 라피나 님 귀에 들어갔다간 분명 불쾌해하실 테죠……. 하지만…….

미아는 요르고스 신부의 얼굴을 힐끗 쳐다보았다.

무언가 궁지에 몰린 듯 진지한 눈빛으로 이쪽을 바라보고 있다. 무작정 거절했다간 그거대로 문제가 될지도 모른다.

미아는 고민한 끝에 천천히 입을 열었다.

"그건 아니에요. 요르고스 신부님……. 만약 여러분이 좋은 일을…… 예를 들어 고아를 구하거나, 가난한 사람을 돕거나, 병든 사람에게 손을 내밀거나…… 그런 식으로 약한 백성을 구하기 위해 무언가를 하려고 한다면, 저희가 당연히 지원해드려야죠. 협력을 구하기 위해 비위를 맞출 필요는 전혀 없어요."

그리하여 비난받을 구석이 없는 존재로서 혁명군의 태반을 차지하는 백성과 우호적으로 지냈으면 좋겠다고…… 미아는 기도하는 마음을 담아 말했다.

추가로……!

"……저희도 사람이라는 걸 기억해주세요!"

위험에 빠졌을 때는 한 명의 사람으로 보고 구해달라고 강조해 두었다.

“왕도 사람이다…….”

따라서 중얼거리는 요르고스 신부를 보고 미아는 고개를 크게 끄덕였다.

“통치자 또한 사람……. 도움이 필요한 한 명의 인간일 뿐……. 그 사실을 잊지 않아 주셨으면 해요.”

만에 하나, 그럴 일은 없겠지만…… 혁명군에게서 도망치게 되면 외국으로 탈출해올지도 모르니까 그때는 도와달라고…….

주먹을 불끈 쥐고 간절히 말하는 미아였다.

그로부터 몇 년이라는 시간이 흘러…….

어느 날, 어떤 여성이 요르고스 신부를 찾아왔다.

이 가누도스 항만국에서 가장 고귀한 여성…….

“오우라니아 왕녀 전하……. 평안하셨습니까.”

오우라니아 페를라 가누도스.

국왕인 아버지 대신 이 가누도스 항만국에 개혁을 불러온 여성. 제국의 예지의 첫 번째 제자라고 자부하는 사람이기도 했다.

“안녕~ 요르고스 신부님……. 아이들을 위해 물고기를 가져왔는데…….”

살짝 말꼬리를 늘리는 듯한 어조로 말하는 오우라니아. 그 뒤에 선 메이드의 손에는 낚싯대와 어롱이 있었다. 아무래도 메이드를 데리고 바다낚시를 하고 온 모양이었다.

“감사합니다. 잘 먹겠습니다.”

어롱을 받은 요르고스는 교회 안으로 오우라니아를 들였다.

“……피곤해 보이십니다.”

차를 준비하면서 말을 건네자, 오우라니아는 쓰게 웃었다.

“어~ 아하하……. 응, 뭐…… 좀 힘들긴 해……. 자꾸 바이더리언 족 일로 싸움이 나서……. 그야 어쩔 수 없는 부분은 있다고 보지만~ 으음, 스트레스가 쌓이지…….”

그 대답에 요르고스는 조금 긴장했다.

그녀가 전부 내던지려는 건 아닌지…… 그런 위기감을 느꼈기 때문이다.

실제로 오우라니아에게는 그럴 힘이 있다.

왕이 지닌 권력은 인간을 오만하게 바꿔버린다.

오우라니아가 언제 고귀한 자의 의무를 포기하고 오만하게 권력을 휘두르기 시작해도 이상하지 않다.

――다들 미아 황녀 전하처럼 행동할 수 있는 건 아니지.

포기하듯, 혹은 스스로를 타이르듯 요르고스가 한숨을 내쉬려고 한 다음 순간…….

“하지만…… 포기할 수는 없으니까…….”

묘하게 힘이 빠진, 그런 목소리가 들렸다.

슬쩍 시선을 던지자 오우라니아는 씩 웃으며 입을 열었다.

“야나와 키릴을 위해서란 것도 있지만…… 나는 미아 스승님의 첫 번째 제자니까……. 스승님처럼 잘 해낼 수 있을 것 같진 않아도…… 절대 포기할 수는 없어.”

“오우라니아 님, 슬슬 원로회 회의가…….”

메이드의 알림에 오우라니아는 깊은 한숨을 내쉬었다.

"후……. 어쩔 수 없지. 가야겠다……."

그렇게 말하며 오우라니아는 자리에서 일어났다. 그대로 꾸벅 인사한 뒤 교회를 나가려는 오우라니아를 향해 요르고스는 말을 걸었다.

"오우라니아 왕녀 전하……."

"응~?"

돌아본 오우라니아에게 요르고스는 어색하게 웃으며 말했다.

"오우라니아 왕녀 전하께서 하시려는 일에, 그 막대한 인내와 노력을 신께서 축복하시길 기도합니다. 무언가 제가 할 수 있는 일이 있다면 무엇이든 말씀해주십시오."

그 말에 오우라니아는 씩 웃었다.

"후후후~ 고마워. 다음에 또 들를게……. 그때는 아이들과 같이 생선 요리를 먹고 싶어."

"네. 아이들도 분명 기뻐할 겁니다."

제국의 예지 미아 루나 티어문을 보고, 가누도스의 왕녀 오우라니아 페를라 가누도스를 보고…….

요르고스는 이렇게 생각하게 되었다.

"다들 미아 루나 티어문처럼 행동할 수 있는 게 아니야. 하지만 가누도스의 왕녀 전하도 꽤 열심히 하시지."

제국의 예지처럼 완벽하게 하지 못해도…… 처음부터 완벽하지는 못했다고 해도……. 노력을 거듭하며 선행을 하려는 사람도 있다.

한 걸음씩이라고 해도 올바른 방향으로 걸어가려는 사람이 있다.

그렇기에 실수해도, 부족해도 선행을 위해 발버둥 치는 사람에게는 기도와 성실한 태도로 협력해야 한다…….

요르고스는 후배들에게 이렇게 가르쳤다.

"이 세상에는 부정할 수 없는 어둠이, 절망이 있어. 하지만 절대 그것만이 아니야. 언젠가 끝이 오는 그날까지 우리는 이 땅에서 희망의 빛을 비추며, 또한 희망의 빛을 든 사람들에게 계속 협력해야 하는 의무가 있는 거다."

참고로……. 이런 요르고스의 발언은 아무튼 미아에게는 굉장한 과대평가라고 해야 할지……. 기대치를 너무 올려놓는 바람에 등골이 쭈뼛해지는 기분을 느끼게 되지만…….

자주 있는 일이니까 신경 쓸 필요도 없을 것이다.

티어문 제국 이야기

번외편
어떤 드레스 이야기

Tearmoon
Empire Story

제국의 예지, 미아 루나 티어문의 드레스라고 하면 순백의 드레스가 가장 유명할 것이다.

세인트 노엘 학원 입학생 환영 무도회에서 처음 공개된 그 드레스는 기본적인 디자인이면서도 매우 아름다워서, 미아의 미모와 함께 사람들의 기억 속에 새겨지게 되었다.

한편으로는 각광받지 못한 드레스도 존재한다.

예를 들어 말의 재채기에 휘말려 데뷔할 기회를 잃어버린 드레스. 물론 그 드레스는 훗날 미아와 함께 사교계에 데뷔했으니, 주목받는 게 조금 늦어진 것뿐이었지만…….

그리고 미아가 거들떠보지도 않은 걸 넘어 꺼린 드레스도 존재한다.

이건 운명의 장난으로 인해 각광받지 못하고 어둠에 묻힌 드레스의 이야기다.

어느 날…….

티어문 제국의 제도 루나티어. 그 중심에 우뚝 선 백월 궁전에 고뇌로 가득한 신음이 울려 퍼졌다.

목소리의 주인은 다름 아닌 이 나라의 정점에 군림하는 인물, 마티아스 루나 티어문이었다.

이날 그는 지극히 중요한 결정을 내려야 했다. 여태껏 이토록 중요한 일이 있었을까……. 스스로에게 자문할 정도였다.

"미아의 이름을 붙일 때 이후로 처음인가……. 으으으으음, 참으로 고민되는구나."

자 그러면……. 대체 무슨 고민을 하고 있는가…….

"대체 무엇을 골라야 할지……."

그의 시야에는 드레스가 있었다.

시야 밖에도 드레스가 있었다.

드레스에 둘러싸여 있었다!

그랬다. 마티아스는 현재 드레스를 고르는 중이었다. 세인트 노엘에 입학하는 미아에게 선물할 드레스를.

기본적으로 미아가 세인트 노엘에 무슨 드레스를 가져가는지는 가신에게 맡겨놓았다. 솔직히 마티아스는 어떤 드레스가 좋은지 잘 모르므로……. 전부 마티아스 취향으로 골랐다간 미아가 난감해할 것이다.

그런 건 전문가에게 맡기는 게 가장 좋다.

하지만 한 벌 정도는 직접 골라주고 싶다는 것이 부모의 마음인 법…….

그런 관계로 마티아스의 요청에 따라 그 방에는 여러 벌의 드레스를 모아놓았다.

제국의 뛰어난 장인들에게 의뢰한 드레스들. 방을 가득 채우는 화려한 드레스를 앞에 두고 마티아스는 눈이 핑핑 도는 듯한 기분이 들었다.

"으음……. 이 안에서 고르는 건——헛! 그래! 아예 이 드레스를 전부 가져가라고…….”

“하시면 안 됩니다. 폐하. 세인트 노엘의 기숙사실에 전부 들어가지 않습니다.”

재상의 신속한 지적에 마티아스는 다시 미간을 구겼다.

“끄으응……. 으으으으음……. 어떤 드레스가 좋을지……. 애초에 미아에게 어울리는 걸 골라야 하는지, 아니면 미아가 마음에 드는 걸 골라야 하는지…….”

중얼중얼 혼잣말을 흘리며 서성서성 정신 사납게 돌아다녔다. 들었다가 놓았다가, 얼굴을 들이밀고 살폈다가 놓았다가……. 그러기를 수십 번……. 문득…… 그 발이 멈췄다.

눈앞에는 한 벌의 드레스가 있었다.

“오오…… 이것은.”

화사한 파란색의 드레스였다. 미아의 눈동자, 또는…… 그가 사랑하는 아내 아델라이드의 눈동자가 떠오르는 아름다운 파란색. 파티에 잘 어울리는 화려함과 기품이 공존하는 디자인. 무엇보다 완벽한 바느질로 마감하여 꼼꼼함과 성실함이 느껴지는 만듦새가 눈에 띄었다.

“이거 좋군……. 좋은 드레스야.”

그 드레스를 스윽 잡고…… 마티아스는 고개를 끄덕였다.

“흠, 좋아. 이걸로 하지. 후후후, 이걸 입은 미아를 보는 게 기대되는구나.”

그는 살며시 눈을 감았다.

눈꺼풀 뒤로 떠오르는, 어린 시절 딸의 모습. 아직 한참은 더 어리다고 생각했던 딸이 올해 세인트 노엘에 들어간다. 그 사실이 참으로 감개무량해서…… 눈두덩이가 뜨끈뜨끈해졌다.

천천히 눈을 뜨고 드레스를 보자 이 드레스를 입고 기쁘게 웃는 미아의 모습이 떠올랐다.

"후후후, 기대되는군. 분명 미아도 기뻐하겠지."

그렇게 마티아스가 선물한 드레스였지만…… 미아가 그걸 입은 모습을 보는 일은 없었다.

세인트 노엘에서 돌아온 미아는 본인의 탄신제나 무도회에도 끝내 그 드레스를 입지 않았다.

태도로는 드러내지 않았으나 마티아스는 실망했다. 하지만 바로 마음을 바꿔 먹었다.

——내가 고른 드레스가 미아의 마음에 들지 않았던 거겠지.

그건 어쩔 수 없는 일이다. 미아의 행복이 가장 중요하니까, 미아가 마음에 들지 않았다면 딱히 입지 않아도 괜찮다. ……그렇게 생각하게 되었다.

……여기에는 작은 오해가 있었다.

미아는 마티아스가 고른 드레스가 마음에 들었다. 마음에 들어서…… 입었다.

세인트 노엘의 데뷔 무대, 신입생 환영 무도회 때.

그리고 처절한 외톨이 파티를 경험하고 말았기 때문에 마음에 깊은 상처로 남았다.

따라서 미아는 다시는 그 드레스를 입지 않았다. 그날 밤의 쓸쓸함이 떠오르니까…….

그렇게 아버지와 딸 사이에 생긴 오해는 풀리지 않았고.

이윽고 제국을 덮친 혁명의 불꽃은 사람들을 태우고, 거리를 태우고, 나라를 불태우고…….

그 과정에서 어둠에 묻힌 드레스는 영원히 사라졌다.

아버지와 딸의 오해가 풀리는 기회 또한 영원히…… 사라지고 말았다.

그리하여 시간은 거꾸로 흐르고…….

"으음, 어떡하지……."

그날 안느는 고민에 빠졌다.

그녀의 눈앞에는 수많은 드레스가 펼쳐져 있었다. 화려하고 시선을 확 잡아끄는 드레스들을 진지하게 바라보며 머릿속에는 미아를 떠올리고…….

"어떤 드레스가 좋을까……?"

미간을 구겼다.

현재 안느는 미아가 탄신제 때 입을 드레스를 고르는 중이었다.

미아 황녀의 탄신제는 매년 겨울에 열리는, 제국에서 가장 큰 축제다.

열흘이라는 기간에 걸쳐 치르는 축제 기간 도중 미아는 다양한 파티에 초대받는다. 당연히 매일 같은 드레스를 입을 수도 없으니 그때마다 드레스가 필요한데…….

"한 벌은 신입생 환영 무도회 때의 드레스면 될 테지만……. 다른 건 어떡할까…….”

고민하던 안느는 문득 한 벌의 드레스를 집었다.

그건 학원에 가져가긴 했지만, 미아가 한 번도 입은 적이 없는 드레스였다.

아주 예쁜 파란 드레스에다 미아에게도 아주 잘 어울릴 것 같았는데, 어째서인지 미아는 그 드레스를 입으려고 하지 않았다.

——미아 님께서 싫어하는 디자인인가……?

고개를 갸웃거리고 있을 때 마침 베테랑 메이드가 들어왔다.

“안느 양, 여기에 있었구나……. 어? 그 드레스는…….”

메이드는 그 드레스를 보고 눈이 부신 것을 보는 얼굴이 되었다.

“폐하께서 황녀 전하께 선물하신 드레스구나.”

“네……? 그랬나요?”

“그래. 아주 오래 고민하신 끝에 고르셨다나. 그래서 미아 황녀 전하께서 그 드레스를 입으신 모습을 보는 걸 무척 기대하고 계신다고 해.”

그런 소문을 들려준 뒤 메이드는 방에서 나갔다.

그 등을 배웅한 후 안느는 한 번 더 드레스로 시선을 내렸다.

“어머……? 이 드레스는…….”

미아는 안느가 골라온 드레스를 보고 고개를 갸웃거렸다. 기억 속에 있는 디자인이었기 때문이다.

——아아, 마음의 상처가…… 욱신거려요!

뻣뻣한 얼굴로 미아는 안느에게 말했다.

“저기…… 안느, 가능하다면 다른 드레스를 입고 싶은데요…….”
하지만 안느는 조용히 고개를 저었다.
“미아 님, 이 드레스는 폐하께서 선물하신 드레스라고 들었습니다.”
안느의 진지한 얼굴에 미아는 ‘그러고 보니……’ 하고 기억을 떠올렸다.
“폐하께서는 미아 님을 위해 분명 오랫동안 고민에 또 고민을 거듭하신 끝에 이 드레스를 고르셨을 거예요. 그러니 미아 님께서 이걸 입은 모습을 보고 싶어 하시지 않을까요?”
열정적으로 제안하는 안느였지만, 미아는 ‘그래도 이 드레스는 좀…….’하며 떨떠름한 얼굴이 되었다.
이걸 보면…… 되살아난다. 과거의 그 외톨이 파티의 광경이…….
——으, 으으윽. 역시 다른 드레스를…….
그렇게 회피하려던 미아였지만, 문득 떠오르는 기억이 있었다.
이전 시간축에서…… 아버지가 살짝 쓸쓸한 듯 그 드레스는 입지 않는 거냐고 물어보던 것을…….
——그러고 보면 그랬었죠. 전에도 결국은 보여주지 않았으니까요. 선물 받은 걸 쓰는 모습을 보여주지 않는 것도 예의에 어긋난다고 할 수 있는 법……. 게다가 저는 단두대의 운명을 극복했잖아요. 그런데 이미 지나간, 이제는 존재하지 않는 세계의 역사로 고민하다니 바보 같은 짓이지 않을까요…….
미아는 다시금 드레스를 보았다.
아버지가 선물한 드레스는 확실히 멋진 드레스였다.

잘 보니 미아가 가진 다른 드레스보다 한 등급 더 품질이 좋아 보였다.

정말로 정성을 담아 골랐다는 게 똑똑히 보였다.

드레스에 살며시 손을 올려놓은 미아가 중얼거렸다.

"……생각해 보면 이 드레스도 불쌍한 드레스였을지도 모르겠군요."

그날, 미아가 외톨이 파티를 만끽했던 날 이 드레스도 데뷔 기회를 놓쳐버렸다.

본래대로라면 칭송받아 마땅한 멋진 드레스인데, 아무런 각광도 받지 못하고 옷장에서 썩어갔다. 그것 또한 가혹한 일이다.

――저와 함께 그날 밤의 굴욕을 버틴 이 드레스는, 말하자면 전우라고 할 수 있을 테죠. 그렇다면…….

미아는 조용히 고개를 들고 말했다.

"주목받을 수 있는 무대를 마련해주는 것도 좋을지도 모르겠네요……."

그러더니 미아는 부드럽게 웃었다.

"고마워요, 안느. 안느 말대로 이 드레스가 좋을 것 같네요. 준비 부탁해요."

"네! 알겠습니다."

미아의 대답에 안느는 의욕을 가득 충전한 얼굴로 고개를 크게 끄덕였다.

이리하여 시간의 흐름 속에서 어둠에 묻혔던 드레스에 다시 각광받을 기회가 찾아왔다.

사람들의 시선을 받으며 화사한 드레스를 뽐내는 미아. 그 모습을 보고 기뻐하며 눈꼬리에 눈물을 찔끔 매달고 흐뭇하게 웃는 황제 마티아스.

그런 부녀의 모습이 인상적인 미아 황녀의 탄신제였다.

Tearmoon Teikoku Monogatari 17~Dantoudai kara hazimaru hime no gyakuten story~
by Nozomu Mochitsuki

Copyright © 2025 by Nozomu Mochitsuki
Original Japanese edition published by TO Books, Inc.
Korean translation rights arranged with TO Books, Inc.
Korean translation rights © 2025 by Somy Media, Inc.

티어문 제국 이야기 17 ~쇼트스토리 소책자~

2025년 11월 15일 1판 1쇄 발행

저　　자 모치츠키 노조무
일러스트 Gilse
옮 긴 이 현노을
발 행 인 유재옥
담당편집 정영길

이　　사 조병권
편 집 팀 정영길 조찬희 박치우 이소의 정지원 최유정 김혜주
디자인랩팀 김보라 전세연
디지털사업팀 김지연 윤희진 장혜원
라이츠사업팀 김정미 이지현 유아현
영업마케팅팀 최원석 윤아림
물 류 팀 백철기
경영지원팀 최정연
인쇄제작처 ㈜코리아피엔피
발 행 처 ㈜소미미디어
등　　록 제2015-000008호
주　　소 서울시 마포구 토정로222, 502호 (신수동, 한국출판콘텐츠센터)
판매 및 마케팅 (070) 8822-2301

ISBN 979-11-384-4189-6 04830
ISBN 979-11-6507-670-2 (세트)